The Heroic Magician, who has been targeted at life for being too active, is going to start over to live free and easy.

英雄魔術師はのんびり暮らしたい

活躍しすぎて命を狙われたので、やり直します

2

VOLUME

著
柊遊馬

イラスト
あり子

TOブックス

The Heroic Magician,

who has been targeted at life for being too active, is going to start over to live free and easy.

Author Yuuma Hiiragi / Illustrator Arico Designer Midori Shimada [KOMEWORKS]

登場人物紹介

CHARACTER INTRODUCTION

ジン

英雄は廃業！　とスローライフを満喫中……だったけど、困ってる女の子はほっとけないよね！　さぁ、今日も今日とて人助け。え？　趣味？　んー魔道具づくりとナンパ？

ベル

頼りになる俺の相棒。猫の見た目をしているけど、本性はおっかない魔王の一人だ。最近、猫らしさが堂に入ってきたよね。

アーリィー

俺が悪党から華麗に救い出したお姫様。どうやら理由があって男装しているらしい。金髪でピュアって好みど真ん中！

勿論、一目惚れ待ったなし！

トゥルペ
ギルドの俺専属受付嬢ちゃん。ドライなところが俺を惹きつけてやまない。デートのお誘いは全敗中、でも絶対諦めないぞ。
エリサ
お色気MAXの美人魔女。あの甘〜い声で囁かれると、断れないんだよな。断る気もないけど！あれ、気がつけば依頼が山盛り……？
ヴィスタ
冒険者のエルフちゃん。一見クールだけど方向音痴でドジっ子なところが可愛い❤
俺のお手製の弓を大事にしているのがいじらしい！

プロローグ

元英雄魔術師ジン・アミウール。改め、本名、ジン・トキトモ、三十歳。ただし外見は魔法で二十手前の俺は、味方の裏切りから戦争を離脱。大陸西方諸国のひとつ、ヴェリラルド王国に流れ着いた。

黒猫姿で実は悪魔の元魔王であるベルさんを相棒に、のんびり生活を得るために冒険者をやっていたら、この国の王子様――実は女の子だったアーリィーと出会い、ひと働き。可愛い王子様というと語弊《ごへい》があるけど、そんな彼女ともっとお近づきになりたいと思っていたら、今まさに彼女に呼び出された。

やったぜ！……もとい、どうしてこうなった？

英雄魔術師は廃業の俺で、相棒も王族とはかかわらないほうがいいと念を押してきたが、女の子のお願いは断らない主義なんだよねぇ。

かくて、王都の魔法騎士学校、その敷地内にある王子様専用寮の一室に、俺とベルさんはいた。

机を挟んで、向かい合っているのはヴェリラルド王国の王子こと、アーリィー・ヴェリラルド。男装の麗人《れいじん》。中性的な顔立ちだが、少女らしい麗《うるわ》しさ。俺から見たら美少女にしか見えない。今は王子として振る舞っているから平坦に見える胸も、実はそこそこ大きいことを俺は知っている。

綺麗な金色の髪に、まさに宝石と呼んでいいほどの澄んだ翡翠《ひすい》色の瞳。正直、俺の好みが神によって具現化されたような存在だ。

そんな少女が満面の笑みをくれたら、それだけで俺は幸せ。なお、この間、わずか三秒。

「――ボクが君に頼みたいことは二つ」

ボクっ娘アーリィーは指を二本立てた。どうして俺とベルさんを呼んだのか、その答えを王子様の皮を被った美少女は答えた。

「ひとつは、最近、ボクのまわりの動きが怪しい。よりはっきり言えば、命を狙われている可能性が高い。だから君にボクを守ってほしいんだ」

「護衛依頼」

命を狙われているとは穏やかじゃないな。俺は、ベルさんを見た。『なんで猫っていうと、人間はミルク出しやがるんだ。……まあ飲むけどさ』とか念話でぼやきつつ、ぺろぺろしていたベルさんも顔を上げた。

「命を狙われている、と？」

「未遂に終わったけど、ボクを狙ったと思われる馬車の事故と、よくわからない影……」

聞けば、王城に行った帰り、アーリィーの乗せた馬車に他の馬車が追突してきた事故があったらしい。護衛の近衛に重傷者が出たが、アーリィー自身は打ち身程度で済んだ。

だが不自然なのは追突してきた馬車で、御者は死亡し、詳しい調査でも事故の原因は不明とされた。何てことだ、故意だったら許せん！

「原因がわからないから、怪しいんだ」

アーリィーは強調した。

「そのあたりから、何か妙な気配というか、ボクを見張っている者の影を見るようになったし」

ストーカー野郎か？　うらやま……けしからん！

王子専用寮は、魔法騎士学校の敷地内にある。だが王都の高い建物から見ることができる場所が複数箇所存在するらしい。そこでアーリィーは、寮を監視する不審な人物を見たらしい。

「確認するが、近衛ではないか？」

「警備につくにしても、場所が遠すぎる」

窓から人のようなものに気づき、望遠鏡で覗《のぞ》いてアーリィーはそれを見たと言う。フードを被っていて顔などは見えなかったらしいが、あからさまに怪しいな、それ。

「ボクも望遠鏡で覗くようにしたら、いなくなったけど……。でも気味が悪いんだ。まだ見られているような視線を感じて……」

そうだろうな。若い娘なのだ。

アーリィーが普通に王子なら無視もできただろう。だが性別の秘密を抱えているとなれば、話は変わってくる。得体の知れない誰かから見られているというのは公的に見ても、到底見過せない重大問題だろう。

「その不審者は調べなかったのか？　近衛は？」

「一応調べてもらったよ。だけど、わからなかった。そういうのが何度かあったから、ボクが神経過敏になってるんじゃないかって言われちゃった……」

苦い笑いを浮かべるアーリィー。そういう顔が痛ましいな。そう言えば執事長のビトレー氏も、
アーリィーが悩みを抱えている、なんて言っていたっけ。

周りがそんな様子だから、アーリィーも困っているのだろう。だから、俺のような部外者を呼んだのだ。内容はともかくとして、呼んでくれてありがとう。

『他に頼れる人がいないってか？』

ベルさんが念話でつぶやく。王子のふりを強制されている彼女のこと、心から信じて相談できる相手など限られているのだろうよ。

「馬車の事故が君を狙ったものだとして、君の命を狙う者に心当たりは？」

俺が問えば、アーリィーは腕を組んで、うーん、と唸《うな》る。

「ジャルジー公爵《こうしゃく》……ボクの従兄弟《いとこ》なんだけど、彼はボクを殺したいようだった」

「穏やかじゃないな。従兄弟？」

「この間の反乱軍騒動――ジンがボクを助けてくれたあの時、反乱軍の中にジャルジーがいたんだ。ボクが反乱軍と戦って死ぬことを筋書き通りとか言っていた」

アーリィーの顔に苛立ちの色が浮かぶ。

「明らかに王家に対する反逆だ！　ボクはお父様に彼が反乱軍と通じてたことを告発したけど……今のところ、表立った処置はしていないみたい」

お父様、というのは国王のことだろう。

明らかに敵に与《くみ》していたのに、罰しないというのは妙な話だ。俺がもし彼女のお父さんなら、すぐにそのジャルジーって野郎の首根っこを掴んでいるところだ。

ジャルジーが、アーリィーの従兄弟ということは、王家の血筋を少なからず持っているということではあるが……。

「何故、罰しないんだ？」

「わからないけど……たぶん、ボクの言葉だけでは証明にならないということだろうね。証拠は？って言われたら、他に何もないし。せめて他に目撃者がいれば――ジンは見てないよね？」

「そもそも、ジャルジーって奴の顔を知らないからな」

ついでに、今から粛正《しゅくせい》しに行ってもいいぞ？

反乱軍陣地に潜入はしたが、アーリィーを助けることができたのは偶然だし。……神に感謝しないといけないな。その偶然を引き当てたことに。

『ベルさん、公爵というと貴族階級じゃ、王族に一番近いんだっけか？』

『まあ、そうだな。アーリィー嬢ちゃんの言うとおり、証言だけじゃ証拠にならないということだろうな。公爵クラスを失脚させる、もしくは罰を与えるにしても、周囲を納得させるだけのものが必要ってことだ』

「こっちからは糾弾《きゅうだん》できないか」

俺は念話からアーリィーにもわかるように言葉に切り替えた。

「ジャルジーにとっては、顔を見られている以上、邪魔者だってことだと思う。何か仕掛けてくる可能性は充分にある」

「わかった。なら、君の命を狙っていると思われるジャルジーの悪事を暴いて、奴を追い落とせばいいんだな？」

「いや、いくらジンでもそれは無理じゃないかな⁉　相手は公爵だし、それなりの力や規模を持っている。そこまで無茶を言うつもりはないよ」

……言うほど無茶でもないような気がするが。まあ、彼女がそう言うのなら、それでもいいが。命拾いしたなジャル公。アーリィーの寛大さに感謝するといい。

「そんなわけだから、しばらく、ここにいて、ボクを守ってくれればいい」

「ここにいて……？」

俺が、アーリィーのそばに？

「ジンには、この青獅子《あおじし》寮に寝泊りしてもらう。もちろん泊まる間、三食におやつもつけるし、部屋も用意する」

「……俺にここに住めと？」

「そう」

アーリィーは満面の笑み。

合法的に？　何たる僥倖《ぎょうこう》！　いや、しかしいいのかな、王子様の寮に一冒険者がって——うわ。

気配を感じて見れば、ベルさんが猛烈《もうれつ》に不細工な顔をしていた。たぶん、嫌な予感を感じ取ったんだろう。

『ジン、聞いたかよ？　寝床に食事タダだってさ。さすが王族気前がいいねぇ』

『それ、もう少しうれしそうに言ってくれないかな、ベルさん』

いやまあ、確かにいま宿住まいで毎日料金支払っているから、その負担がなくなるのはありがたいけど。

「それで二つ目のお願いなんだけど……」

アーリィーが何故かもじもじとし始める。可愛い……んだけど、何だろう。俺も変な汗がでてきた。

「ボクの……友だちになってくれない、かな？　その……」

「友だち⁉」

びっくりした。が、俺の驚きを他所に、ベルさんは乾いた笑い声を上げた。

「ジン、王子様に気に入られるなんてよほどのことだぞ。友だちになってやれよ」

「……何か自棄《やけ》になってね、ベルさん？」

友だちか……。そりゃ願わくば、アーリィーと仲良くしたいよ。もちろん、王族だからではなく、個人としてだけど。俺は、その、友だちよりもっとお近づきになりたいっていうか何というか。言ったらベルさんに文句言われるんだろうけど。

それにしても、何で友だちなんてワードが出てきたんだ？

「ほら、ボク、性別で秘密抱えているから、気の置けない友人というか、親しい関係築くの、難しいっていうか……」

恥ずかしいのか、心持ち顔を紅潮《こうちょう》させてアーリィーは言った。

「一応、王子ってことだし、自然と身分差が出ちゃうっていうか」

そりゃ、貴族たちからすれば王族は目上。同期生といっても、相手が王子なら言動には気をつけるよな、普通は。

ベルさんが、ふんと鼻を鳴らした。

「まあ、そうだとしても、嬢ちゃんは次の王様だろう？　将来のことを考えたら、それでも他の生徒と交流すべきなんじゃゃねえの？」

さすが魔王でもあるベルさんだ。この黒猫の姿のそれが、一応王様であることを知らないアーリィーは苦笑する。

「普通ならそうなんだろうけど、ボク、女だから。学校には貴族出の娘たちも生徒としているし、彼女たちはボクと関係を結んで王族に食い込むことを狙っているんだけど……仮に結婚しても、子供、作れないし」

致命的な問題である。女同士で子供は出来ない。後継者が作れないのでは、アーリィーが王位を継いでも意味がない。本当、彼女の父親である現国王は、何を考えているのだろうか。他人事とはいえ、国一つの未来が掛かっている。後継者問題は、どうするつもりなのか……ん？

いま、俺の中で何かが引っかかった。継げない王子。王位を狙う従兄弟……。

「それで……友だちの件だけど」

アーリィーが窺《うかが》うような上目遣いで俺を見る。

「駄目、かな……？」

不安そうな翡翠色の瞳が、俺の胸を撃ち抜く。やめ、そういう目で見るなよ。いや、見てくれるのは全然かまわないけども！

捨てられた子犬みたいな。守ってやりたいようなオーラが、俺を誘う。いいじゃないか、友だちになるくらい。……いやいや待て待て待て。女の子といっても王子、こっちは出自の怪しい異世界人で、生まれは平民だ。俺とアーリィーが許しても、周りがそれを許さないだろう。

これは茨《いばら》の道だ。俺個人としては問題ないけど、周りが俺のことを根掘り葉掘りついてくる。それで英雄魔術師だった過去を漁られるようなことになれば、アーリィーにも迷惑をかけてしまうかもしれない。それは絶対に避けたい。

目先のことに気をとられて、大局を見失う。俺はそれで一度、大失敗をやらかしている。大帝国と連合国の戦争において、英雄になった一方、味方から刺された。

アーリィーは助けたい。守ってやりたい。だがそれが元で彼女を不幸にしてはいけない。王子の護衛ともなれば、近衛をはじめ徹底的に俺のことを調べるだろう。王族の安全のため――それで面倒に巻き込んでしまうのは本意ではないのだ。

ここは心を鬼にして、お断りの方向へ持っていくべきではないか。

「……」

それに、俺、彼女の言うお友だちはマズいと思う。友情？　いや、絶対それで済むはずないから！

断言できる。それは俺個人の性癖というべきか、女性の好みで言えば、アーリィーはドンピシャ。

絶賛恋愛関係を結びたいタイプだからだ。

いくら――抑えても、何かのはずみで手を出してしまう可能性がなくはないのだ。魔が差すなんてことも……もちろん、アーリィーに手を出したら極刑コース確定だが。

いや、待てよ。アーリィーは女の子だが、公式では王子様。妊娠させたりしなければ、手を出しても彼女自身黙っているのではないか？　つまり、やりようによってはもしかしたら――って駄目だ駄目だ。こんな考えに走ってしまうあたりアウトだろう！

だが……だけど。

アーリィーは困っているのだ。女の子の悩みを見過ごすのは心苦しい。くそう、どうすればいい？

王族でなければ、悩む必要はなかった。だが王族だから助けないというのも……ああ、もう！

どうすりゃいいんだ、これは――！

第一章　ジンさん、魔法騎士学校の生徒になる

まあ、人間は、欲には勝てない生き物だよ。

魔法騎士学校、王族専用寮『青獅子寮』二階部、学校の庭を見ることができるバルコニーに、俺はベルさんといた。

アーリィーの依頼と頼み事。護衛については、色々特典がついているので受けたのだが、問題なのは頼み事のほう――友だちになって、というやつ。

「はぁ……」

思わずため息がこぼれた。手すりに肘をつき、清々しいほど晴れている空を見やる。俺は煙草《たばこ》を吸ったことがないが、もしあれば吸っていたかもしれない。そんな気分だ。

「まさか、アーリィーが条件を呑むとは」

「それだけ、お前さんとお友だちになりたかったんだろう？　健気だねぇ」

手すりの上にちょこんと座り込むベルさん。皮肉か。俺とアーリィーとのやりとり聞いてたくせに、白々しくそんなことを言うのだ。

「あれは健気というのか？」

何度目かわからないため息。アーリィーとの会話が思い浮かび、頭を抱える。


「友だちというのは選んだほうがいい」

俺は王子様――といっても、もう普通の女の子にしか見えないのだが、アーリィーに真顔で告げる。

「正直に言えば、俺自身、友だちというものがよくわからない。どう接していいのか、それが正しいのか、間違っているかについても怪しい。それでもいいだろうか？」

「それを言ったら、ボクにもよくわからないや」

屈託《くったく》なく笑うアーリィー。何を言い出すかと思えばと身構えていたようだが、案外許容できる内容だったらしく、ほっとしたような表情を覗かせる。

「ボクは君となら、友だちになれそうな気がしたんだ」

友だち、というには視線が熱っぽいのは気のせいか。何と言うか、友人という気楽さよりは、緊張感があった。友だち作るって、こんな硬いものだっけ？

「ただアーリィー。君が思う友だちとは違うかもしれない」

舌が乾く。だが言わねばなるまい。

「友だちに見返りは求めないものって言う人もいるけど、残念ながら、俺は君に対して見返りを求めたい。何故なら、友だち云々以前に、君を守るという依頼があるからだ」

わずかに眉が曇《くも》るアーリィー。よぎるのは緊張、警戒。

彼女にとって、何度、人から見返りを求められてきたかは想像に難くない。王子として、王族として、地位、名誉、土地、財産――今はその力はなくとも次期国王ともなれば、将来の布石として近寄る者は多い。友だちがいないという彼女は、性別を別にしても、そういう権力者に言い寄る人間が好きではないからだろう。……彼女の気持ちを踏みにじるようで、結構しんどい。

「俺が求めるのは、君の魔力だ」

「魔力……？」

思いがけない言葉だったらしい。まあ、確かに王子様でも魔力をくださいって言われることはまずないだろう。

「君は知らないかもしれないが、君には『魔力の泉』というスキル、能力がある」

魔力の自然回復が猛烈に早い、魔法使い垂涎《すいぜん》の能力。魔法に長けるエルフなどでは割と見かける能力だが、人間だと、本職の魔法使いでもめったに持っていない。

「魔力の泉……ボクにそんな能力が？」

「ああ、この前、君とキスをした時――」

「……っ」

ぼん、と蒸気が噴き出るかのような勢いで顔を赤らめるアーリィー。

「……君から魔力をもらったけど、すぐ立ち上がれただろう？　あれ、普通の人だと無理なんだ。魔力の泉の能力で、すぐに魔力が回復を始めたから、影響は少なかったみたいだけど、本当なら倦《けん》怠感《たいかん》がひどくて動けなくなる」

「そう……だったんだ」

うん、とアーリィーは視線を泳がせる。俺は続けた。

「俺は人より魔力が多いが、使う魔法の消費も大きくてね。回復が追いつかないこともしばしばある。だけど君が魔力を分けてくれるなら、それも解決できる」

具体的には、キスとか――。

「もっと先の、身体の接触とか、性的なふれあいとか」

「……!?」

要するにエッチしましょってやつだ。あっはっは――心でカラ笑い。だが顔は真面目。仮にも王子様であるアーリィーに真顔で言うことではないとは思う。……だが言ってしまった。さあ、これでどうだ。俺と友だちになりたいなんて、思わなくなっただろう？　俺だったら、考え直すね。

「……必要なこと、なんだよね、それは」

アーリィーが真っ赤になったまま、またも上目遣いで俺を見る。……あれあれ？

「キスとか、その先とか……ジンにとっては必要なこと、なんだよね……？」

どうしても必要か、と言われれば必ずしもそうではない。個人的にはとてもしたいのだが。

魔力の回復手段は他にもある。ただ魔力の泉持ちのアーリィーだったら、かなり手間が省けるというのは確かだ。

ここは敢《あ》えて、必要だと断言しておこう。そうすればさすがに躊躇《ためら》うだろう。気持ちが揺れているなら駄目押しして断らせるように仕向けるのだ！

「ああ、必要だ」

「そ、そうなんだ……。わかった。ボクで君の魔力の補《おぎな》いがつくなら、ボクを使って。そもそも魔力が必要なのは、ボクを守るため。それでジンが困ることがあるなら、そしてボクで役に立てるなら喜んで協力すべきだと思うんだ。だって……友だち、だから」

凄く恥ずかしげに王子様を演じる美少女が言った。

くあぁぁーっ！　俺は内心悶《もだ》えた。なんだそれ、がぁぁー！　表面上は呆けているが、心の中では、ゴロゴロ転がりたいぐらい悶えていた。

友だちだから、助け合うべきだ。

逆手にとられた……！

キスもその先も、と聞いて羞恥《しゅうち》に染まっている彼女は、俺の申し出を断るどころか受け入れてしまいました。

「ジンは、キスとかしたいの……？」

窺うようにアーリィーは言う。その翡翠色の瞳をわずかに潤ませて。

「君が望むなら、ボクは……いい、よ」

ドクン、と心臓の音が聞こえた気がした。

「恥ずかしい、けど。ボクを……王子ではなくて、女の子として扱ってくれるってことだよね？　偽っているボクじゃなくて、ありのままのボクとして付き合ってくれるっていう。だったらいいよ……」

何だこれ何だこれ。意味わからん。頭の中、真っ白になってしまった。

気づいたら、俺は頷いて、王子様を演じる彼女の言葉を受け入れていた。


熱があるみたいに顔が熱い。風が冷たく感じて気持ちいい。ああ、これ、たぶん顔真っ赤になってる。思い出しただけで、悶えたくなり、同時に恥ずかしくもある。

そんな俺を見やるベルさんは、喉を鳴らした。

「まあ、よかったじゃないか。住むとこ、食べる物を無料で手に入れて、しかも王子様もとい、お姫様とエッチしてもいいという同意もとりつけたぞ」

「煽《あお》るなよ、ベルさん……」

「魔力問題も解決し、お前は好みの女を抱けるってもんだ。これ以上なにを求めるってんだ？」

「ベルさん、アーリィーがいいって言っても王族だぞ。ここにいる近衛の連中にバレてみろ。殺されるぞ」

「バレなきゃいいんじゃね」

「……」

俺は閉口した。絶対、面白がってるよな、ベルさんや。

「いつだったか、俺が連合国から暗殺されそうになったのは、さる大侯爵の娘に手を出したから、とか言ってなかったかい、ベルさん？」

あの時は冗談で流していたけど、もしかしたらマジだったりする？

「そりゃ可愛い娘に手を出されたら、世のお父さんブチ切れだろうよ」

何言ってるんだ、とベルさん。いや煽ったのはあんただろ。

「アーリィー嬢ちゃんだって、お前とエッチぃことしたとしても、それを周りに言うはずがないだろうしな。やりとり聞いた限りでは、あれ自分の性別についてかなり持て余している口だぞ。女って部分を刺激してやったら、もう何でもやってくれちゃうようなタイプ」

「世間知らずっていうか初心《うぶ》そうだもんな、アーリィー」

俺はこれまでの彼女の言動を思い出しながら同意した。何ていうか、悪い男に引っかかちゃうような。ちょっと心配になっちゃうよな。

「まあ、ともかく、この学校の生徒にされてしまったわけだが……」

身辺警護に加え、お友だちになる、という話の結果、学校や移動の際は、俺はアーリィーのお傍につくということになった。外見から、歳が近いと思われている俺は、アーリィーの同期生、クラスメイトとして魔法騎士学校に転入することになったのだ。

「身体を若返えらせたのは、学生をやるためじゃないんだけどな……」

「諦めろよ」

冒険者と学生、二足のわらじを履くことになった。随時《ずいじ》、張り付いている必要はないが、学校に通っている間——近衛が距離を置かざるを得ない状況で近くにいるように、とのことだった。

昼間は学生、午後は冒険者。……何か夕方以降はバイトしている学生みたいだな。まあ、アーリィーのそばに居られるというなら、苦でもないけどね。


真新しい制服。魔法騎士学校の制服を見やる俺。青と白を基調とした、どことなく貴族服じみた優雅さを感じさせるそれ。……三十にもなって学校の制服かよ。

この見た目にして唯一の失敗だったと言わざるを得ない。

人生やり直しをかねて、十代後半の姿だが、例えば若作りせず元と同じ年齢の外見にしておけば、王子様も騎士学校の生徒にしようなんて馬鹿なことは思いつかなかったはずだ。

「いまさら言っても遅いが」

今姿を変えたら、それこそ説明がつかない。まあ、それもアリと言えばありかもしれない。魔法科目の先生とかな。

連合国にいた頃、魔法学校で臨時教官もどきをしたことがある。あー、でもあれ、他の生徒も見なきゃいけないから、あまり護衛役には向かないな。

「まあ、アーリィーは可愛いしな……」

「キザくせぇ」

ベルさんに速攻突っ込まれた。

さて、宿を引き払い、魔法騎士学校の青獅子寮へ引っ越した俺とベルさん。長く泊まっていたので宿の人たちから惜しまれたが、魔法騎士学校に転入といったら『おめでとう』と言われた。別にめでたくないが世間ではそう見るのだろう。

アーリィーの部屋の隣の、来客用の客間だったところが俺の部屋になった。王子様の私室の隣かよ。ちなみに彼女の部屋とは反対側にあたる俺の部屋の隣は、俺が個人的に使用していい事務室、というか魔法工房となった。

『うへぇ、贅沢ー。……で、オイラの部屋はどこ？』

『猫の部屋なんてないよ』

『猫じゃねぇよ』

魔王様だ。……まあ、適当に過ごせよ。

ともあれこの処置で、王子専属の執事長であるビトレー氏以外からは、だいぶ好奇の視線にさらされる結果になったが。

無理もない。王子が護衛を雇った、というだけでも驚きなのに、自分のすぐ隣の部屋を使わせ、さらにかなりの部分で優遇している。まさに王子様の『お友だち』と呼ぶにふさわしいほどの歓待ぶり。おまけに下々の者とは一緒にご飯を食べない身分の王子様が、俺とベルさんと同じテーブルで食事をする。……普通では考えられないことだ。

アーリィーの俺への対応はしかし、ランクの低い冒険者で、どこの馬の骨とも知らない俺には不相応ではないか、と近衛も含めて思う者も少なくないようだった。

その筆頭は近衛騎士にして、アーリィーを警護する隊を率いる、オリビア・スタッバーンである。

赤毛の、凛《りん》とした女騎士は、俺に警戒の目を向けていた。素性の知れない者を王子の傍に置くことなど言語道断。王子自身が言わなければ決して納得はしなかったであろう。……いや、たぶん、口には出さないが納得はしてないと思う。

近衛の隊長だけあって、非常に堅物そうな印象だ。真面目なのはいいことだが、もう少し肩の力を抜いたほうがいいと思う。だがこのタイプは、自然な笑みを浮かべることがあれば、それで周囲を虜にできる爆発力がある。……今は厳しいが、一度は見たいし、させたいその笑顔。

先の反乱軍騒動において、アーリィーを助けた冒険者であると説明はされた。アーリィー曰く、命の恩人であるとも。

だが恩人ならこの歓待もあり得るか……と、早々鵜呑みにする者ばかりではないということだろう。

「ジン・トキトモ、少し私に付き合ってくれ」

近衛騎士のオリビア殿は、硬い表情で俺を誘った。

『おっ、デートのお誘いか？』

ベルさんが魔力念話ではやし立てた。だったらいいんだけどな。だが表情から察するに、それはないだろうな。

オリビアへ「もちろん」と、俺は即答した。美女からの誘いは断らない主義だ。

連れていかれたのは、寮一階の奥を抜けた訓練場。芝が植えられた庭のようなそこには、近衛の騎士と魔術師たちが数名。……おいおい、校舎裏に呼び出して闇討ちかこりゃ――などと安直な想像が脳裏をよぎった。

「一応、貴殿は王子殿下の命の恩人で、これから学友となる。……が、同時に殿下をお守りする護衛でもある」

オリビアの言葉には、温かみの欠片も感じられなかった。敵意にも似た冷たさ。……そんなに警戒しなくても、とって食ったりしないよ。

『いや、お前なら喰《く》うだろ、別の意味で』

『悪くない』

ベルさんの冗談に魔力念話で付き合う俺。間違っても本人の前では言えない。

「本来、護衛は我ら近衛の役割であるが、殿下が望まれている以上、貴殿にも働いてもらわねばならない。だが懸念もある。貴殿の実力を我々が把握していないことだ」

だろうね。でもそりゃお互い様だ。

「そこでだ、ジン・トキトモ。不躾ではあるが、貴殿の力を試させてほしい」

はい、予感的中ー！

要するにテストだ。オリビアら王子の身辺を守る者の立場からすれば、この流れは当然か。ベルさんはやたらとニヤニヤしていた。結果が見えているからだろうな。

「承知しました。それで、何をすればいいですか？」

「理解が早くて助かる。いくつか試したいが、その前に貴殿は魔術師《マジシャン》らしいな。得意属性は？」

「得意不得意というのは特にありません。よほどのマイナーなものでない限りは一通りはこなせますよ」

ざわ、と近衛の魔術師たちが顔を見合わせる。オリビアは眉をひそめた。

「それは火、土、風、水の四大属性を扱える、ということか？」

「光と闇も。攻撃、補助、回復もある程度は」

おいおい、と周囲の魔術師たちが言葉を失う。

「六大属性に、三系統すべて、か。なるほど、その発言が本当なら、殿下のおっしゃるとおり優秀な魔術師だろう」

オリビアは、発言だけでは信じないと言わんばかりの口ぶりだった。さすが近衛騎士殿、人の言うことをホイホイ信じたりはしない。

「では早速、見せてもらおう。なに、簡単な的当てだ」

二十メートル離れた先にある的めがけて、魔法をぶつける簡単なゲーム。魔法は何を使ってもいいが、ちゃんと当てたことがわかるものという条件だ。つまり、何を当てたか目に見える魔法にしてくれ、ということだ。

「ただ当てるだけでは投射系攻撃魔法が使える魔法使いなら誰でもできる。当てる精度のない奴など論外だから、この際当たるものとしてみるが、魔法の早撃ち能力も見せてもらおう」

短詠唱も見るということか。王子を守る仕事柄、瞬時の対応を求められる事態も想定しているということだ。

そう思っていたら、隣の的を、近衛の魔術師が撃つらしい。二十代半ばの細身の男である。なるほど、この魔術師より早く、強く、正確に的を吹き飛ばせばいいのだろう。

さて、実力のわからない魔術師相手に余裕ぶっこくほど、俺もなめプはしない主義だ。本気を出し過ぎない程度にやらせてもらおう。いいとこ見せて、度肝抜いてもらおうかな。

『そういうのをなめプって言うんじゃねえの？』

ベルさんの突っ込み。俺は微笑した。

『本気出したら、的が消えちまうだろう。それじゃ当たったことがわからん』

『ぶはっ、ちげぇねえ！』

「それでは両人とも。私の合図で魔法を撃て」

オリビアは、俺と、近衛魔術師の男に言った。

「よーい……はじめ！」

風。

「炎極の――」

その瞬間、俺の前の的が根元から吹っ飛んだ。

「はし、ら……」

隣で魔術師の詠唱が途切れる。オリビアや騎士、そして魔術師たちが目の前の光景に目を見開き驚愕した。

言葉はなかった。

俺の的は俺の放った風に吹き飛び、詠唱途中だった魔術師は的を撃つのを忘れてしまった。

『おいおい、ジンさん。的が消えちまったぞ？』

ベルさんの皮肉を他所に、ギャラリーだった魔術師が声を上げる。

「無詠唱魔法だとー⁉」

「というか、何が起きた？　風の魔法か⁉」

「た、たぶん。火とか氷とか、そういうのは見えなかったような……」

「で、でも風の魔法で、的があんな折れ方するのか？」

魔術師たちが驚く中、オリビアは眉をひそめ、騎士の一人に的を探してくるように言った。

「的に当てろと言ったが、根元を吹き飛ばしたのでは、的に当たっていないのではないか？」

本職の魔術師たちが騒ぐ中、オリビアは最初こそ驚いたがすぐに冷静さを取り戻した。

だが吹っ飛んだ的を探しにいった騎士が戻ってくると、一同はさらに驚くことになる。

「的に当たっています。……えっと、切り傷のような痕《あと》が五つ」

「無詠唱魔法で、的に切り傷を五箇所ーっ⁉」

「いや、的の支えの棒も切ってるから六箇所だ！」

「どうやったら、あんな一瞬でこんな……」

想像力が欠如しているよ君たち――俺は、驚く魔術師たちを興味なく見やる。

頭の中で、魔法を思い描く。風という一言に、どのように風を描くか。その気になれば的を八つに裂くことだってできる。想像する魔法、想像魔法とはそういうものだ。

なるほど、とオリビアは頷いた。

「無詠唱で、この威力と技。確かに魔法に関しては認めざるを得ないな、貴殿の実力は。だが、果たして魔法以外ではどうなのか」

「……と言うと？」

「市街地などで、周囲に人がいる中、魔法で応戦できないような状況での襲撃の場合、どう対応するのか、私は興味がある」

オリビアは俺の前に立つと、真顔で告げた。

「君は魔術師だが、近接戦や武器を使った腕前のほうはどうだろうか？　いやなに、もし近接戦に自信がないというなら、それでもいい。貴殿は魔術師だから騎士のように戦えというのは無理があるからな」

遠まわしだが、魔術師への皮肉だろうか。まあ、言っていることは間違っていない。ただ、少し偏見に過ぎるところもある。魔術師が魔法だけという思い違いをしているようなら、実戦で致命的なミスに繋がる。それはよろしくない。よろしい、その挑戦、受けて立ちましょう。どうやらもっと俺のことを知りたいみたいだからね。

「オリビア殿、あなたの指摘はもっともだ。どうでしょう？　近接戦のイメージを掴むのを兼ねて、私と騎士殿で模擬《もぎ》戦をやるというのは？　ああ、もちろん、魔法については怪我をしないように攻撃魔法は使いません。……いかがです？」

「……ほう」

オリビアの表情に初めて笑みらしきものが浮かんだ。もちろん、好意的なものではなく、攻撃的なものだったか。

「なかなか、面白い申し出だな。よろしい、お受けしよう。相手は私が務めさせてもらう」

模擬剣と私の盾を持ってこい——部下の騎士に言うと、オリビアは俺に挑戦的な視線を向けた。


近衛騎士オリビア・スタッバーンと模擬戦をやることになった俺。

模擬剣と近衛隊の紋章の入った盾を持つオリビア。俺は模擬剣を借り、彼女と対峙《たいじ》する。

さて、攻撃魔法は使わない、というルールだ。一見すると魔術師の利点を潰した、騎士有利な条件に思えるが……攻撃魔法だけが魔法ではない！

はじめ！　と近衛騎士が開始宣言をすれば、オリビアは盾を構えての様子見。俺がどんな剣を使うのか窺おうというのだろう。

魔法使いを相手に、時間を与える利点などあるのかね？

「何なら、攻撃魔法を使ってくれてもいいんだぞ、ジン・トキトモ」

オリビアはそんなことを言った。

「魔法を封じられては幾《いく》らなんでも貴殿に不利だろう。私の盾は、攻撃魔法を弾く魔法防御がかけられている。盾以外のところに当てたら、貴殿の勝ちとしてもいい」

あら、あっさり条件緩和をしてくれるのね。攻撃魔法云々を言い出したのは俺のほうだけど、ずいぶんと侮《あなど》られたものだ。

それとも、自分が有利過ぎるのでせめて対等に、という配慮かな？　だとしたら、案外優しいところがあるんだね……！

身体強化。

口には出さず、魔法発動。力、スピード、物理耐性その他もろもろを沈黙の間に強化完了。さて、オリビア殿、あなたが俺をなめ腐っている間にこちらは準備ができたぞっと。

一歩を踏み出す。それを見て瞬時にオリビアが守りを固める。が、刹那《せつな》の間に、俺は彼女の眼前にいた。

「っ⁉」

せい！　模擬剣の一撃が、彼女の手からご自慢の盾を弾き飛ばした。

「え……⁉」

何が起きたかわからないという顔のオリビア。その鎧に守られた腹部に軽く模擬剣を当てる。

「はい、オリビア殿、あなたは死にました」

「はぁ……？」

当の本人をはじめ、周囲で見守っていた騎士たちも呆気にとられる。何が起きたのか。突然、懐に踏み込まれ、盾が弾き飛ばされ、腹に一発入れられた。

「い、いや待て、ジン・トキトモ！」

オリビアが動揺をにじませながら言った。

「今のは有効な一打だったが、私は金属鎧を着込んでいる。腹部への打撃で死ぬ可能性は低いぞ」

「これは模擬剣だが、もし魔法剣の類《たぐい》だったら？ プレートメイルでも切断されたかもしれない。あるいは棍棒《こんぼう》や鎚《つち》だったら？ 金属鎧とて、その一撃を喰らえば内臓を傷つけ致命傷となる可能性は高い」

俺は指摘するが、まあ、これについてはオリビアのいう可能性の問題とどっこいで、抜け道など幾らでもある言い方だ。

「俺はこの模擬剣に強化のエンチャントを施しています。本気で当てれば、あなたは大怪我では済まなかった。……今度は叩き込んでもよろしいですか？」

「……くっ。いや、待て。エンチャントと言ったが、貴殿がそれをかけたという証拠はない。そもそも魔法を詠唱していな……まさか、補助魔法も無詠唱で行えるのか？」

「ちなみに、力、スピード、防御力アップもかけてます」

がっちり盾を持っていたオリビアの手からその盾を弾いたパワー、刹那で懐に飛び込んだスピードなどを見れば、口から出まかせではないことはわかるだろう。

「……まさか、複数の補助魔法を自分にかけていたとか。……いや待て、それは模擬戦前に事前にかけていたという可能性もあるぞ。それは公正ではないぞ」

難癖にも思えるが、確かにその可能性を否定できる材料はない。全部俺が言っているだけだから、ズルをしていないという証拠がないのだ。いや、本当にズルはしてないんだけどね。

「わかりました。そういうのなら、もう一度。今度は詠唱します」

仕切り直しである。

近衛騎士の「はじめ！」の合図。オリビアは、俺の突進に備えてか、またも様子見。

「パワー」

俺は呟く。

「スピード。防御。剣強化……」

「……は!?」

オリビアは、そこで俺が何を呟いていたのか気づいた。俺は構える。

「こっちはもう強化魔法をかけ終わりましたよ？」

「くそっ！」

オリビアは盾を前に押し出し突っ込んできた。見ている間に後手に回っていたことに気づいて焦ったか。

でも、遅いよねぇ……！

近衛騎士の突進を俺は正面から受け止める。シールドバッシュ――いわゆる盾を使ってぶつかり、敵をよろめかそうとしたオリビアだったが、俺の左手が、その盾を受け止め、完全に動きを止めてしまった。その間に右手の模擬剣を、彼女の眼前に突きつけてやる。

「二回目の死亡です。……まだやりますか？」

悔しげに表情を歪めるオリビア。騎士が得意の近接戦で、まったく手も足も出なかったのだ。懐に飛び込んでしまえば騎士の距離――その思い込みが音を立てて崩れたのだろう。ギャラリーの騎士たちも言葉がなかった。

俺はオリビアから一端距離をとった。

「いや、たった二回では近接戦のイメージを固めるにはまだ不足。せっかくオリビア殿が近接戦に付き合ってくださるんだ。こちらも色々試したいのですが……如何《いかが》です？」

俺とデートと洒落込みませんか、っと。

『鬼畜《きちく》だ。オニチクがここにおる……！』

ベルさんは相変わらず愉快そうだった。この猫の皮を被った魔族も、相当外道である。

『仕方ないだろう、ベルさん』

俺は魔力念話を放ちながら、オリビアを見やる。

『俺、実戦じゃ、手を抜かない主義なの』

戦場には男も女もない。今は模擬戦だから、と遊び気分でやるつもりはない。つまらない偏見や思い込みは、実戦では命取りだ。

オリビアはMな人だと思った。

俺の挑発じみた物言いを了承し、模擬戦を継続した。何度も何度も。俺は使う魔法を変え、彼女を翻弄《ほんろう》し、模擬戦の中で何十回も殺した。

たとえばオリビアの盾や鎧、武器に魔法で錘《おもり》をかけて動きを封じたり、バインド系の魔法で動きを封じて悠々と倒したり。時には浮遊魔法で、彼女の手の届かない範囲から隙をうかがい、背中を向けた瞬間一撃を加えたり……。

見守る騎士たちは、さすがに一方的過ぎる展開の連続に抗議しようとしたが、隊長であるオリビアは「訓練だ」と言い、部下たちを黙らせた。

その意気やよし！　頑張る女性は素敵。

一方で騎士たちを他所に、近衛の魔術師たちは俺が魔法を使うたびに、メモを取り始めた。どういう魔法をどう使ったか。魔術師たちが模擬戦とメモを交互に見やり、何やら話し合いはじめた。

さすがにバリエーションに限界が来るので、ダメージを与えないような首絞めや、彼女を浮遊で浮かせて一撃など、より攻撃的なモーションが増えたが、文句はでなくなっていた。ベルさんなどは飽きて、居眠りを始めた。

「参った！　参りました！」

オリビアがようやく降参をした。もう足腰立たないほど彼女は疲弊していた。だがその表情は実に晴れやかだった。全力を出し切ったスポーツマンみたいないい顔である。……やっぱりこの人、Mだよきっと。どうしたら動けなくなるまで挑めるというのか。

それはともかく、その根気強さ、そして模擬戦に取り組む姿勢が非常に真っ直ぐだったのが俺の印象に残る。それどころか、途中から学ぼうとしている姿勢が見え始めたのには好感触だ。だからつい、とことん付き合ってしまった。地面に大の字に横たわるオリビアは、とても満足げに言った。

「参りました、ジン殿。王子殿下のおっしゃるとおり、とてもお強い魔術師だ。まさに慧眼《けいがん》。私も、魔術師相手にここまで手も足もでなかったのは初めてです」

何気に敬語を使われた。

「しかも、あれだけ魔法を使いながら息一つ上がっていないとは……大したものです」

「魔力の容量は人より多いのが自慢でして」

でもその魔力も相当使ったぞ。少なくともあなたの前でみっともないところは見せられなくてね。

オリビアの言う通り、普通の魔術師だったらとうに魔力切れになっていただろう。

俺はヒールの魔法をオリビアにかけてやる。活力が戻ったか、彼女は難儀《なんぎ》そうだが起き上がった。

重甲冑《じゅうかっちゅう》の類は、普通倒れたら自力で起き上がれないものだが、近衛隊の鎧はそうではないらしい。

「あなたの力は本物だ。非礼はお詫びいたします。ぜひ、王子殿下をお守りするためにお力をお貸しください」

オリビアは背筋を伸ばすと頭を下げた。何とも生真面目さが見て取れる。あれだけツンツンしていたのに、これもひとつのデレというやつかな、結構結構。少なくとも他の近衛たちも、俺の実力を疑う者はもういないだろう。

とりあえず、住み込むに当たって、問題になりそうな部分の一つがクリアとなった。

後はビトレー執事長や侍女たちから睨まれるようなことがなければ、快適な寮生活を送れるかな。

やはり、住むとなると余計な気苦労を背負い込みたくないからね。


アクティス魔法騎士学校の在学期間は三年。十五歳から二十歳までが入学可能となっており、基本は十五で入り、成人である十八歳に卒業だ。が、入学年齢によっては二十三歳で卒業ということもある。

俺は中途入学……ではなく転入という扱いになった。つまり一年からやるのではなく、最上級学年である三年生という扱いだ。

王子殿下の護衛も兼ねる以上、教室などで一緒にいなくては学生をやる意味がない。学校側も、俺が現役の冒険者であり、魔術に関しては近衛も太鼓判を押すほどの逸材ということもあって表立った反対はしなかった。……まあ、反対したらしたで、王子殿下の強権が発動していただろうけどね。

そんなわけで、俺は王子専用寮である青獅子寮から、お揃いの魔法騎士学校の制服を纏《まと》って、アーリィーと登校する。ちなみに、ベルさんは俺の肩に乗っている。

「緊張してる？」

アーリィーが隣を歩く俺を覗き見るように頭を傾けた。金髪翡翠色の目の王子様は、後ろに束ねた髪に、元より女顔だから、傍から見ても少女にしか見えない。

「……制服、似合ってるか？」

「似合ってるよ、ジン」

「そうか。俺は、正直あまり似合っているとは思えないんだけどな」

襟元《えりもと》を緩める。制服なんて、いつ以来だよほんと。三十にもなって学生の制服とはね。……どう思う、ベルさん？

「似合ってるよぉ」

黒猫姿の相棒は、肩をすくめるように首を振った。あんま似合ってないかねこれ。

アーリィーは楽しそうに笑った。王子様っていうより、普通の女の子の顔だよねぇ。そっちのほうがいいんだけど、人前では注意したほうがいいよ。

「ボクも正直に言うけど、ちょっと緊張してるんだ。久しぶりに学校に登校するから」

「……そういえば、ここしばらく通ってなかったんだっけ」

反乱騒動やその後の暗殺の可能性のある事故など。この可愛らしい王子様の身の回りは騒がしい。

「うん。でも君がそばにいてくれるから、安心してる」

「それは光栄だ」

理由はともあれ、君と一緒にいられるのは俺も嬉しい。

林を抜けると校舎の全容が見えてくる。他の寮から登校する魔法騎士生たちの姿も見える。はてさて、柄にもなく緊張してきたぞ。

平穏なる学生生活……は期待薄なんだよなぁ。王子様のご同伴という状況を見ても。


「えー、本日からこのクラスに転入となる、ジン・トキトモ君」

三年一組の教室。厳しい表情とがっちりした身体つきの中年男性、担任であるラソン教官は、低い声ながら教室に響く声で言った。

「本来なら一年から、となるが、トキトモ君はすでに現職の冒険者として場数を踏み、魔術にも長けている。その能力については王室警護の近衛からも認められている。……トキトモ君」

「ジン・トキトモです、どうぞよろしく」

俺は簡潔な挨拶《あいさつ》に留めた。

ざわざわ、と生徒たちがざわめく。魔法騎士学校なんていうから、野郎ばかりかと思えばそうでもなく、割と女子の姿も見られる。髪が豪奢《ごうしゃ》な生徒は貴族出なんだろうかねぇ。何だか楽しくなってきた。可愛い子がいっぱいだ。

教室は、教卓のある位置から生徒が座る席の後ろまで緩やかな傾斜がかけられ、大学のそれに似ている。四人がつける長テーブルが縦に五列、横は三列。最大六十人が席に着ける計算だが、一クラスはその半分くらいだったりする。

コホン、とラソン教官が咳払いする。

「えー、トキトモ君の席は、アーリィー殿下の隣で」

ガタンと音がした。生徒たちのざわめきが大きくなり、視線は後ろの席に陣取るアーリィーに向く。ちなみに彼女がその位置なのは、生徒が王族を見下ろすなど言語道断と一番高い位置の席を宛がわれたためである。……はい、その基準で行くと、王子様のお隣に座るというのは大事件です、ありがとうございました。

「何故、転入生が王子殿下のお隣なのですか！」

どこかの貴族令嬢だろうか。早速、そんな声が教官に浴びせられた。ラソン教官がちら、と俺を見た。予想の範囲内の質問。打ち合わせ通りである。俺が頷き返せば、ラソン教官はまたも咳払い。

「えー、トキトモ君は、王子殿下の警護を担当する護衛官も兼ねている。そのために席はすぐ近くにあることが望ましい。と、これは王室からのお達しである」

暗に、私が決めたのではないぞ、と教官は臭わせる。ご苦労様です、と俺は内心、ラソン教官殿に同情した。

ちなみに、アーリィーはそ知らぬ顔で、机の上のベルさんを撫でていた。猫を持ち込んだことを、誰も突っ込まないのは王子様だからかな……？

「何という微妙な空気」

転入生とか転校生って休憩時間に包囲されるもんだと思っていたが、誰もこない！　野郎はともかく、クラスの女子たちが来ない！　どうなってるんだ!?

俺はアーリィーの隣の席にいる。一時間目の後の休憩時間。クラスメイトたちの視線が俺たちに集中する。

「いつもは、女子生徒たちが挨拶がてら寄ってくるんだけどね」

アーリィーが苦笑する。大方、未来の王様のご機嫌とりだろう。そしてあわよくば、后《きさき》候補として名と顔を売るみたいな。……その王子様が本当は女の子とは知らず。

「俺がいるから、ちょっと様子見ってとこだろうな」

少しうらやましいと思ったのは内緒。女子生徒が寄ってくる、という部分に。

「休憩時間に人が寄ってこないっていうのも新鮮だなーって思う」

「イケメン王子様は贅沢なお悩みをお持ちのようだ」

「ジンー」

ぷくっと頬を膨らませて俺を睨むアーリィー。拗《す》ねてる顔も可愛いよ。でも周りからもそういう表情も見られているから、気をつけて。

ベルさんは暇そうにあくびをした。

そして二時間目の講義の後の休憩時間。ぼちぼち生徒たちが動き出す。

「お久しぶりです、アーリィー様。ご機嫌麗しゅう――」

綺麗な髪のご令嬢――制服を着ているので魔法騎士生なのだが、見目も麗しい美少女たちが、王子のもとへとやってくる。

「もうお体はよろしいですの？」

「先の反乱軍騒動では大変でしたね。軍内に間者が紛れ込んでいて指揮どころではなかったとか。まったくもって反乱軍は卑劣ですわ！」

ある者はアーリィーを心配し、またある者はアーリィーの心労を労《いた》わった。

「みんな、ありがとう。心配をかけたね」

アーリィーが控えめな微笑で答えると、女子生徒たちは熱っぽい吐息を吐き、感動したように両手を胸の前で組んだりした。

俺はアーリィーの隣の席にいるので、この美少女生徒たちに微妙に囲まれている状態だ。役得な反面、頭越しに会話が流れ行くさまは、空気扱いで、ちょっと寂しい。

「この猫、可愛いですね」

ある生徒が机の上に横になっているベルさんに手を出した。可愛い女の子だったから、ベルさんは手を出すことなく、もふもふさせる。現金なベルさん。

「彼はベルさん。ジンの猫なんだ」

と、アーリィー。すると猫を撫でていた少女はすぐに手を引いた。同時に微妙な空気が流れる。なんだ、もう終わりか、とベルさんが念話で呟く。

「ところで、ええーと、ジンさんと言いましたか」

比較的近くにいた長い黒髪の女子生徒が、俺の名前を口にした。クール系美少女きたー！

「王子殿下の警護ということですが、あなたはお強いんですの？」

「俺？　もちろん、それなりに」

無難すぎたかな。ただ相手が貴族の娘であるかもしれないから、最初は様子見。かつては貴族の娘と付き合ったこともあるが、その時は向こうは英雄として接していたからな。今回はただの護衛官だから勝手が違う。下手なこと言って引かれるのも困る。

「強いよ、ジンは！」

何故か、アーリィーが俺の代わりに答えた。

「冒険者でもあるんだけど、魔術師で、凄腕の武器使いなんだ。先の出兵の際も、ボクを守ってくれたんだ」

目をキラキラさせてアーリィーが熱く語る。よせやい、照れるじゃないか。

俺は思わず顔を背ければ、周囲の女子生徒たちから感心したような声が上がった。

「どれくらいお強いのですの？」

銀髪前髪パッツンにした美少女生徒が聞いてきた。どれくらいってのは、対比の難しい質問だが、そうだね――。

「まあ、現職の近衛騎士より強いな、ジンは」

ベルさんが唐突に言えば、悲鳴とも歓声ともとれる声が教室に響く。原因は当然、黒猫が渋い声で喋ったからだった。

俺に喋らせろよ、ベルさん！

四時間目、校庭での屋外演習。平日の授業は昼までの四時間で終わる。

その基本授業最後の四時間目に体育もどきの運動を持ち込むのは、空腹を加速させる。

こんなもの適当にやってればいいっしょ――俺の本音はそれ。

アーリィーさえ守れれば、学校の成績なんてどうでもいい。ぶっちゃけ魔法騎士にならずともすでに冒険者やってて……とか言うと、本当は逆なんだよなぁと突っ込みが入りそう。

他の職につけるチャンスがあるなら、冒険者なんて危険と隣り合わせな職はさっさと卒業する。それがこの世界での正しい生き方というやつだ。

とはいっても、別に俺は騎士になりたいわけじゃないし、貴族様の子飼いになるつもりもないんだけどね。

攻撃魔法の小テストということで、十五メートルほど離れた的に投射魔法を当てる……昨日、オリビアら近衛に試されたやつと同じのを奇しくもやることになった。ただ的までの距離が短いのは、学生がやるからかね。

的当てに挑む生徒たち。アーリィーも俺より一足先に、テストを受けている。

「風よ、渦を巻いて走れ！　エアブラスト！」

風属性が得意と言っていたアーリィー。彼女のかざした右手から放たれた風の魔法は、大気を震《しん》気楼《きろう》の如く揺らめかせながら、的を直撃する。的に貼られた鉄板がへこみ、歪んだ。

「おおっ！」

見守っていた生徒たちから声が上がる。目に捉えられることがない風（大気を震動させる際、見えるという人もいる）で鉄板に痕跡が残るほどの一撃というのは、強力な証拠だ。

女子生徒たちからの黄色い声援に軽く答えた後、アーリィーは俺に振り返る。

「ジンー！　見てた？　ど、どうかな⁉」

「お見事、アーリィー！」

さすがに上位の魔術師には負けるが、並の魔術師以上の腕前。素直に褒めるべきところだ。

周囲の生徒たちの視線が集まる。アーリィーが真っ先に俺に聞いたから注目されてしまったようだ。……悪目立ちしちゃうなこれ。女の子たちからならいいけど、野郎はお断り。

「ほんと⁉」

アーリィーは嬉しそうに笑んだ。その無邪気な笑みに、女子たちからため息のような声が漏れる。

だが。

「いまあいつ、王子殿下を呼び捨てにしていなかったか？」

無礼だぞ、と男子生徒の陰口にも似た小さな声が耳に届いた。

「護衛のくせに、口の利き方も知らないのか……？」

「何様だよ、あいつ」

うーん、だって名前で呼ばないと拗ねてしまうんだもん。それはそれで可愛いんだけど、怒らせるのはよくない。

それはともかく、アーリィーは王子様だから、何かやったら無条件で褒めなければならない……というわけではなく、実際、魔法騎士生たちの中では優秀だ。

『他の生徒がヘボ過ぎるんだよ』

ベルさん、辛辣《しんらつ》ぅー。

「次、えーと……ジン・トキトモ生徒」

教官の声で、俺はアーリィーと入れ代わるように前に出る。

「ジン、やっちゃって！」

すれ違いざまに、彼女に肩を叩かれた。

こんなの適当に——という俺のほどほど思考は途端に吹き飛ぶ。

生徒たちの視線が集まっている。休み時間で既に、皆大好きアーリィー王子様が『ジンは凄い魔術師だ』と強調して宣伝しまくってくれた。

王子様の言うことに追従する皆様方に対して、俺を凄い凄いと持ち上げるものだから、どれほどのものかと注目が高まっているのだ。

これは適当にやり過ごそうなどという手抜きが許されない空気だ。別に俺ひとりなら構わないのだが、アーリィーが言った手前、周囲を失望させたら、彼女の面目が丸つぶれになってしまう。

可愛いアーリィーをがっかりさせるわけにもいかない。近衛の連中の耳に入ったら、何をやってるんですか、と怒られそうだ。

「よっしゃ、ジン、やっちまえ！」

ベルさんが吠えたら、何故か女子生徒たちがキャイキャイと騒ぐ。……喋る猫として、やたら気に入られてしまったようだ。なお水面下でベルさん争奪戦が、貴族少女たちの間で始まったとか何とか。

まあ、男子生徒から、ちょっと反感買ったようだし、ここは実力差をみせて黙らせておくのがよかろう。なめられたらおしまいってのが学校ってものだ。陰鬱《いんうつ》な学校生活を送る気はないからね。

とはいえ、さあ困った。どの魔法を使って見せればいいのか？　なまじ得意不得意がないために、自分にとっての最高の一発を、というのが浮かばない。いや最高の一発なんてぶっ放したら王都が大惨事になるから全力は使わないいんだけど。

……的一個じゃ、アピールにもなりゃしない。

一瞬で的を消し去ることも考えたが、何をやったかわからないボンクラから難癖を付けられる可能性もある。そうなると派手な魔法がいいか。何を使おう……いやまて、何も一発でなくてもいいのではないだろうか。

「はじめ！」

とか言ってる間に、撃てと教官の指示がきてしまった。とりあえず――。

「弾けろ、雷光！」

電撃弾を右手から放つ。紫電《しでん》の槍が的に飛ぶ――ついでに大気を操作して、ちょっと効果音を大きくしてやる。例えるなら野球でミットにボールが入る時の音がいいと、凄い球だと印象づけられるのと同じ要領だ。

意外に大きな音に、周囲の生徒たちが耳を塞ぐ。だがその時には、俺の放った電撃弾は的を直撃し、鉄板を弾き飛ばしその後ろの石造りの壁を砕いていた。

周囲が絶句する。一発で黙らせるという効果はあったが、俺個人としては何とも微妙な感じ。行動を急かされたとはいえ、ちょっと選択をミスった気分。

「凄いっ！　ジン！」

アーリィーが満面の笑みを浮かべてパチパチと拍手した。一方、ベルさんが野次を飛ばす。

「おーい、ジン。調子悪いのか？　いつものお前さんならもうちっとデカいのやれるだろう！」

煽るなよベルさん。女の子たちが余計に驚き始めたじゃないか。男どもも顔を見合わせ、蒼白になっている。あ、でも王子の拍手につられて何人かが拍手してくれたぞ。

とりあえず、クラスメイトには挨拶代わりになったようだった。


魔法当ての小テストでは、本日、初授業の俺がトップの点数もらった。次からは的を壊さないように頼むよ、と教官にちくりと言われた。

小テストのあとは、屋外演習のメインとも言うべき、剣術による模擬戦。腕自慢どもが鼻息荒く取り組む肉弾戦。魔法が苦手でも筋肉に自身がある連中の独壇場《どくだんじょう》……。

「魔法が凄いのはわかったが、はたして剣術のほうはどうかな？」

キザったらしい伯爵家のボンボンが、俺をそう挑発しながら言った。

「君は魔術師らしいが、ここは魔法騎士を育成する学校。剣術ができなくては意味がないぞ」

いきなり魔法でトップとってしまった俺に対するライバル心剥き出しである。突然やってきた奴に、大きな顔をされてはクラスの面目が保てないとかいうやつだろう。

そう考えているのは、どうも彼……名前はジョシュワと言ったか、そいつだけではなかった。クラスの男子生徒が特に、俺に模擬戦を挑もうと舌なめずりして待ち構えていた。

近衛のオリビアさんは、明日の授業こうなるから予めレクリエーションを組んでくれていたんじゃないか、などと的外れなことを思いつつ、俺は模擬剣を二本とった。

「盾は持たないのか？　模擬戦用の弱弾とはいえ、魔法騎士学校の模擬戦では攻撃魔法が飛ぶぞ」

え、マジ？　俺がアーリィーを見ると、彼女は「そう」と小さく頷いた。つまりルール上、威力を抑えた攻撃魔法を使っていい模擬戦らしい。

これには実戦的だと少し感心した。威力を抑えた魔法とはいえ、それが制御できれば、例えば相手を殺さない程度に魔法を調整する訓練にもなるし、威力の調整で実戦に近い戦技のコンビネーション訓練にもなる。

「……それでは騎士学校の諸先輩方の胸を借りるとしましょうか」

「ジン、頑張って！」

応援してくれるアーリィー。はいはーい、任せて。

教官は、新参である俺の能力を見るつもりなのか、生徒たちの模擬戦の組み合わせなどに特に注意も指摘もいれなかった。

かくて、模擬戦が始まった。

はっきり言えば、魔法騎士といっても所詮は学生。まるっきり相手にならなかった。

第二章　楽しい（？）学校生活

アクティス魔法騎士学校には生徒食堂が複数ある。

主に校庭に面した東校舎に集中しているが、貴族生向けの上級食堂。身分に関係なく食事がとれる大食堂。

そして王族やＶＩＰ用のハイクラス食堂がある。

アーリィーの在学中は、当然ながらこのハイクラス食堂を使う。基本的に王子のみが使うが、王子が招待すれば同席は可能。そして当然のことのように、俺とベルさんはアーリィーに招待されて、こちらで昼食である。

東校舎三階、ちょっとした展望席もあるハイクラス食堂は、丸テーブルが三つ。バーカウンターがあり、専属のコックとスタッフ、給仕係が控えている。

「昼間からフルコースってのも贅沢だな」

「そう？　やっぱり王族のランナって、他とは違うんだね」

俺とアーリィーは白い丸テーブルを挟んで向かい合っている。スープに始まりサラダ、牛の肉厚ステーキ。

「大食堂のメニューに興味があるんだけど」

アーリィーは皿の上のステーキにナイフを入れながら言った。

「今までは連れがいなかったから行けなかった。ジンもいるから、近いうちにそっちで食べてもいいかな」

「やめとけやめとけ」

ベルさんが、俺の切り分けたステーキを一口。

「大食堂がパニックになるだろうよ」

そもそも王室警護の近衛をはじめ、世話係も大いに困惑するだろう。他の生徒が食べる料理を王子殿下も食する……たったそれだけのために、いつも以上に神経を尖らせ、注意を払わなければいけない。他の生徒たちも落ち着かないだろう。

「それに、たぶん、こっちのメシのほうがうまい」

「同感」

まだ食べ比べてないけど、多分ベルさんの言うとおりだと思う。

「それにしても……魔法騎士ってのはエリートなんだろう?」

俺は話題を振る。

「俺たち、最上級学年の三年だ。さっき模擬戦やったけど、正直あれどうなんだ?」

「どう、と言うと?」

俺は閉口した。

ジョシュワをはじめ、男子生徒に挑まれた模擬戦。弱魔法を使って実戦向け、なんて思った俺が間違っていた。

弱魔法といっても、みな馬鹿の一つ覚えに投射系魔法を近接戦前に撃つだけ。要するに殴る前に相手の態勢を崩してやろうという戦法だ。

放たれた魔法を、模擬剣に防御魔法をかけて弾いてやったら、いきなり難癖をつけられた。いわく、剣で魔法は弾けない。つまり実戦でできないことは無効だ、と言うのである。

まあ、これについては出来ないと思い込んでいる人間が多いようなので、実際の攻撃魔法を俺が剣で弾くさまを見せ付けてやることで納得させた。……びっくりされたがね。だが目の前で見せられては認めないわけにはいかない。

とりあえず野郎に遠慮はいらないのでジョシュワをボコった後、挑んでくる男子生徒を相手にしたが、俺が地雷系の弱魔法を使ってやったら、またも物言いが入った。

とかく、この踏んだ何かで死亡判定が入る意味が理解できないとか云々。……仕方ないので、あれを踏んだらこうなります、と演習の一角で派手に爆発させてやった。爆発と共に数メートル吹き上がった黒煙を見やり、クラスメイトたちが絶句し、突然の爆発に別クラスの教官が何人か様子を見に来てしまう。……お騒がせして申し訳ない。

もうしょうがないので、魔法も使わず二本の模擬剣だけで相手してやった。魔法すら使う必要がないほど低レベル。剣術では二、三人、腕のいい者がいたが、それ以外はお粗末そのもの。

「最上級学年っていってもこの程度かよ」

ベルさんは露骨に呆れていた。右に同じ。俺はガッカリだよ。よくそんな腕で模擬戦を挑もうなんて思えるな。

一部を除けば、あまりに低い戦技。魔法騎士学校の生徒はこれほどまでひどいのか。卒業後の即戦力は数えるほどしかいないだろう。魔法騎士はエリートらしいが……実技に関しては大したことはないな。

「まあ、貴族生たちがいるからね」

アーリィーは苦笑い。

「本気で技量を高めようという意識のある人はそんなに多くないと思うよ。魔法騎士の称号、それ目当てと、あとは卒業後の交友関係の開発が、この学校に通っている理由みたいなものだから」

「まあ、わかる話だな。いわゆる貴族間のお付き合いってやつだ」

ベルさんが足で自らの毛を撫でながら言った。魔王様である。社交界やら貴族の付き合いには一言ある。

「アーリィーもそうなのか？」

「そうだね、ボクは王子だから否定はしない。一応、エリート校を卒業しておくことで、箔《はく》が付くというか。ほら、ボクって控えめに見ても男らしく見えないから、そういう武芸的なもので何かわかるものがあるといいって」

控えめ？　俺の目には、もう女の子にしか見えないよ、と言ったら、果たしてどんな顔をするだろうね。ちょっと意地悪したくなる。

「なるほどねぇ……実技は重視されないと」

「うーん、そういうわけでもないんだけどね。あくまでボクや貴族生にとってはって話。騎士家系や一般の生徒たちにとっては、実技は大事だよ。だって卒業後に仕える相手を探す意味でも、実力がないといけないからね」

ステーキを平らげ、食後の紅茶を一杯。

「授業は昼までで終わったけど、この後はどうするんだ？」

「昼食後は生徒の自由だよ」

アーリィーは優雅にカップを手に、紅茶で唇を湿らせた。

「寮に帰ってもいいけど、することがないから自習や研究棟での個別研究とか、クラブ活動やる生徒がほとんどだよ」

「クラブ活動……」

意外な響きだ。俺も中学の頃は全員参加のクラブ活動をやらされた口で、第一印象はあまりよくない。高校からは当然の如く帰宅部を選んだ。

「アーリィーは、何かクラブ活動を？」

「午後のお茶会部と乗馬クラブ。……幽霊部員だから、ほとんど行ってないけどね」

聞けば、どうも貴族生たちのお遊びクラブらしい。やることがないから時間潰しに遊んでいるというのが正解のようだ。案外気楽なクラブ活動。

剣技向上を目指す剣術クラブ、騎馬術を高める実戦騎兵クラブ、魔法研究部、戦史研究部、新戦術考案クラブなどなど。真剣に向上しようと努力する部活もあれば、何をやっているかよくわからない部活もあるらしい。

「クラブ活動は自由だから、別に所属しなくてもいいけど、クラブ活動で成果が認められると成績にも反映されるから真剣な人もいるよ。そもそも、まだ日が高いから寮に帰ってもやることないって人ばかりだから」

ふうん。俺はアーリィーの護衛でもあるけど、彼女が寮に帰るなら、その後、冒険者業に出かけてる余裕とかあるわけだ。寮での警護は、近衛ががっちりガードできるし。

「そうだ、ジン。よかったら、学校案内を兼ねて、クラブ活動見てみる?」

アーリィーがガイドを買って出た。……確かに、学校内で彼女をお守りする以上、どこに何があるか、学校の情報は仕入れるだけ仕入れておく必要があるだろう。

「じゃあ、お願いするかな」

「うん、任せて!」

ほんと、この娘、俺にめちゃくちゃ好意的な笑みを向けてくるんですけど。……惚れてしまうではないか! まあ、実際そうなんですけどね。

そんな俺とアーリィーを見やり、ベルさんは何やらニヤニヤしていた。

「何だ?」

「別にぃ」

ニヤける黒猫さん。言いたいことがあるなら、はっきり言ってもいいのよ?

アーリィーに連れられ、魔法騎士学校のクラブ活動というものを見る。

まずは乗馬クラブ。騎士となれば騎乗スキルは必須。どんな貧乏騎士でも、専用の馬を持たねば恥――などと言われるらしい。

主に貴族出の生徒たちが、平民出の生徒を嘲る時によく口にするようだ。……馬を飼うってのは、結構金が掛かるからな。

校庭のそばに厩舎《きゅうしゃ》があって、広々とした馬場――つまり乗馬の練習場がある。これも学校の敷地内というのだから、でかいよなぁここ。

「おっ、これはアーリィー殿下！」

さっそくクラブの人間に声をかけられる。誰かと思えば、クラスメイトでもあるジョシュワだった。茶色い毛並みの馬に乗った彼は、俺たちのもとへとやってくる。

「馬上にて失礼します、殿下。本日は、もしやクラブに？」

「まあね。といっても、今日は見学だけど」

ちら、とアーリィーが俺のほうに視線をやった。それでジョシュワは察したような顔をした。

「左様ですか。では、ごゆるりとご観覧ください」

失礼、とひと言を残して、ジョシュワは馬を仲間たちのもとへと向かわせた。

「貴様らッ！　王子殿下がお見えになられている！　無様なところは見せるなよ！」

「おおっー‼」

ジョシュワが喝を入れ、馬に乗っていた他の部員たちも力強く応じた。

「元気な連中だ」

ベルさんが呟いた。俺もそれには同意だ。

生徒ながら、中々様になっていて、もし鎧兜を身に付けていれば、いっぱしの騎兵らしく見えるかもしれない。

「ジョシュワはね、クラブ部長なんだよ」

アーリィーが教えてくれた。なるほどね。誰が言った知らないが、騎兵将校はよく突っかかってくるとか何とか、というのを思い出した。

「そういえば、アーリィーは馬に乗れるの？」

「ジン、ボクを馬鹿にしてる？」

ムッとしたような顔になるアーリィー。

「馬術はちゃんとできますぅー。これでも王族だよ？　馬に乗っての式典もあるから、人並み以上はできるからね」

珍しくツンとした表情。そんな顔も可愛い。女の子の軽く拗ねたような顔っていいよね。本当に怒らせちゃうと面倒なんだけど。

小馬鹿にしたつもりはなかったが、確かに王族の、特に男子ともなれば乗馬は必須スキルか。

「そう言うジンはどうなの？」

「どうって……馬？」

「そう」

「まあ、少し」

元の世界にいた頃は、馬に触る機会なんてなかったけどね。この世界に来て、一応は乗れるようになった。まあ、習うより慣れろって感じで、あまり褒められたものでもないが。ぶっちゃけエアブーツとか魔法で何とかなるし。

「ふーん……」

アーリィーは何か考え深げだった。

「それじゃあさ、ボクが馬の乗り方、教えてあげるよ！」

「え……？」

思わず声に出た。馬の乗り方を教えるって、ちょっと想定外だった。

「一応、ジンも魔法騎士学校の生徒だし、最上級学年だから、きちんと馬に乗れないとまずいと思う」

手を後ろに組んで、俺を上目遣いに見上げるアーリィー。その仕草は、俺を殺しにきてるっ！

本音を言うと馬に興味はないのだが、彼女に教えてもらうというシチュも悪くない。何より、そのお願いするような、期待の眼差しを向けられて、ノーと言えるだろうか？　いや言えない。


ちょっとボクらも馬に乗る、とアーリィーがジョシュワらに告げた後、馬場を離れて、青獅子寮へと足を向ける。

乗るとか言ったくせに帰るのか、とベルさんが聞いたが、アーリィーは「ボク用の馬は、寮で世話されているからね」と答えた。

と言うわけで、俺たちは青獅子寮の裏手にある専用厩舎へと移動する。

「ボクも最近、馬に乗ってないなぁ」

「そうなのか?」

「反乱軍の討伐の時からかな。それまで乗ってた子とはぐれちゃって――」

今頃どうしているかな、と彼女は呟いた。そういえば、俺がアーリィーと初めて出会ったのは、その反乱軍騒動の最中だったけど、その時にはもう馬はいなかったんだよな。

「じゃあ、今日乗る馬と言うのは……」

「うん、一応、顔合わせはしているけど、実際に乗るのは初めてかな」

歩哨《ほしょう》として立っている近衛騎士や、馬の世話係、茶色い髪のメイドさんが通りかかったりする中、アーリィーが歩み寄ったのは、真っ白な馬。さすが王子様専用。絵になるなぁ。

「やあ、フェリックス。今日はよろしくね」

アーリィーが優しく白馬に声をかけ、撫でる。顔合わせは済んでいるというのは本当で、フェリックスという名の馬も、アーリィーに懐いているようだった。

「なあ、ジンよ。あれ、角のないユニコーンじゃねえよな?」

ベルさんが冗談めかした。額に長く鋭い角を持つ幻獣とも魔獣ともされる一角獣。伝説では処女にしか懐かないという世界最古の処女厨である。

「もしユニコーンでも問題ないよ。アーリィーは処女だから」

小声で言えば、プフッ、とベルさんが俺のジョークに笑った。

「ま、世話係がおっさんの時点でユニコーンじゃないよ」

その世話係が、フェリックスの背中に鞍を乗せる。ハミを噛ませ、手綱を調整。準備ができると、白馬を撫でていたアーリィーが、世話係の補佐を受けて、鐙《あぶみ》につま足をかけ、鞍にまたがった。

経験者というのは本当だな。乗るまでの所作に迷いがなく早かった。乗ってからもポンポンと馬の首を撫でてやるアーリィー。世話係が、エスコートしてフェリックスを誘導する。馬上でアーリィーが俺とベルさんを見た。

「ジンもおいでよ」

「あぁ」

頷いてから厩舎を見れば、別の世話係が、馬に馬具を付けていた。……俺にはあれに乗れってか？

「え、あ、ちょっと――」

「わっ⁉」

ん？　ちょっと目を離した隙に、アーリィーたちの慌てた声と共に馬の悲鳴のような声。思わず振り返れば、フェリックスがアーリィーを乗せたまま、ひどく暴れていた。

「おいおい……」

まるでロデオマシンさながら、乗っている人間を振り下ろそうとするほどの激しさ。さっきまでの雰囲気とはまったく別物。これはちょっと尋常じゃない！

「アーリィー！」

「殿下！」

歩哨の他、近くにいた近衛騎士も駆け寄る。と、そばにいて必死に馬をなだめようとした世話係が吹っ飛ばされた。

直後、フェリックスは突然、猛スピードで走り出した。青獅子寮の裏庭へと飛び出し、暴走。アーリィーを乗せたまま――。

「ベルさん！」

「おうよ！」

俺とベルさんは後を追う。完全に制御を失った馬。もしアーリィーが振り落とされることにでもなれば、大怪我は避けられない。下手したら死ぬ！

「ベルさん、馬に！」

「おう……って何⁉」

黒豹《くろひょう》の姿になりかけていたベルさんが俺を見た。

「校庭のほうに出たら、注目される！　豹の姿だとマズイでしょうが！」

部活動中の生徒がいるだろう。学校敷地内に黒豹が現れたとなったら大騒ぎである。

「！……ああ、もう、くそっ」

ベルさん、馬の形に変化する。当然のように黒馬である。俺はエアブーツで加速するまま、黒馬と化したベルさんの背に流れるように飛び乗った。

馬となったベルさんは速かった。あっと言う間にアーリィーを乗せたフェリックスに追いつく。

「で、ここからどうするんだい、ジン？」

「アーリィーを馬から離す」

俺は、無詠唱で浮遊の魔法を男装のお姫様にかける。

「アーリィー、アーリィー！　すぐ助ける！　手綱から手を放せ！」

「ジン！」

振り落とされないように必死にしがみついているアーリィーが、こちらへ顔を向けた。

「放したら……落ちるよ……っ！」

「大丈夫だ！　俺が受け止める！　早く！」

アーリィーは逡巡する。落ちたら怪我は確実、最悪死ぬかもしれない。手綱を放したら、間違いなくそれだ。だがこのまま馬が暴走を続ければ、やがては……。

「フェリックス……！」

アーリィーは一度、馬を見た後、覚悟を決めたようだった。

「ジン！」

「手綱を、放せっ！」

ぱっと、次の瞬間、アーリィーの身体が宙に浮いた。白馬からその身が置き去りにされたかのように。そしてそのまま固い地面に――落ちないんだよな。

「ベルさん！」

すでに黒馬は速度を落としている。俺は浮遊の魔法を制御し、アーリィーの身体をこちらに引き寄せると、お姫様抱っこならぬお姫様キャッチ。

「いいぞ、ベルさん、止まれ！」

言葉が通じるというのはいいことだ。手綱や馬具に頼らずとも、その通りに動いてくれる。まあ、ベルさんだからではあるんだけど。おかげでアーリィーを無事保護。やったぜ！

「ジン……！」

「大丈夫かい、アーリィー？」

「……」

バッとアーリィーが俺に抱きついてきた。あー、よしよし、怖かったんだろう。もう大丈夫だ――。

『……このまま引き返すぞ』

ベルさんが魔力念話でそう言って、来た道を引き返す。

『危なかったな。もう少しで、林を抜けて、校庭に出ちまうところだった』

馬が暴走して、王子様が巻き込まれる、なんてスキャンダラスな事案が生徒や学校側にバレずに済んだということか。

『もちっと、抱っこしててもいいぞ。……いや近衛連中が駆けつけてくるな。そろそろそのポーズなんとかしないと、あらぬ誤解を受けるぜ？』

お姫様抱っこしてるんだった！　とっさだったけど、俺、ひょっとしていい思いしてる？

「ジン、その……ありがとう、また助けられた」

アーリィーが顔を上げる。だが頬が赤い。

「その、そろそろこの格好は、まずい、かな……？」

「お姫様抱っこ？」

「……！」

図星でした。知ってた。わざとだよ。照れるアーリィーを愛でたいところだけど、彼女を王子と思っている近衛騎士たちの前で恥をかかせるわけにもいかない。名残惜しいけど、馬を降りて、アーリィーには直接立ってもらった。

ベルさんも元の黒猫に戻り、直後、血相を変えた近衛騎士たちが駆けつけ、アーリィーの無事を確かめた。皆が一様に安堵《あんど》する。

それにしても、何だってフェリックスは暴れたんだろうな……？


ケーニギン公爵領、クロディス城。

ヴェリラルド王族の血を引く、ジャルジー・ケーニギン公爵はその私室にいた。

キングサイズのベッドの上で、その長身かつ鍛えられた若き公爵は身を横たえる。

「アーリィー……」

ジャルジーの口から漏れるその名前。よぎるのは、反乱軍の陣地で出会った金髪翡翠色の瞳を持つ少女じみた顔の王子。従兄弟、アーリィー・ヴェリラルド……。

あの日に出会ったアーリィーは女だった。影武者と思い、捨て置いたが、後から思えばとても惜しいことをしたと悔いている。

あの後、何者かの手引きによって、あの女は姿を消した。アーリィーと見分けがつかなかった。影武者ではなく本物のアーリィーだったのでは、という思い。いやむしろ、あれが本物のアーリィーであってほしいと思った。

王子ではなく、女であるアーリィー。ジャルジーは、あの影武者のアーリィーに心奪われた。

前々から女顔であるアーリィーを従わせたいと思っていた。それが女であるなら、それはそれで構わない。奴を足元にひれ伏させる。屈服させ、蹂躙《じゅうりん》してやる……！

もう一度、あの女に会いたい。歪んだ愛情。ジャルジーは目を伏せ、思いをめぐらせるのだった。


魔法騎士学校通学一日目。講義を受けるだけなら大したことはないが、魔法を使った模擬戦で意外と魔力を消費した。

その前の日に、近衛の連中相手に魔法を使いまくっていたので、ちょっと無視できない量の消耗となっていたのだ。

そこへきて、近衛隊長のオリビア・スタッバーンが俺に対して提案してきた。

「ジン殿、殿下の警護、そしてこの度の馬の暴走からの救助、ご苦労様でした。つきましては、ジン殿にご相談がありまして、お付き合いいただけないでしょうか？」

ずいぶんと下手に出てくるようになったな、この人。

「近衛隊の戦技向上のため、ぜひ稽古をつけていただきたく！」

「……」

「我ら騎士もですが、魔術師たちも、魔法技量向上と戦術強化のお時間を割いていただきたいと申しておりまして――」

聞いていたベルさんはニヤけている。

『よかったじゃないか、美人からのお誘いだぞ』

『その後ろに何人野郎がいると思ってるんだ？』

頼られるのは嫌いではないが……オリビア殿、あなたの頼みでなければお断りするところだったぞ！

とりあえず、稽古については後日ということでその場を辞した俺。美女の頼みは断れないのが玉に瑕だな。


アクティス魔法騎士学校の生徒になった俺ではあるが、初日派手にやったせいか、ある程度のクラスメイトから一目置かれたようだった。

アーリィーに対する挨拶は、いつものことながら、俺やベルさんに声をかける生徒が増えた。女子人気ではベルさんはアーリィー並みだったりする。歳若い娘たちから撫でられ、いい歳のベルさんはご機嫌だった。

「本当の年齢教えてやれよ、ベルさん」

「やだよ、化け猫呼ばわりされちまう」

仮の姿のひとつである黒猫姿で、人生エンジョイしているらしい。まあ、ベルさんが化け猫なのは俺は知ってるよ、うん。

とはいえ、完全に受け入れられたわけではなく、一部の生徒――はっきり言えば貴族生たちが陰口じみた言葉を叩いているのを聞いた。王子殿下の前だから堂々と言わないみたいだが。言ったら遠まわしに王子を批判していることに繋がるから、言いたくても言えないんだろうけど。

さて昼食の後、アーリィーに今日はどうすると聞かれたので、俺は冒険者ギルドに顔を出すと答えた。最後に顔を出したのは三日前。わずか三日、されど三日である。

「え、ボクも行きたい！」

アーリィーが冒険者ギルドへ同行したいと言った。えっと、王子様が出るのは近衛に相談しないと駄目じゃなかろうか。王族なのだから外に出るのも黙ってとはいかないだろう。いや、俺がちょっと魔法使えば抜け出せなくもないが、後で絶対面倒になるだろうなぁ。

王族専用の青獅子寮に戻って、ビトレー執事長、オリビア近衛騎士長に相談したところ。

「公式行事ではない外出はお控えください」

「……」

うん、知ってた。俺は肩をすくめ、アーリィーは不満げに頬を膨らませた。

「膨れても駄目です、殿下」

オリビアが困惑しながらなだめる。

「貴方様のお命を狙う輩のこともございます。王都に出られるなら、こちらも万全の警備体制をとらないと――」

「まあ、お忍びなら、いいのではありませんかな？」

年配の執事長は、すっとぼけた調子で言った。その発言には、オリビアだけでなくアーリィー自身も驚いた。

「もちろん、外見で悟られない擬装は必要ですが……。冒険者ギルドに行くだけですし、ジン様がお守りしていただけるなら、それほど危険はないと思いますが」

「ビトレー殿、そう簡単におっしゃらないでください。何かあれば我らの首が飛びますぞ」

確かに。王子を守る近衛がその役割を果たせないようでは責任問題。事と次第によっては死刑もありうる。次期国王である王子というのは、それほど重要な存在である。

「今回は諦めなよ、アーリィー」

わからないアーリィーでもないだろうが……。

「近衛にも手続きってものがある。まあ、俺もどうしても今日いかなきゃ駄目ってわけじゃないしな」

オリビアはホッとしていた。一方でアーリィーは不満そうだ。よしよし――。

「また今度、出かけようか。近衛だってちゃんと準備できていれば問題ないわけだし」

「今度……」

ちら、と乙女な王子様は、近衛隊隊長へ視線をやる。「え。ええ……」と要領を得ないような返事をするオリビア。面と向かって同意はできないが、王子の意向とあればやむを得ない、といったところか。

「わかった。絶対だよ」

何だか、幼子と遊園地へ行く約束をする親みたいだな俺。というかアーリィーが、ちょっと子供っぽ過ぎるんじゃないか。王子様って普段から、こうだったのか……？

まあ、いいや。とりあえず、この場はやり過ごして適当に、学校の予習しようぜとアーリィーを誘い、他の者が部屋から出るように仕向ける。

メイドさんが美味しいお茶とお菓子を用意してくれた。彼女もまた退出したあと、部屋には完全に俺とアーリィー、ベルさんだけになった。

よしよし、それじゃあ始めるか。俺は革のカバン《ストレージ》を引っ張り出す。

「じゃ、誰も見てないし、出かけようか、アーリィー」

「え……？」

キョトンとする金髪王子様に、俺は言った。

「王都に行くって言ってるんだよ。……行きたくない？」

「いいの？」

「駄目なら誘わないよ。なあベルさん？」

「知らねえぞ、怒られても」

「そんなヘマするかよ」

笑ってベルさんの脇をくすぐってやる俺。俺の誘いに、彼女の答えは当然――。


シンデレラは魔法でドレスをまとい、舞踏会に出席した。魔法で、ということは、俺にも同じようなことができないわけがない。

というわけで、俺とアーリィー、そしてベルさんは、青獅子寮を抜け出し、魔法騎士学校の外、王都へと繰り出した。といっても、冒険者ギルドへ行くだけだけどね。

もちろん、ビトレー氏にもオリビアにも秘密だ。夕食の時間までに部屋に戻ればよし。いないと発覚すれば大問題へ発展である。合掌。

俺は学生服ではなく、いつもの灰色ローブをまとい、冒険者ルック。ベルさんは俺の肩に乗っている。

アーリィーは小綺麗なワンピースをまとい、ちょっとセンスのよい町娘スタイルになっている。いつもは束ねている金髪を下ろしているので、金髪ストレート……に見えるのだが、実際のところ、その姿で見ている者はいない。

本当はもっと可愛い服を着てもらいたいところなんだけど、さすがに式典でもないのにドレスは悪目立ちするし、空気を読むべきところだ。無念ではある俺だが、アーリィーにはそのうち、そういう格好も披露してもらいたい。

「ねえ、ジン。これ、ほんと大丈夫なの？」

お姫様は、男装を解かれ、女の子として王都を歩いている。胸の矯正具もないから、普通に胸があるし、もとより美少女顔だからね。

男装で生活している手前、女の子としてバレないよう振る舞っているアーリィーにとっては、そういう『防具』がない状態は非常に心細いのかもしれない。憧れはあっても、いざやってみると、性別がバレないか、びくびくしているのだ。

「大丈夫だよ。俺の魔法で今の君の姿は、周囲には別の人間に見えている。間違っても王子様なんて言われないよ、アリアお嬢様」

人間というのは案外思い込みで人を判別しているから、些細《ささい》な変化に気づかないこともある。髪の色、性別が違えば、どこかで見た気がしても、パッと見では変装に気づけないものである。金髪、男性という思い込みあればこそだ。今のアーリィーは黒髪の少女である。

とはいえ、魔法で姿を擬装しても、さすがにアーリィーの名前で呼ぶのはまずい。ということで、適当にアリアという名前で呼ぶ。

「憧れの女の子としての散歩はどう？　今の君はどこからどう見ても、町の美少女だ」

「もう、からかわないでよ。これでも結構、恥ずかしいっていうか、慣れないっていうか」

周囲が騒がしいので、小声で言ったのだが、周りが気になるのか彼女はもじもじしていた。可愛い。変に羞恥心が働いているようだ。学校では女の子っぽく見え始めているのだが、そのあたりの自覚はないくせに、である。

「やっぱり胸のあたりが、こう……気になるというか」

アーリィーは自身の、わりと豊かな胸の前に手を置く。矯正具がないから、より落ち着かないのだろう。ベルさんが、ひょいと俺の肩からアーリィーの肩に飛び乗った。

「じゃ、オイラを抱えるか？　盾代わりになるぞ」

黒猫の提案に、アーリィーは喜んでベルさんを抱えると胸の前に持っていった。盾代わり……このエロ猫め。ちゃっかりアーリィーの胸に身体預けてるんじゃないよ！

「羨ましい……」

「ん？　何か言ったジン？」

「何でもないよ」

人々が行き交う通りを抜け、冒険者ギルドを目指す。たった三日行かなかっただけなのに、何故か懐かしい気持ちがこみ上げてきた。

とはいえ、今日はちょっと様子見て、最新の情報を仕入れるだけだけどね。

……そう、思っていたんだけど。


「おう、ジン。ようやく顔を見せたか」

冒険者ギルド、一階フロアに入った俺とアーリィー、そしてベルさん。そこを呼び止めたのは、ドワーフの名鍛冶師であるマルテロ氏だった。

「こんにちは、お久しぶりです」

「お前さんが来るのを待っておったぞ。宿を訪ねたら引き払っとったから、どこかへ行ってしまったかと心配したわい」

おや、女子連れか、とマルテロ氏。俺はアーリィー、もといアリアを知り合いのご令嬢と紹介する。

「令嬢？」と、当のアーリィーは一瞬面食らうのをよそに、俺はマルテロ氏に声を落として言った。

「――さる高貴な御方《おかた》なんですが、お忍びなんです。内密に」

「お、おう……」

まあ、嘘は言っていない。

「それで――また、ミスリルですか？」

「うむ、新規を制限しても先約が多くあってのぅ。ギルドは近々ミスリルが入ってくると言ってはいるのじゃが……」

「新規を制限」

「おう、作ってほしければ材料のミスリルを持ってこい、と言っておる」

なるほど。俺は頷く。

「それで、今回は急ぎなのですか？」

「うむ、急ぎになった。お前さんが、ここ三日現れんかったからのぅ」

魔法騎士学校転入で、こっちいけなかったからな。それよりも……。

「その分だと、大空洞ダンジョンのミスリル鉱山開拓は、まだ手付かずなんですね」

俺以外にも冒険者はいる。ミスリル銀を求めて、他の連中も動いているはずなのだが……マルテロ氏が俺をわざわざ待っていたというのは、開拓は進んでいないと見るべきだろう。

「そんなわけで、これからちゃちゃっと行って、ミスリル掘りに行きたい。もちろん、急な分、礼は弾むぞ」

以前の俺なら、特に用事がなければ断らないのだが、いまはアーリィーがいる。衣食住がある程度保障されている現状、マルテロ氏の依頼を受ける必要はなかったりする。……とはいえ、世の中何があるかわからない。自力で稼げる手段は確保しておくべきだ。

アーリィーを寮に戻した後、ポータルで大空洞に移動。いつものようにゴーレムたちに掘らせて、あとはマルテロ氏を護衛しておけば問題はない。よしと――。

「ジン、噂をすれば――」

と、涼《すず》やかな女性の声がした。おやこの麗しい美声は……。

見れば、エルフの弓使いヴィスタと冒険者ギルドの副ギルド長のラスィアさんが揃ってやってきた。エルフとダークエルフ美女のツーショットである。なかなか希少なペアは目の保養になるが、ドワーフであるマルテロ氏は顔をしかめた。エルフとドワーフの種族的仲の悪さは有名である。

「何ともいいタイミングで現れたものだ。話が早い」

ヴィスタが言えば、ラスィアさんも頷いた。

「そうですね。……ジン・トキトモさん、少しお話よろしいでしょうか?」

「なんじゃい、藪から棒に」

俺ではなく、マルテロさんが怪訝そうに言った。アーリィーは不思議そうに、やりとりを見やる。

ラスィアさんは構わず言った。

「比較的緊急性の高い依頼が舞い込みまして。ジンさん、ぜひご協力ください」

はいどうぞ。……いったい何だろうね。

「立ち話も何ですので、詳細は談話室で」

緊急性の高い依頼と聞かされては、何も聞かずに断ることはできなかった。……何せ、この国では反乱騒動なんて大事もあったわけだし。

それでなくても冒険者絡みともなれば、ダンジョンや、何かヤバい魔獣討伐なんて起こることもある。何より、ラスィアさんからの頼みだからね。


「で、どうして皆さん一緒に……」

談話室でテーブルを挟んで俺と向かい合うラスィア副ギルド長は困惑した。褐色《かっしょく》肌の冷静美女の困った顔というレアな光景に眼福……なんて余裕はなかった。

俺の隣には女装アーリィー――元々女の子だから、妙な言い回しになるが――と、マルテロ氏が座っている。

「わしは、ジンに仕事の約束があってな。横入りは感心せんが、緊急性がどれほどのものか聞いておきたい。わしも緊急性が高いのでな」

ラスィアさんの視線が、ドワーフの鍛冶師からアーリィーへと向く。俺は口を開いた。

「いま俺はアリアお嬢様の護衛を受けている身なので、彼女を一人にはできません。もし秘匿性《ひとくせい》に問題がある話なら、一度出直して、改めてになりますね」

王子様連れ出している以上、俺には責任があるのだ。当然ながらこちらの優先度は高い。ラスィアさんは、傍観者の如く入り口脇に立っているヴィスタを見た。金髪エルフはコクリと頷く。どうやら、話していいという許可をとったようだ。

「王都より東にあるデュシス村から救援の要請です。村は狼型の魔獣によって危機的状況にあるとのことで、至急討伐してほしいというものです」

狼？　俺は眉をひそめ、マルテロ氏は拍子抜けしたような顔になった。

「狼型の魔獣？」

「何でも、この魔獣は人を襲うようで、すでに村人が複数殺害されているそうです。討伐依頼を受けた冒険者が向かいましたが、彼らもどうやら返り討ちにあったようです」

「……そいつは本当に狼なのか？」

マルテロ氏が唸るように言った。

「そもそも、狼は人を避ける生き物じゃ。家畜を襲うことはしばしばあるが、人に対してはあまり積極的ではないんじゃ」

そう、狼というのはそういうものだ。たまに好戦的なものもいるが、基本家畜は襲うが人間は避ける傾向がある。だからグレイウルフなんかも、強さの割りに討伐した時の報酬額が高めに設定されている。人間と戦う狼が少ない一方、家畜を食い荒らすからだ。

まあ、もちろん例外はいるし、数が多かったり、人肉を好む狼だと積極的に襲ってきたりすることもある。

「狼に似ているらしいですが、それよりひと回り大きいという報告です。その魔獣は家畜は襲わず、人間を標的にしているとのことです」

まるでジェヴォーダンの獣だな。

昔、フランスのジェヴォーダン地方を荒らしまわった狼のような化物。人間ばかりを襲い、その正体は現代でもよくわかっていないというやつだ。

「人間を襲うために、村人は村から出ることもできなくなっており、その生活も困窮《こんきゅう》しているとのことです。伝書鳥の報告によれば、村の中すら徘徊《はいかい》しているらしく、家からも出られないとか。

……早急に解決しないと餓死者が出る恐れもあります」

もう出ているかも。何日前からその状態かは知らないが。家に蓄えがあるならともかく、食べ物の保存状態が中世レベルでは、家にあるものなどお察しだろう。そもそも水すらほぼ毎日、外の井戸や川に汲みに行くような世界だ。

「ジン……」

アーリィーが何か言いたそうな視線を向けてくる。助けに行くべきだ、という目である。だよねぇ、俺もそう思うな。

男たちはともかく、女性たちはあまりの恐ろしさに不安もいっぱいだろうからな。

デュシス村の獣――狼に似た魔獣に村人が襲われ、危機的状況にあるという話を聞かされた俺。どうしてその話を俺にしたのか、というラスィアさんへの疑問。談話室入り口近くの壁にもたれていたエルフのヴィスタが、静かに目を開けた。

「魔獣退治の依頼を受けたのは私なんだ、ジン。どうやら先日のクリスタルドラゴン討伐を評価されたらしい」

「クリスタルドラゴンじゃと？」

マルテロ氏が目を丸くした。大竜クラスの水晶竜《すいじょうりゅう》を大空洞ダンジョンで倒したのは俺の記憶にも新しい。

その際、ヴィスタと素材で得る報酬を半分ずつとしたが、実際に素材を売るのはヴィスタに任せた。二人別々に売りに行くのも面倒だから、一人が代表して売りに行っただけであるが。……どうやら、それでヴィスタがギルドに目を付けられたらしい。水晶竜を倒したドラゴンスレイヤー。

「それで、私に依頼が回ってきたわけだが、それで条件を出したんだ。パートナーとしてジン・トキトモを同行させてほしい、というものだ」

「ソロであるヴィスタさんから、パートナー指名というのも驚きですが」

ラスィアさんが言った。

「話を聞くと、その人選には頷けるところがありまして。第一に、ジンさんは狼狩りのプロである」

そうなのか？　マルテロ氏とアーリィーが視線を寄越す。俺のギルドでの依頼戦績を見ればグレイウルフ討伐の多さが特徴として出ているだろう。……いつの間にか、狼狩りのプロなんて思われているらしい。

「第二に、今回のデュシス村に行っていただくに当たって速度も重要ですが、聞けばジンさん、あなたはとても速い馬車をお持ちとか……」

ヴィスタを乗せて大空洞まで走った馬車、もといマンティコア車。俺は思わず額に手を当てた。

なるほど、合理的だ。

「救援物資を運ぶ手間を考えると、少しでも運べれば一石二鳥。第三に、ワイバーンを退治できて、さらにクリスタルドラゴン討伐でも活躍されたジンさんなら、今回の獣相手にも遅れはとらないでしょう」

クリスタルドラゴンを討伐したぁ？――マルテロ氏、顔が怖い。そんな目で見ないで。

「事は急を要します」

ラスィアさんは頭を下げた。

「どうか、デュシス村まで行ってもらえないでしょうか」

行きましょう、と即答しかけたが、思いとどまる。今はちょっとお姫様の護衛依頼がある。少し考える時間が必要だ。

「ジン、行くべきだよ」

アーリィーが言った。

「助けを求めている人たちがいる。いまこの瞬間にも危機に陥っている人が。本当ならボクが——」

しっ、と俺は彼女の口もとに、人差し指を当てて黙らせる。変装中です、ボクなんて言わないでくれませんか、王子様。

仮に王国軍にご出陣を願うような事態になったとしても、今から編成していつ救援に行けるかを考えれば、当てにするだけ無駄である。俺が行くしかないな、うん。

とりあえず、俺が抱えている諸問題を解決する必要がある。

「マルテロ氏、あなたも急ぎの仕事を抱えているようですが、申し訳ないのですが人命がかかっているので、一日二日、待ってもらっても？」

「おう、それくらいなら。さすがに人の命がかかっておるんじゃ。そっちから潰してこい」

どうも。理解があって助かる。俺はベルさんへと視線を向けた。

「悪いがベルさん、今回はお留守番、頼むよ」

「エェー……」

一緒に行く気だったのだろう。心底不満そうな声が上がった。

「遠出だからな。その間、アーリ——お嬢様を見てる人が必要だろ？」

声を落として説明。王子様の護衛を放り出すわけにもいかず、さりとて、人の生き死にがかかっている状態を無視もできない。

「頼りにしているぞ、相棒」

「あー、しゃあねえな」

黒猫は足で自身の毛を払う仕草をとった。

「オイラがいないってことは、とっさに助けてやれないぞ？」

「そこまで俺は弱くないぞ？　当てにしてる」

「任された」

さすが相棒。さて、次はアーリィーだ。

「君は寮に戻って。さすがに夕食の時間をオーバーするのはまずいからな……」

「でも……」

「気持ちはわかるけど、頼むよ」

「……う、うん。わかった」

俺が真剣なのをわかってくれたか、彼女は頷いた。何せ相手がはっきりしないからな。戦場の勘と言うべきか、よくない予感がする。

最後に、ラスィアさんへと向き直る。

「では、デュシス村への救援、お引き受けします。ちなみに依頼という形ということは、報酬ももらえるということでよろしいでしょうか？」

これでも冒険者だからね。もらえるものはもらうのだ。


冒険者ギルドの裏手に、デュシス村への救援物資が用意されていた。ざっと見たところ馬車数台分はある。

どれだけ運べるか、と聞かれたので、全部運んでやると答えてやった。俺の馬車に全部詰めないが、そもそも俺にはストレージがある。

ヴィスタには先に、王都の外で待ってもらうことにして別れた。人の気配のない場所でポータルを使い、アーリィーを青獅子寮へと送る。

「じゃあ、行ってくる」

「気をつけてね、ジン」

まるで出征する恋人を見送るようなアーリィーの視線。何だか大げさに感じたが、悪い気はしない。不謹慎だけど、むしろうれしい。それを悟らせないように頷きだけ返すと俺は寮を出た。魔法騎士学校の外出許可をとるのも面倒なので、抜け出した時同様、密かに校外へ。

空はすっかり暗くなり、間もなく夜となる。まだ夜に開く店もあるから表通りを避けて、裏通りをエアブーツで駆け抜ける。閑散とした道だが暗い。急な飛び出しなどでぶつかって怪我とかも馬鹿らしいので、壁を蹴って民家の屋根へ。

そこから薄暗い中を手早く抜け、王都外壁東口へ。閉門時間の寸前に門に到着。冒険者ギルドの依頼で王都外に出ることを門番たちに告げれば、門を閉めるから朝の開門までは戻ってこれないぞと念を押された。

やがて、門が閉まる中、俺は東口外で待っていたヴィスタと合流した。少し歩いて王都から距離をとった頃には、星明りが瞬く夜空が頭上に広がっていた。

ヴィスタが口を開いた。

「綺麗なものだ。……そろそろ、乗り物を出してもいいんじゃないか、ジン？」

そうだな、と俺はDCロッドを取り出す。ヴィスタは眉をひそめた。

「ジン？」

「車は出さないぞ」

夜中に高速で走らせる？　舗装された道路もないのに？　平原が広がっているとはいえ、地面はでこぼこしているし、どこに穴があるかわかったものではない。街道にしても、所によっては路面状況が悪い。視界のよい昼間ならともかく夜は危ない。魔法車ならブレーキ対応で何とかなるかもだが、馬車などの牽引《けんいん》型は速度を出せば出すほど急には止まれず危険だ。

「さっき王都を走ったときに気づいた」

「言われて見れば確かに。それならば、出発を早朝にしておけばよかったということか？」

「急ぎの案件ってことで、ちょっと考えればわかることを見落としていた」

俺ひとりなら、ベルさんに乗って飛んでいくのだが。以前デュシス村に行ったことがあるが、その時も空からだった。

「だから、俺たちも空を飛ぶ」

DCロッドで、魔獣を生成する。杖のもとであるダンジョンコアは、一度覚えた魔獣は魔力を消費することで作り出すことができる。

俺が選んだのは、空を飛ぶ魔獣、グリフォンだった。

あいつがいる……。

村の中に、あの黒くて大きな獣がうろついているのがわかる。

村人たちはそれぞれの家に引きこもっていた。外に出ると、あの獣に襲われる。あいつがいないのを見計らって水を汲みに行った者は、ひとりとして帰ってこなかった。

最初は村の近辺に出たら危ない、で済んでいた。だがやがて、夜に村の中を徘徊するようになり、いつからか昼間にも姿を現すようになった。村人や訪れた旅人が、一日一人ずつ殺されていくようになり、さすがに狩人や冒険者が獣の討伐を行ったが、彼らもまた全滅した。

村人は一歩も家から出ることができなくなった。家にいる間は大丈夫、そう思われていた。

だが昨日の夜、バリバリと木材の割れる音がして、悲鳴が聞こえた。あいつは、とうとう家の中に入り込むようになったのだと思った。

見た者はいない。外に出ることは死を意味するから。だから彼らは祈った。地下室がある家では地下にこもって、ただ祈った。

しかし村人たちの心は絶望に沈む。もはや、村に安全な場所などどこにもないのではないか？

今日は？　明日は？

ひたひたと死の足音が聞こえる。そしてあいつの唸り声も。

夜が明ける。周囲を深い森に囲まれたデュシス村。木造の民家が十数軒立っている小さな村である。

曇り空。夜は去ったにもかかわらず、人の姿はない。森に入って狩りをしたり、木を切りに行ったり、あるいは水を汲みに出る者もいない。

さながらゴーストタウンだ。王都からグリフォンに乗ってやってきた俺とヴィスタだったが……。

「嫌な予感しかしない」

実は深夜のうちに到着したのだが、俺は狼型としか聞いていない魔獣が実際どんなものか、魔法でフクロウを作り出し、その暗視能力と飛行を使って偵察活動を行った。

狼型の魔獣は確かにいた。全身黒い体毛に覆われた犬だか狼だかに似た顔つきで、その身体は虎《とら》のように大きい。確かに狼に比べたらデカい。

それが、複数。……そう、魔獣は一頭だけではなかったのだ。

こいつらはいったい何だ？　ベルさんを連れてきていれば、何かわかったかもしれないが、生憎とここにはいない。

「ただデカいだけの狼、ではないだろうなぁ、やっぱり」

俺が呟く。

「冒険者が何人も返り討ちに遭っているってことは、何かそれなりの能力か身体を持っているってことだが」

いったい何だ、あの獣の能力は。虎並みか、それ以上のパワーか。あるいは足の速さだろうか。魔法的な能力を持っているのは見た目からは推測しようがないが……。

「とりあえず、そこそこ頭はよさそうだ」

「ついでに索敵範囲も広い」

傍らにいるヴィスタが魔法弓ギル・ク改を手にしながらも、その美しい横顔を険しくさせる。

「奴らは、こちらの気配に気づいているぞ」

「ああ、その上で、俺たちが村に入ってくるのを待ってやがる」

弓の名手たるヴィスタとて、標的が見えなければ撃てない。フクロウの偵察にて姿を見せた獣たちも、こちらが村に近づいたら、さっと闇に紛れて周囲の森や村内に隠れた。

「奴らを炙《あぶ》りだすか、潜伏場所に行ってひとつずつ潰していくか……」

「炙る……村の建物を燃やす気か？」

「よく燃えるだろうなぁ……って、今のが冗談だったら笑えないぞヴィスタ」

村人は家にこもっている、という話だから、確認もせずに家を燃やしたり破壊したりはノーだ。

「まあ、向こうは狼と違って人間を積極的に襲うらしいからな。囮《おとり》を出せば食いつくだろう」

「で、誰を囮にするつもりだ？　ジン」

「……普通に考えたら、俺だろうなぁ」

ヴィスタはマジックアーチャー。その長所は魔法弓を使った投射攻撃。近接戦は避けることを考えれば、遠近どちらも対処できる俺が前衛、ならぬ囮役をするべきだろう。……後衛職の魔法使いが囮ってのも何だか間違っている気がしないでもないがね。

「中央の広場へ行く。……ヴィスタは手近な民家の屋根の上に。行けるか？」

「魔法で上げてくれると助かる」

浮遊——俺は指を振って、ヴィスタを家屋の屋根へと浮かせる。屋根の上は、魔獣も飛び上がれず、逆にアーチャーにとっては絶好の射撃位置となる。

「さて、どんな手で魔獣が出てくるかわからないからな……」

囮役のこっちには四方八方から群がってくる可能性を考えて、防御魔法をかけておこう。体当たり、牙、爪などに備えて、光の障壁あたりでいいだろう。火の壁《ファイアウォール》も考えたが、体当たりされた時、燃やしきれずに突っ込まれると防ぎようがないのでやめた。……ちなみに光の障壁は、別に光が壁になるわけではなく、光の屈折によって見えない壁が形成されるのであって、光自体が防御効果を持っているわけではない。

村の中央広場へと俺は歩みを進める。このまま真っ直ぐ北上すると、以前お荷物を届けた大地主の邸宅へ行くのだが……はたして無事だろうか。昨日の偵察では明かりもなく、人の気配がなかったが。

「……おっと」

前方に、例の黒い狼のような魔獣を視認。向こうもこちらを睨んで——。

ドンと、激しい衝突音が右側至近から響いた。思いがけない音に、俺は手にした杖を構えれば、右手に例の獣がもう一頭。いつの間にかすぐ近くにいるではないか！　衝突音は展開した見えない障壁に魔獣がぶち当たった音か。

とか言っている間に、さらに二回。先ほど視認した奴と、別のもう一頭が同じく突進してきたのだ。

やべぇ、こいつら、視認できないほど速く突進してくる!?

俺は障壁に守られつつ、一度距離をとるべく後退する。黒い魔獣たちも不意に飛び退いた。つい一秒ほど前に狼らがいた場所に、雷の矢が突き刺さる。

ヴィスタだ。……というか、狼ども、彼女の矢をかわしやがったぞ。

「ライトニング!」

俺は矢をかわした魔獣の一頭に雷弾を追い討ちとして放つ。だが獣は、軽やかなステップでそれを避け、一気に十メートル以上離れた。あまりに速すぎて、一度ステップを踏むとそれだけの距離を飛べるのだろう。

ガンッ、とまた別の魔獣が俺の死角から飛び掛ってきた。障壁なかったら、マジやられたぞ。

「火柱!」

向かってくる敵めがけて、地面から爆発と同時に火柱を噴き上がらせる。だが。

「これも避けるか!」

魔獣たちは二手に分かれて火柱から逃れる。

だがこの時、ヴィスタも危機に陥っていた。


広い射界から狙撃に徹するエルフの弓使いだが、魔法弾を魔獣どもはことごとく回避した。それどころか――。

「跳んだ⁉」

一頭の魔獣が別の民家の壁を蹴ると、ヴィスタがいる建物の屋根まで飛び上がってきたのだ。すぐに魔法弓を構え、撃った時には黒き魔獣は懐に飛び込んでいて。

やられる⁉

迫る爪。だが寸前で見えない壁が、ヴィスタと魔獣の間に割って入るように現れ、弾き飛ばした。

見ればギル・ク改の魔法文字が光っており、持ち主であるヴィスタを防御魔法で守ったのだ。

――ジンに改良してもらっていなければ、今のでやられていた……！


「ヴィスタ、来い！」

俺は叫んでいた。今のままでは奴らのペース過ぎて、こちらの打つ手がない。一旦、仕切り直す必要がある。

屋根から飛び降りた彼女のもとへ駆け寄る俺。そして距離は離れているが、黒い獣の姿が正面、横、後ろに――

「ストーンウォール！」

地面の土砂を瞬時に石化、それらがせり上がり壁となって、ドーム状に俺たちの周囲を覆った。

直後、体当たりされたと思しき衝突音がした。……もしかしたら一頭ぐらい頭からいって衝突死していないだろうか。

「とりあえず、シェルターはできた」

俺とヴィスタを囲む岩のドーム。わずかな隙間が空いているので、光が差し込み、空気も入る。

ただ狭いので、そのうち暑苦しくなってくるだろうが。

少なくとも、あの黒い魔獣はせいぜい手を突っ込むくらいしかできないだろう。突っ込んできてもこちらには届かないし、その手を切り落としてやるけどな。

俺はＤＣロッドを出すと、スライム床を座布団代わりにして座り込んだ。

さて、ここからどうするか。

岩壁ドームの中、俺は座り、ヴィスタにも同様のスライム座布団を出して座るように言った。長丁場になるかもしれない。

「あの黒い狼もどき、めちゃくちゃ足が速かったな」

「魔法矢をかわされた」

先ほどまでの危機を脱した直後で、荒ぶっていた息を整えつつあるヴィスタが言った。

「あの外見で、あんなに足が速いとは……」

「正面からの魔法も避けられた」

俺は、ＤＣロットを地面に突き刺した。

「奴が飛び込んでくるのを見計らって火柱を仕掛けたが、それも発動タイミング寸前でよけられた」

ひょっとしたら地雷とか虎バサミとかの罠を踏んでも瞬時に逃げることができるのかもしれない。

加速しての跳躍は数メートルを軽く超えている。爆発の効果範囲からも逃げ切るのではないか。

「冒険者たちが返り討ちに遭ったのも納得だ」

複数で、しかも死角にいた奴から飛び掛ってくるとか。チームワークで動き、しかも瞬きの間に相手の懐に飛び込んで一撃。気づいた時には居合いの一閃の如く、やられた後。防御魔法を予めかけていなかったら、死んでたなこれ。

仮に王国が軍を派遣したとして、鎮圧するまでにどれくらい兵が死ぬだろうか。

「ジン、これからどうする？」

ヴィスタが不安げに聞いてきた。

「この岩壁にこもれば、あの魔獣も攻撃はできないだろうが、こちらも攻撃できないし相手が見えない。さりとて食糧や水がなければいつまでも籠城《ろうじょう》はできない」

「水はどうにでもなるよ。俺は水魔法使えるから」

「ふむ。だが、それでは何の解決にもならない。戦えないし、仮に岩壁を解いて脱出しようにも、村を出る前にやられるのがオチだ」

「逃げないよ。こちらにはまだ打つ手があるからな」

「ほう」

ヴィスタが皮肉げに片方の眉を吊り上げた。

「さすがは伝説の英雄魔術師、ジン・アミウールだな。一緒にいたのがあなたで頼もしいよ」

それは光栄。すでに手を打っているよ。

「マップ投影」

DCロッドが光り、ホログラフ状にデュシス村周囲の地図を表示する。青白く浮かぶ地図に、ヴィスタは目を丸くする。

「この杖は、ダンジョンコアでね。実はこの村近辺を俺のダンジョン圏に収めた。だから、こういうこともできる。デュシス村にいる魔獣の位置を表示」

「ダンジョンコアだと⁉」

驚くヴィスタを無視するように、ホログラフ状の地図に赤い点が複数表れる。俺たちのいる岩壁ドームのまわりに二頭。他の個体は、村中に散って移動している。

「全部で八頭か。……いや、俺たちのまわりにいるうちの一頭は動いていないな。岩壁に衝突して死んだか？　だとしたら『吸収』」

地図上から一頭の魔獣が消える。ダンジョン内で死んだ魔獣は、ダンジョンコアに魔力として吸収される。つまり、消えた一頭は、もうすでに命を落としていたということだ。

「残りは七頭か」

「ジン、私は先ほどから驚いてばかりなのだが……」

話せば長くなるが、とりあえず今は、魔獣をどう退治するか考えに集中させてくれ。

「まずは……この呑気に徘徊している奴を……」

モンスター召喚、ワーム——俺の指が地図上の一点を指せば、魔力を消費して『ワーム』が生成される。それを地面の中から魔獣めがけて突撃させた。

黒き魔獣が足を止める。ワームがその腹めがけて下から飛び出したが、獣はあっさり避けると、一撃でワームの胴を両断した。

「お見事」

ワームが地面の中を掘り進む震動や音を感知していたような動きだ。獣の鋭敏な感覚ならこの程度は朝飯前だろう。予想の範囲内。

「では次」

別の個体を標的にする。騒音爆弾《サウンドボム》。

岩壁の向こうで、爆発音に似た大音量が響く。至近で起きた大きな音にビクリとする魔獣。一挙に十メートルくらい派手に跳んだ。

「スライム床」

魔獣の進路上に設置。足を取られ、その動きが止まった瞬間。

「ダンジョン壁」

地図上で、赤い点が降ってきた壁の下敷きになった。ダンジョンを作る要領で壁やトラップを仕掛け、それに巻き込む形だ。なお、周辺をダンジョン範囲に持ち込んだが、魔力供給がまだ行われていないため、俺個人が魔力を支払って実行している。あまりよろしくない魔力消費だ。

二頭目を処理、残り六頭。……足さえ鈍らせることができれば、やれそうだ。さすがに面と向かっていれば魔法さえ避ける魔獣も、何の脈略もなく突如現れたものに対してはわずかに反応が遅れるようだ。

しかし、もう少し効率よく倒したい。俺は少し考え、魔獣を引き寄せてまとめて倒す方向にシフトする。

ドーム周りに、一体の泥のゴーレムを生成。できるだけ人に見えるように細身のものを選択。その半径十メートル圏内の地面を粘着力マシマシのスライム床を設置。……ゴキブリホイホイ。

ホログラフ状の地図。ゴーレムの周りに、赤い点が集まり、飛び掛ったらしく光点が移動する。四頭か。うち一頭はゴーレムに密着している。

「ポチっとな」

スライム床設置十メートル圏内と囮のゴーレムが爆発した。足を取られ逃げそこなった魔獣たちが爆発に巻き込まれ消滅する。一気に四頭減って、残り二頭。

もはや、魔獣たちが俺の手によって料理されるのも時間の問題だった。

それから五分以内に、デュシス村を騒がせた黒い魔獣は全滅した。


「あー、疲れた」

岩壁ドームの中、俺はその壁にもたれた。

DCロッドの索敵では、村とその周囲に危険な魔物の存在は確認できない。黒い魔獣を始末するのに、思った以上の集中力と魔力を使い、俺は絶賛お疲れモード。

「本当に倒してしまったんだな、ジンは」

ヴィスタが、ホログラフ状のマップから、俺へと視線を向けた。

「さすがは、ジン・アミウールだな」

「どうも。でもそれは死んだ人間の名前だ」

「謙遜するな。貴方がいなければ、ここの村の人々はもちろん、私も命はなかった」

「だとしたら、君の人選がよかったんだろう」

俺が、疲れた顔に笑みを浮かべてやれば、ヴィスタは心持ち眉をひそめた。

「正直、私は今回何もできなかった。……ジン、報酬は貴方の総取りでいい。私の受け取る分ももらってくれ」

「……嬉しい申し出だけど、それは遠慮するよ。俺は俺の分だけでいい」

「しかし、それでは私の気が収まらないのだが……」

律儀だね。もらえるモノはもらっておけばいいのに。

「それじゃ、また今度デートしような？　今度は俺が奢《おご》るよ」

「デ……」

途端にヴィスタが顔を真っ赤にしてキョロキョロし出した。ありゃりゃ、以前の食事デートを意識してしまうと駄目になるらしい。そういうところも好きなんだけどね。

「そ、そ、それは光栄だが、奢ってもらうとかは、むしろ逆で、私が奢るべきではないだろうか？」

とことん真面目なエルフさんである。奢る、云々は意地を張ると長引くので切り上げよう。

「その時に決めよう。そうだ、ここを出たら村人たちとの交渉役を任せるよ。ストレージから運んできた物資も出さないといけないからね」

「あ、ああ、お安い御用だ」

ヴィスタは頷くと、小首をかしげる。

「だいぶ疲れているようだな。……そんなに魔力を消費したのか？」

「君らエルフのように魔力が自然に回復する力があればいいんだが、あいにくと俺は持ってなくてね」

『魔力の泉』スキル。エルフは、根っから魔法と相性がいい。

「貴方に分けられるといいのだが……」

ヴィスタが心配げに俯けば、俺は冗談交じりに言った。

「なら、クリスタルドラゴンの時のようにキスしてくれてもいいよ？」

「キス……！」

途端に冷静なエルフ美女さんの顔がまたも赤面した。その時のことを思い出したのだろう。魔力切れを起こした俺に緊急処置として、キスで魔力をいただいたそれ。

「ジ、ジンがしたいと、い、言うなら、してもいいぞ……！」

あらぬ方向に顔を向けつつ、ヴィスタは声を上ずらせる。明らかに動揺していた。

「冗談だよ。そこまでひどく消耗していないから大丈夫だよ」

まあ、美女との接吻は望むところではあるけどね。魔力回復手段としては、緊急時だけにしたいんだよね。

俺はストレージバックからマジックポーションを出して、一口。

「冗談……冗談か」

赤面しつつ、乾いた笑い声を上げるヴィスタ。

魔力が回復した俺は、岩壁ドームを解除し、再び空の下に出るのだった。

第三章　騒動の終結からの毒殺未遂事件

魔獣討伐後、俺はＤＣロッドを抜いてダンジョン化を解除した。ストレージから馬車を出し、ついでに王都ギルドから持ち込んだ救援物資を広場に出す。そこから村を一軒一軒まわり、生存者たちに声をかけてまわった。

「救世主だ……」

「勇者様だ！」

俺とヴィスタは、村人たちに感謝された。やつれ、疲れ果てた人が多かったが、魔獣の手にかかった者以外に死亡者はいなかった。だが、ギリギリではあったようだ。一日、いや半日遅ければ、手遅れになっていた者もいたかもしれない。

物資を受け取り、家に戻る人々を尻目に、俺とヴィスタは帰り支度をはじめる。村人への挨拶は済んだし、物資も引渡し済み。馬車に乗って帰るだけだ。

もちろん、村人を驚かせないように、馬車には馬を繋いでいるがね。……馬に見えるよな？　うん、馬だ。どこからどう見ても馬だよな。ネズミが魔法で馬に変わるように、マンティコアも魔法で馬のように見えていることだろう。

馬車の御者台に乗れば、ヴィスタはさも当然のように俺の隣に座った。前に乗ったのは後ろに例の黒い魔獣の死体を乗せているからだ。

見送りしてくれた村人たちに手を振りつつ、俺たちは村を後にした。昼間の明るさなら、馬車で走るのも問題ない。視界は非常によく、放牧的な草原を見やりながらの退屈な道中。障害もなく、馬車は王都へとたどり着いた。

冒険者ギルドに寄る。ヴィスタと一緒に冒険者ギルドに報告と、例の魔獣の死体の引き渡しを行う。

副ギルド長のラスィアさんと解体部門のソンブル氏は、デュシス村の魔獣を見やる。

「これが……その魔獣ですか」

ダークエルフの副ギルド長は、その怜悧《れいり》な瞳を向ける。

「狼……というには確かに大きいですね。地獄の番犬として知られるケルベロス並み、でしょうか？」

「ラスィア女史は、ケルベロスを見たことがあるのですか？」

真顔のソンブル氏。いえ、文献を見た程度ですが、とラスィアさんは言葉を濁す。

ヴィスタは、デュシス村でのこの魔獣の強さ、特に異常なスピードの件を強調して報告した。俺がいなければ今なお事件は解決せず、村は全滅していただろうことを淡々と言うので、聞いてるこっちは少しこっぱずかしい。

ラスィアはそれを受けて、ギルド長に報告し、そののちギルド全体にデュシス村を襲った魔獣の通知と調査を行うだろうと言った。獣の死骸を調査し、その生態や出所が調べられることになる。

「未知の種となれば、新たに名前がつくことになります」

ラスィアさんは、俺とヴィスタを見た。

「大抵は発見者や、初討伐した冒険者の名前がつくことになると思います」

「ジン・ウルフ」

ヴィスタが言うのが早かった。ちょ、やめろよ、俺の名前をつけようとしないで！

「いいんじゃないですか？」

ラスィアさんが言った。いやいや――。

「デュシスウルフとかでいいんじゃないですか？　単に黒いから、ブラックウルフとか」

俺が適当に言えば、ラスィアさんは頷いた。

「候補に入れておきます。決めるのは私ではないので」

願わくば、ジンウルフなんて付きませんように。

かくて、今回のデュシス村を襲った騒動は、これにて終了だった。

正直言うと、あの村にいた八頭で全てかどうか確信はなかったのだが、それ以後、黒き魔獣がデュシス村に現れることはなかった。……デュシス村には。


さて、学校へ戻った俺だが、予想だにしていなかった事件が起きていた。

青獅子寮に戻ってみれば、何やら騒然とした雰囲気。通りかかった近衛騎士が俺に気づき声をかけてきたので、何があったのか聞いてみれば。

「食事に毒が混入されておりまして」

「毒？」

「はい、アーリィー殿下の食事に毒が――」

「何だって⁉ って、アーリィーは？ まさか毒を――」

「いえ、お傍に控えていた黒猫が、毒を看破《かんぱ》したので、殿下は毒物の入った料理をお口にしてはおりませんが……」

黒猫ってベルさんか。ふぅ、よかった。俺が留守にしている間に、王子の暗殺とかシャレにならん。

とりあえず、アーリィーのもとへと足早に駆けつける。メイドたちの動きが慌ただしかった。当のアーリィーは自室に戻っていて、部屋の前には近衛騎士がふたり、護衛として立っている。それと、執事長のビトレー氏もいて、俺に気づいた。

「あ、ジン様、お戻りになられたのですか！」

口ひげを生やした穏やかそうな表情の初老の執事長が、かすかに安堵を滲ませている。

「アーリィー……王子殿下の様子は？」

「幸い、お身体には問題はございませんが、なにぶん普段食べている料理に毒物が入れられたということで、ショックを受けられております」

「それは……そうでしょうね。今から会えますか？」

「もちろんです。殿下からは、ジン様がお戻りになられたらすぐに自分のもとに通すようにと」

さっそく部屋の戸をノックするビトレー氏。中からオリビア隊長の返事がきて、俺の帰還を告げると、中に入るよう言われた。

「ジン！」

アーリィーの声。ベッド近くの椅子に腰掛けていた男装のお姫様。その膝の上には黒猫姿のベルさんが乗っていた。傍にはオリビア近衛隊長やメイドらの姿。

「今戻った。料理に毒が入っていたって？」

「うん。ボクに毒を……」

アーリィーが泣きそうな顔で言った。……ああ、まったく。他に誰もいなければすぐに抱擁《ほうよう》をして落ち着かせてやれるのに。傍に寄りながらもどかしく思う。

「大事にならなくてよかった。……ベルさんも、毒を見破ったって？」

「まあな」

と、黒猫姿の相棒は首を振った。

「お前さんに任された以上、役割は果たすさ」

「ありがとう、ベルさん」

俺が礼を言えば、オリビアも頷いた。

「まったくです。ベル殿が気づかなければ、どうなっていたことか」

「それで、オリビア隊長。毒物を混入した犯人は？」

「ヴェルス料理長――アーリィー殿下専属の宮廷料理人です」

アーリィー専属の料理人が毒を……？　何故？

「ちなみに、その料理長は操られていただけだ」

ベルさんが淡々と言った。

「操られていた……？　どういうことだ？」

「どうもこうも、そのままの意味さ。催眠《さいみん》系の魔法で操られていたのさ。オイラの目に、その不審な魔力が見えたから、料理に毒が入っていたってわかったわけ」

なるほど。ベルさんの鑑定眼に、催眠魔法をかけられた状態で、料理を持ってきたヴェルス料理長が映り、怪しいから調べたところ、毒物混入が発覚したと。

オリビアが口を開いた。

「今はその催眠魔法とやらは解けているようですが、当の料理長の記憶が混濁していて詳しい状況がわかっておりません。調理担当の全員を別室に拘留。現在、事情聴取が行われていますが……今のところ、手がかりは――」

大変なことになってるな。やはり、アーリィーが最近身の危険を感じていた不審な影が関係しているんだろう。本人の気のせいでは済まないぞ、これは。まったく、どこのどいつだ、こんな真似しやがったのは!?

湧き上がる怒りを押し殺しながら、俺はそれとなくオリビアを見て、ビトレー氏を見やり、メイドたちを見る。

調理担当を調べていると言うが、催眠系の魔法で操って料理長に毒を仕込ませたのなら、その犯人は調理担当ではなく魔法が使える何者か、ではないのか？

指摘すべきだろうか？　いや、本当は言うべきなんだけど、アーリィーがかなり消沈しているようで、そこで周りの誰もが疑わしい、なんて言ってしまっていいものかどうか。

もちろん、俺が見ている前で手出しはさせないし、ベルさんがついている間は対応できる。あるいは、犯人の次の出方を見るために敢えて、黙っておくか。

だが、俺の留守中にこんなことになるとは……。アーリィーは危険を感じていた。念のためベルさんに見てもらっていたとはいえ、こいつは失点だ。さすがにこれ以上、手は出させん。犯人を突き止めて、落とし前をつけなければならない。

が、その前に――。

「アーリィー、つかぬ事聞くけど、何か食べた？」

「何か？　ううん、今日は何も口にしていないよ」

「まったく、何も？」

うん、とアーリィーは頷いた。

「食べる気分になれないよ、怖くて……」

アーリィー様――と周囲が『おいたわしや』と同情的な目になる。俺は、彼女がそっと自分のお腹回りに触れるのを、見逃さなかった。食べる気になれなくても、お腹は空くのだ。

俺はビトレー氏を見た。

「調理担当が皆、取り調べを受けていると聞きますが？　皆の食事は？」

「学校の食堂から食材を融通してもらう手はずとなっております」

さすがベテラン執事長、即答だった。

「寮の食材には毒物が混入されていたものが数点ありまして、その確認作業が済むまでは、ここの食材は使えません。念のため、学校側からの食材も調べるようになっております」

「我々は学食で済ませられますから」

と、オリビアが告げた。

「学校の一般生徒用食堂なら毒物が入れられる可能性はほぼないでしょう。あったとすれば学生の多くに犠牲が出るでしょうが、今のところその報告はありませんし」

「とはいえ、用心は必要かと存じ上げます」

ビトレー氏は目を鋭くさせた。

「アーリィー様の分は、毒見して安全性を確認した後となりましょう」

「……いや、学食を使うのは賢明じゃないと思う」

アーリィーが額に手を当てた。

「寮で失敗したのだから、手近な……学校から食事を手配するとか暗殺者なら考えるんじゃないかな？　だとしたら、ボクを殺すために学食に毒を混ぜる手を打ってくるかもしれない。それで生徒の多くに犠牲が出たら、それはそれでよくない」

生徒には王国諸侯の子女も少なくない。もし毒物混入で被害がでれば、学校側はもちろん、運営側の王国にも非難の矛先が向く。最悪、王国と貴族で内部分裂になるようなことも考えられる。

「その危険は冒せない……」

「しかしそれでは、殿下のお食事は——」

「王城に行って、そこで料理を用意してもらうっていうのはどうかな？　同じ王都だし、数時間もかかるものでもないし」

アーリィーが言えば、なるほど、と周囲の者たちが頷いた。……あまり言いたくないけど、その料理運んでいる時に犯人に襲われるって可能性ないかな？　催眠魔法を使うような相手だし——ああ、でも、ちゃんと料理運ぶ係の他に護衛もつくだろうから、いいのか？

考えていたら、腹が減ってきた。とりあえず、事情説明から手配まで、色々見積もっても最低半日はかかると思う。それではアーリィーがかわいそうだ。うん——。

「あー、えー、と……。アーリィー、これから俺、料理作るけど、一緒に食べる？」

しーん、と部屋が静まり返った。突然俺が何を言い出したのか、とっさに理解できなかったのかもしれない。

いち早く気づいて動いたのはアーリィーだった。

「食べたい」

彼女はきっぱりとそう言った。

突然やってきた護衛の冒険者が、王子殿下に料理を振る舞うことについて、執事長以下、お世話係と近衛騎士たちが一斉に危惧を表明した。

しかし当の王子殿下は非常に乗り気で、もし毒などが心配なら、料理の過程を見張ってくれていいし、毒見は俺がするからと言えば、渋々納得してもらえた。

というわけで、寮の調理場へと移動。ベルさんはもちろん、アーリィーも見学したいとついてきて、執事長や騎士たちがぞろぞろとついてきた。

レンガ造りの内装。大きな調理台。大きな釜。オーブンはあったが、コンロなどは当然なく、肉料理などは直火で炙る。現代人からみれば、何ともお粗末なものだが致し方ない。

寮にある食材は毒物混入の調査中のため使えない。俺は革のカバン――異空間収納のストレージを漁る。調理台に、まず野外などで使う携帯型魔石コンロを置く。火の魔石に投入する魔力量で火力が調整できるという品、俺の自作だ。

四脚の台をコンロの上に置き、シチューポットを鍋として用意。ストレージ内にしまっておいた調理器具や、保存した食材を取り出す。

小さなカバンに、色々入っていることに、見守っていたギャラリーがざわついたが、俺は無視した。これまでの経験で、どの辺りを驚いているのか見当はついている。

さて、ストレージに保存していた食材を取り出す。この異空間内の時間は、外とまったく異なるのだが、はっきりしているのは食材が腐らないということ。

本当は時間経過せずに保存できるゲームや小説に出てくるようなアイテムボックスを作ろうとし

たんだけどね……。一応、腐らないとかいうトンデモストレージが出来たのだが、イレギュラーなので、同じものを作れと言われても無理だったりする。

閑話休題《かんわきゅうだい》。

まな板を用意して、食材に手を加えていく。じゃがいも、にんじんの皮をむき、鳥のもも肉、玉ねぎを順番にナイフ、もとい包丁で切る。

俺が料理をするのを、アーリィーがじっと見つめている。

「手慣れているね」

「冒険者は自炊するものさ」

まあ、野外だと、携帯式調理器具がないと、大してバリエーションもないだろうけど。基本、保存食なのは知っている。

「そう言えばジンってスープを作ってくれたよね」

美味しかったなぁ、と王子様は言った。周りのギャラリーは不思議そうに見守っている。

さて、鍋に油を敷いて、コンロで熱する。火力は中火。手軽に調整できるのがコンロのいいところ。またも周りがざわついた。

切った玉ねぎを鍋に入れれば、室内に音が響いて、周囲から声が上がった。油がはねる音って、慣れないとうるさいよね。焼けていく切った玉ねぎ。さて続いて、じゃがいも、にんじん、お肉の順番に入れる。

はい、勘のいい人は気づいたかもしれないが俺は、いまカレーを作っています。鍋に水を入れ具が柔らかくなるまでグツグツ煮込む。

そして主役のご登場――。

「それは？」

怪訝な表情でアーリィーが聞いてきた。他の者たちも、眉をひそめる。……まあ色のせいだろう。

取り出したるは、カレーのルーでございます。連合国で英雄魔術師時代に色々なところに行ったけど、貴族様からのお礼と称して高い香辛料を集めた。

まあ、そうは言っても俺は専門家じゃないから、香辛料集めには異世界から召喚された同志の手を借りたけど。ルー自体は、小麦粉とバターがあればできるからね。

今回の手作りルーに使った香辛料は四種類くらいの割とシンプルなやつ。一旦火を止め、カレー・ルーを鍋に投入、溶かします。溶けたら、弱火にかけて混ぜ混ぜ。焦げないように注意しながら煮込む。もう見るからにカレーだね。

色のせいだろうか、ギャラリーたちが妙なものを見る目をしていたが、次第に調理場に漂い出したカレー特有の匂いに別のざわめきが湧き起こる。

アーリィーもその匂いを嗅ぐ。

「ジン、これ香辛料、使ってるね？　何だろう、スパイスが混ざって初めての香りだけど、食欲がそそられる……」

「俺の国じゃ、人気の料理なんだ。……まあ、欲を言うと、米と一緒に食べたいけどね」

カレーライス、食べたい。ここだとカレーの付け合わせは、パンなんだよね。その代わりが、ストレージで保存した白いパンだが。繰り返すが、寮の食材は汚染の可能性があるため使えない。それはパンも例外ではない。

やがてカレーが完成。パンと一緒に食べましょう。ストレージ内の皿を出して、カレーを注ぐ。毒見も兼ねて、皆の見ている前で、俺はパンをちぎり、カレーにつける。

そしてパクリ。うん、辛い。舌にくる刺激がほどよい。久しぶりのカレーの味が口に広がる。スパイシー。……いやマジでライスが欲しい。ふた口め……と、そこでアーリィーが、じっと俺の手のパンとカレーを見つめているのに気づく。

おっと、いけない。彼女にご馳走するんだった。というわけで鍋からカレーを装い、パンを添える。ついでにコップを用意。魔石水筒から水を注ぐ。

「どうぞ。食べ方は、俺を見ていたからわかるよね？」

「うん。……いただきます！」

見よう見まねで、アーリィーがパンをちぎる。

「あ、このパン、やっぱり柔らかい」

そしてカレーをつけて、目をつぶってパクリ。あ、やっぱ初めてのものだから、勇気が必要だったのかな？　モグモグと咀嚼《そしゃく》する彼女は、次の瞬間目を見開き、声を弾ませた。

「美味しい！」

すぐにふた口めにかかるアーリィー。お口にあってよかった。

「辛い、けど、美味しい！　こんなの初めてだよ！」

もりもりと食べていく彼女が何とも微笑ましい。調理場へ来る前の消沈ぶりが嘘のようだ。

『おい、ジン』

ベルさんが魔力念話を寄越す。

『あとでオイラの分もくれよ』

今すぐ、と言わないのは周囲を気にして自重したのだろうか。はいはい、ベルさんの分も用意しますよっと。……とか思っているうちに、アーリィーはあっと言う間にカレーと付け合わせのパンを平らげてしまった。

「すごく美味しいよね。……食べたつもりなんだけど、まだ食べたいというか、まだまだいけるね」

「わかる。カレーは何杯もいけるってね。胃を刺激して食欲を促す効果があるらしい。健康にもいいらしいぞ」

おかわりいるか？　と聞いてみれば、アーリィーはコクリと頷いた。ついでにパンも一緒に出す。

「ジン殿」

ちょっと、とオリビアが俺を手招きしている。アーリィーが食べるのを見守っていたかったのだが、仕方ない。

俺は席を立ち、オリビアやビトレー氏、そしてギャラリーたちのもとへ。何人かカレーを興味深く注視している。

「ジン殿は魔法使いですね」

「魔術師ですが？」

それが何か？　俺が眉をひそめてやれば、オリビアは首を横に振った。

「いえいえ、そうなのですが。いや、あのような調理を見るのは初めてだったもので」

「……そうですか」

で、何が言いたい？

近衛隊長と執事長は顔を見合わせる。

「あそこまでアーリィー殿下が、美味しそうに食事なさるのは極稀《まれ》です」

「カレー、と言いましたか。香辛料をふんだんに使っているようですが、かなり希少なものでございますでしょうか？」

「まあ、この辺りではないでしょうね」

異世界人が時々紛れているから、探しまくれば、もしかしたら見つかるかもしれない。まあ、カレーのルーはともかく、香辛料自体はこの世界にもそれなりの種類が出ているのを見ているから、材料さえあれば作れる。

「試しに、食べてみます？」

「よろしいのですか？」

控えめな調子のビトレー氏に対し、オリビアはあからさまに目を輝かせた。好奇心が大いに刺激されたのだろう。あんな色でもね……。ルーはまだあるし、作ろうと思えば作れる。

そんなわけで、希望者のためにカレーを追加で調理。……俺はいったい何をやってるんだろうな。

ただアーリィーがお腹を空かせているだろうって始めただけなのに。

まあ、彼女が少し元気を取り戻したようなので、ひとまずはよしとする。


アーリィー毒殺未遂事件は、近衛隊によって調査されたが、芳《かんば》しい成果はなかった。

実行犯である料理長は、当時のことを覚えておらず、周りで働いていた調理スタッフたちからも有益な情報は得られなかった。

ちなみに、混入された毒はペラミラと呼ばれる植物の毒素を粉末状にしたものだったらしい。もちろん、本来ならこの青獅子寮には存在しない毒物だ。

冒険者としての依頼をこなした後の帰りということで、アーリィーは俺に風呂に入って疲れを癒やして、と言った。

おう、風呂か、そいつはいいや。アーリィー、君も一緒に——なんて、言ったら周りから睨まれるのがわかっているので自重。さすがに空気は読むさ。……ちくしょう。

とりあえず、さっぱりしたいので遠慮なく。しかし、王族専用寮には当たり前のようにあるんだなぁ。

ということで、俺とベルさんは風呂場へ。……大理石ー！　魔法照明で明るい！　そして広い！

並々と注がれた湯船からは湯気が立ち上る。さっすが、王族専用。

身体を洗い流し、俺たちは湯船にゴー。ちょっと温《ぬる》めだが、まあお湯と言えばお湯か。

「もう少し、熱めのほうが好みなんだがなぁ」

「贅沢言うなよ」

桶《おけ》を湯船代わりにベルさんも一息。さて、何はなくとも、アーリィーを狙った暗殺事件について。

「料理長を操った奴は、まず内部の人間だよ」

「その根拠は？」

ベルさんの問いに、俺は答える。

「外部から来たにしては、犯行が回りくどい。この学校は城壁に囲まれていて、警備もいる。侵入するのは簡単じゃない」

「犯人は魔術師だろう？　催眠魔法を使うような奴だ。そのレベルの魔術師なら浮遊魔法で外からもやってこれるぜ？」

「確かに、俺でももし王子を暗殺するなら、人の目を避けるために浮遊魔法で城壁を越える」

擬装魔法で姿を変えて、敢えて正面から、という手もあるが、擬装魔法を見破る魔術師が警備にいればそこで発覚してしまう。そんな博打をするよりは、見張りの目の届かない場所を選んで侵入したほうがいい。

「ただ入ってしまえば、催眠魔法なんて面倒なことしなくても、王子のいる寮、部屋に攻撃魔法撃ち込んで始末するほうを選ぶね。そのほうが簡単だ」

「ちゃんと仕留めたか、確認しないのかい？」

ベルさんが面白そうに聞いてきたので、少し考える。

「そうだな……。標的に近づく必要はあるな。だがそれでも俺なら催眠魔法は使わないな。警備をかわし、だけど必要なら倒して、目的を果たす」

「ふむ、オイラでもそうするな。催眠魔法で操って毒殺とか、手間ばかりかかって面倒だ」

「だが暗殺犯はそうしたわけだ」

「何故だ……？」

「自分の正体がバレないようにするためだろう」

俺はお湯を顔にかけてこする。

「つまり、犯人はこの寮にいる関係者さ。お互い顔を知っているから、正体を隠す必要があるんだ」

「ふーん。しかし、わからんな。催眠魔法を使って、手近な近衛とかメイドを操って、そいつに隙を見てナイフとかで暗殺させたほうが、毒を盛るより簡単だろうに」

「確かに」

回りくどいとは思っていたが、もっとシンプルな方法があった。そうなると――。

「犯人は、毒殺にこだわった……？」

「何故？」

「……事故とか、食中毒に偽装したかった、か？」

アーリィーの愛馬暴走、馬車での衝突事故……他殺ではなく、事故死に見せたかったとか？

「でも毒を仕込んだよな？」

「ベルさんが事前に露見させたからね。だけどあれ、状況によっては食べ物に中《あた》った食中毒とかで処理された可能性とかないか？」

「……そりゃ可能性の問題としてならな」

ベルさんは鼻をならした。

「つまり、嬢ちゃんを殺害する方法は、他殺でなく事故に見せかけないとまずい理由があるってことか？」

「普通に暗殺なら、当然犯人がいて、色々調べられるだろう。犯人にしたら、探られてそれこそ死ぬまで追われる身になるだろうよ」

何せ一国の王子を狙ったんだから。だが――。

「事故なら、調べられないもんな」

「今回は、ベルさんが事前に見破ったおかげで、近衛が取り調べを行う状況だ。犯人にとっても想定外だっただろう」

ありがとう、ベルさん。だが、それで解決ではない。

「おそらく、毒でしくじったとはいえ、犯人はまた次の手に出てくるだろうね」

アーリィーは健在。彼女の周りで起きた一連の騒動が同一犯によるものなら、これで諦めるということもないだろう。

アーリィーに危害が及ぶ前に、犯人を突き止めないといけない。これ以上、好き勝手はさせない。


近衛隊はアーリィー王子暗殺未遂事件の捜査を引き続き行っていた。だが依然として、料理長を操った犯人は突き止められていない。

「犯人は魔術師ではないか？」

オリビア隊長ら近衛は、第一容疑者候補をそう見立てた。催眠系の魔法を使ったのだから、魔術師でなければ不可能と言うのだ。

もしかしたら学校関係者かもしれない、とオリビアは主張した。魔法騎士学校である。教官の中には魔術の心得があるものも少なくない。

あるいは、外部の警戒を突破し潜入した魔術師の仕業かもしれない、と。

俺はその説に反対した。特に外部犯はない。

その説を取るなら、見張りのいる騎士学校と、王子警護の近衛隊が揃いも揃ってボンクラか、共犯者でもなければ無理なのだ。……青獅子寮の料理長を狙って催眠魔法をかけて、毒物を混入させるという手口なら、なおのこと、誰かしらがそうした不審人物を見かけていないのはおかしい。

透明化の魔法？　だったら直接、毒殺を狙ったり、あるいはもっと直接的に殺しにきたりしただろう。……ま、その場合、ベルさんがいち早く察知しただろうけどな。つまり、ベルさんが見ていない時点で、透明化魔法の潜入もない。

犯人は、青獅子寮のアーリィー担当の料理を作っている人物――料理長に会える人間であり、青獅子寮に出入りしても怪しまれない者ということになる。

そうなると犯人はしぼられる。寮で働く関係者。従者や近衛の可能性もある。

「馬鹿な！　我らの中に犯人がいると言うのですか⁉　ジン殿！」

「ええ。容疑者は魔術師とは限らない。催眠魔法は確かに使い手が限られますが、世の中には魔法具がある。催眠魔法を使える魔法具があれば、魔術師でなくても犯行は可能です」

というより、魔術師ではなく、魔法具を使ったとすると、アーリィーの愛馬暴走も説明がつくのだ。

「暴走……？　どういうことです？」

「馬というのは基本、催眠術がかからないんですよ」

ただし、魔法の場合、かなり根気よく術をかけると従わせることができることもある。ただ、そんなことをもしアーリィーの愛馬にしようものなら、絶対に誰かの目につく。

「そこで催眠の魔法具です。通常の催眠魔法よりかなり即効性が高く、強力なのですが、一方で術をかけた相手の記憶に若干の齟齬や忘失の副作用があるのです」

「記憶の忘失……料理長と同じ？」

「そうですね。で、肝心なところなのですが、人間以外の生き物に催眠の魔法具を使った場合、催眠はかからないのですが、思考にかなり負荷をかけるために、多くの場合、その対象が暴れ出します」

「！　アーリィー様に従っていたフェリックスが暴走したのも――」

「催眠魔法具による影響の可能性が高いですね。なにぶん馬に催眠がかからないのはわかっていますから、犯人は対象の正面に回らずとも少し離れた場所から魔力を照射するだけで効果が出ますし」

俺の説明に、オリビアは絶句した。フェリックス号の暴走は、事故と思っていただろうから、それもアーリィー暗殺未遂にかかわっていたかもしれないと知り、困惑しているようだった。

しかし――と、オリビアは懐疑的だった。

「そんな魔法具があるのですか？　あったとして、それはとても高価で希少なものでは……」

「珍しくはありますが、なくはないでしょう。それに『ない』と決めつけるのはよくない」

俺は提案する。

「ひとまずは、この寮とその関係者全員、その部屋や持ち物を調査したほうがいい。もしかしたら犯人が、まだ毒物の痕跡なり魔法具を所持している可能性もあるでしょうから」

犯人が誰かわからない以上、複数人で調査する。互いに見張りながら調べることで、仮に近衛に犯人がいたとしても迂闊《うかつ》な行動を取りづらくする。……もし証拠になるような品を持っていれば、何とか一人になって処分しようとするだろう。が、皆で動けば、単独行動を取ることこそ怪しいと主張するようなものである。

「なに、これは寮にいる全員の潔白を証明するためにやるのです」

俺は言った。

「アーリィー殿下も身近に犯人がいないという確証が欲しいでしょうし、内部の人間全員がシロなら、より捜査にも集中できるでしょう」

と、適当なことを言って、オリビアには納得して全員の調査をしてもらうことにした。実際、犯人が間抜けだったら、それで証拠が見つかり解決に大きく前進する。……まあ、そう簡単には見つからないかもしれない。

俺はそこまで楽観していない。賢明な犯人なら、証拠の品をいつまでも手元に置いておくことなどしない。

近衛たちが寮内の捜索を始めるのをよそに、俺は自室へと戻った。

「これからどうするんだ、ジン？」

ついてきたベルさんが聞いてきた。ちなみに、いまアーリィーはオリビアらと一緒に捜査に同行中。こっそり俺が彼女に防御魔法をかけておいたから、直接的な暗殺に対しては無効化できる。

もっとも、犯人は王子暗殺を事故死に見せかけたがっているようだから、その可能性は低い。まあ、仮に直接狙うようなら、それこそ飛んで火に入る夏の虫だ。

「近衛隊が寮をつついている間に、犯人が尻尾を出さないか見張る」

俺は革のカバンから、ダンジョンコアの杖――ＤＣロッドを取り出す。

ダンジョンテリトリー展開。寮を含む周囲一帯をＤＣロッドの支配下に置く。その範囲内では、コアの主たる俺がマスターであり、そこにいる人間や生物、その他すべてを把握できる。

「なるほど、これで不審な行動を取る奴を見張るわけだな」

ベルさんがニヤリと笑った。俺は、ＤＣロッドが表示するホログラフ状のマップとそこで動く人間の反応を見やる。

「まだ手元に証拠となる品を持っていれば、何とかそれらを隠すか処分しようとするからな」

「すでに処分していたら？」

「その可能性は十分にある」

俺は口元に薄ら笑いを浮かべた。

「俺もあまり期待してはいないけど。万が一、犯人が間抜けだったら、せっかくの機会を逃すのももったいないだろう？」

犯人は残念ながら間抜けではなかった。

その日、俺は、先延ばしになっていたマルテロ氏のミスリル採集を手早く片付けた。いやまあ、ゴーレムに丸投げしたというのが正解だが。彼らを現地に送り、仕事が終わるまで寮にいて、時間が来れば迎えにいくだけの簡単なお仕事だった。

で、近衛隊が寮を捜索する間、不審な動きをする者がいないか監視したが、外出する者はいなかった。寮内からは毒物を入れた容器とか、催眠系の魔法具も発見されなかった。

「上手く隠しているか、寮の外にすでに証拠となる品を持ち出していたか、だな」

俺は自室で、DCロッドの監視結果と照らし合わせて、そう判断した。ベルさんが首をすくめる。

「犯人は尻尾を出さなかったな。お前さんがオリビアに言った通り、内部犯の無実が証明されちまったわけだ」

「証明はされていないよ。まあ、犯人からしたら、自分は完全に容疑を逃れただろうって安堵しているかもしれないけどね」

さて、近衛隊の捜索が空振りに終わったので、念には念を入れて、魔法具を使った探索をしようじゃないか。

俺はストレージバッグを漁る。……あれ、見つからないな。なくしたか？　しゃあない、作るか。

魔石と何も変哲もない鉄の棒を取り出す。部分合成――魔力を使って、魔石と棒を接合して、即席の魔法の杖を作る。先端をリング状に整形。あとは、以前作ったスライム対策棒ことミニ火炎放射器の時のように魔法文字と魔法線を引いて、完成っと。

「今度は何を作ったんだ？」

「魔力探知機」

魔力の塊や魔石、魔法金属などに近づけると、反応して音を発生させる魔法具だ。要するに魔力版金属探知機だな。

「あらゆるものに魔力が存在する。魔法金属や魔法具には、特に多く含まれている。これに別の魔力を当てると、魔力の波が発生する。その跳ね返ってきた魔力を探知することで見つけ出す代物だ」

先端をリング状にしたのは、放射する魔力の形を制御しやすくするためだ。広い範囲を探す時や、より正確な場所を絞り込むなど、魔力を調整するのに利用する。

「ジン……」

ベルさんが呆れた顔になる。

「この前作ってたファイアロッドより、その探知機のほうが売れたんじゃねーか？」

「はは、かもな」

俺は認めたが、首は横に振る。

「でも嫌だよ。こいつが売れたら、ダンジョン内の魔法鉱物とか希少な遺産的アイテムが、根こそぎ持っていかれるだろ？」

俺だって宝探しできるならしたい。

「まあ、そうは言っても、この魔力探知機の探知範囲は狭いからな。寮内を全部回らないと駄目だ」

広い範囲を全部見つけられるってわけじゃない。

「それに、こいつは魔力は探知するけど、個々に識別してくれるわけじゃないからな。多少の強弱はあるが、催眠魔法具を探していても、他の物の反応を拾うかもしれない」

そのあたりは、現場で精査するしかあるまい。

というわけで、俺とベルさんは、青獅子寮内を巡る——のだが、その前にアーリィーの元へ。

「新しい魔法具ができたんだ。実験したいんだが、君も来る？」

魔力探知機を説明してあげれば、面白そうと思ったかアーリィーは二つ返事で応じた。……ふふ、これで令状は手に入れたぞ。

次に、オリビアに耳打ち。

「これから秘密の捜査を開始するので、終わるまで寮から誰も出さないでください」

ということで近衛隊を動員して外を見張ってもらった。俺たちが捜査している隙をついて、犯人が隠していた魔法具や毒物の残りを処分に出られても困るからだ。

さて、準備が整ったので、アーリィーを連れた俺たちは、近衛隊が捜索の元に荒らした各部屋へ順番に訪問。メイドや従者たちが直しているところにお邪魔する。……はい、ちょっとごめんなさいねぇ。

催眠魔法具探しのために家宅捜索。アーリィーが好奇心丸出しでついてくれれば、誰も文句が言えなかった。俺みたいな新参が勝手に部屋に入ろうとすれば、犯人でなくても警戒するからね。王族の存在そのものが捜査令状みたいなものだ。

魔力探知機をかざし、俺は各部屋の床、天井、壁、家具をそれぞれ確認していく。擬装魔法や秘密の隠し扉などがあろうとも、近づけば探知できる。

『なあ、ベルさん。犯人はどうやって毒物を寮に持ち込んだと思う？』

俺は魔力念話で、黒猫姿の相棒に呼びかけた。念話にしたのは、アーリィーに聞かれないようにする配慮からだ。

『そうさな。元から寮にあった……なんてことはないだろうし。やっぱ、外からだろうな』

『外というと、学校の外？』

『学校内に、毒物があると思うか？』

『ペラミラだっけか。魔法薬とか、その手の素材に保存していた可能性』

『そいつは学校側に問い合わせてみないとわからない話だな』

ベルさん、魔力眼で探知機とは別に捜査中。

『もしその毒物が学校でも手に入らないっていうんなら、学校の外からで決まりだろ』

『一応、学校に入る時、身体検査と持ち物検査をされる』

冒険者ギルドの依頼をこなして正面の門から戻った時、俺も生徒ながら検査された。

『へえ、身体を触られたか？』

『服ごしにな。……なあ、なんで門番は野郎しかいないのかね。触られるなら美女がよかった』

『それでナニに触られると』

『真面目な話、股間はよく隠し場所に使われるんだぜ』

俺は冗談めかすが、割とマジな話である。普通触らない場所ってのは、まさに打って付けなのだ。

『まあ、それはともかく、門番は仕事をしていたよ。簡単に毒物を持ち込めるとは思えないな』

『お前さんが持っているストレージとか、収納魔法のバッグなどの場合、黙っていたら検査をすり抜けられるかもよ』

『そうだ、その手があるな！　なら、この寮内でそういう魔法バッグを持っている人物がいたら要注意ってことかな』

次の部屋へ移動。アーリィーが「次、ボクがやっていい？」と聞いてきたので、もちろんと快くお貸しする。楽しそうな王子様に、俺もほっこり。……何だか、探知機にリング状の部位があるせいか、虫眼鏡を初めて使う子供みたいだ。

『……もし、そういう収納魔法の品が出てこなかったとする。その場合、犯人は検査をくぐり抜けて毒物をどうやってここへ持ち込んだのか？』

『催眠魔法とか、それの魔法具で検査をパスした可能性は？』

『ひとりなら操れるだろうけど、正門の検査だって複数の警備員が見張ってる。まず無理だと思うよ』

毒物をどうやって学校内に持ち込んだか、手がかりがなさ過ぎて謎のまま。

肝心の捜索だが、実際にいくつか探知機に引っかかった。魔法金属製の武器や魔法具――護衛メイドさん用の装備だったり、家から持ってきたお守りだとか、任務のために個人が購入した装備などなど……。持ち主に確認しながら調べたが、催眠魔法具や、不審な魔法具は発見できなかった。

「空振りでしたか」

捜査が終わり、近衛隊を解散させて、オリビアは言った。

「これで皆の潔白が証明されましたか？」

『気が済んだ？』と姉が弟の所業に呆れているような顔を向けられる。こんな美人のお姉さんなら悪くない。

「いや、残念ながら、まだ完全に白とは言えない」

まだ俺が内部犯説にこだわっているように見えるのだろう。オリビアは腰に手を当て困り顔。俺は構わず続けた。

「寮から証拠品が出なかった。それが逆に容疑者を絞ることに繋がりました」

「というと？」

「アーリィーの食事に毒物が混入された前後から、俺が寮に帰ってくるまでの間に外出した者……何人出たかは知りませんが、その中に犯人がいる」

証拠の品が寮から出てこなかったということは、それらを処分ないし隠すために、寮を出た者がいるはずだ。

俺が外から青獅子寮に戻った時、かなりバタバタしていた。あのタイミングなら、隙をみて、あるいは何らかの理由をつけて出たことも難しくなかったと思われる。問題は、その外出した人間が何人いたか、であるが。

……一人だけだと楽なんだけど。あるいはゼロだったりしたらどうしようかね……？　いや、ゼロはないな。俺、青獅子寮の手前で、学校へ走る近衛騎士見たもん。

「推測ですね」

ため息を漏らすオリビアに、俺は答えた。

「ええ、確定するまでは、推測を重ねて犯人を突き止めるものです」


翌日、オリビア隊長は、俺の要望に従い、事件直後からの青獅子寮の外へ出た者を調べ上げ、俺に報告した。

被疑者は五人。……と聞いた直後にベルさんが「五人も？」と唸っていた。

「ちなみに、寮の敷地内ですと、馬の世話係や洗濯作業のメイドなどさらに七人ほどに増えます」

なお、該当時間に外から来た者はなし。もちろん、敷地内は近衛隊も調査済である。敷地外に出た五人は、近衛騎士が二名、男性従者一名、メイドが二名。

騎士の一人は学校に報告。もう一人は王城への伝令。従者とメイドは、それぞれお使いや青獅子寮宛ての荷物を取りにいったりしていたらしい。聞いた限りでは、特に外出理由に不自然なものはない。

敷地内で作業していた者たちについては、近くに同僚がいて互いにその姿を見ているため、共犯者でもない限りは、ほぼアリバイがある形だ。

ベルさんは鼻をならした。

「犯人は、この中にいるってか？」

「うん。まあ、目星はついてるけど」

五人の名前を聞いて、俺の中でその名前と顔を頭の中で一致させる。……顔写真なんて気のきいたプロフィールなんてないからね。

「犯人がわかったのか？」

「証拠はない。……俺は名探偵じゃないからね。状況だけで名指しして、実は違いましたってのは避けたい」

冤罪《えんざい》とか誤認逮捕は、嫌だぞ俺は。名前を出さないので、ベルさんもそれ以上は聞かなかった。

「でもそいつが犯人だったら？」

「その時は捕まえるだけさ」

そんなわけで、俺は魔法具製作っと。自室の机の上に、ストレージから材料を取り出す。

「今度は何を作るんだ？」

「ゴーレム」

動力源となる魔石に、魔力を通す伝達線、ＤＣロッドからゴムに似たスライム素材。

「球体だな」

「監視用ゴーレムだからね」

動力に使う魔石はＤランクほど。まあ市販の魔法の杖に使われる程度だ。バスケットボール大の球体を浮遊魔法で長時間浮かすぐらいなら充分だ。ゴーレムを制御するコア、その思考ルーチンを魔法文字で刻むことでプログラム。周囲の地形に身を隠しつつ、一定の魔力を含んだ物体をサーチして、魔法を観測したら俺の持っている眼鏡型魔法具に視覚情報を飛ばす、と。

魔力サーチを発生させる魔法、ゴーレムの視界に映るものを魔力で変換して飛ばす魔法を、それぞれ刻んでおく。記録に残せればいいんだけど、ちょっといい魔法が思いつかない。現状、転送映像はリアルタイムのもののみだな。

ああ、そうそう一応、擬装魔法も発動させておくか。魔力サーチと擬装魔法で、稼働時間が短くなるが、まあ、魔石を交換すればいいから構わない。

本体ができたら、目となる魔石部分を除いて、スライム体で覆う。これで多少の物理的衝撃を受けても壊れない。

浮遊型監視カメラの出来上がり。ふわりと浮かぶ監視ボールを見て、ベルさんが一言。

「撃ってもいいか？」

「的じゃないっての！」

そんなわけで監視ボールは、目星をつけた被疑者を監視させる。……ふむ。

「いまお前さんが考えたこと、オイラが当ててやろうか？」

「考えたこと……？」

ベルさんの指摘に俺は首をかしげる。

「その監視ボールを複数作って、風呂場とかメイドの部屋に送り込んで、覗きしようって思っただろ、違うか？」

「⁉……ベルさん、あんた天才か？」

「言ってろ。……で、考えたか？」

「そういう使い方もあるから、悪用したら大変だな、と思った」

「ほんとにぃ？」

「本当だとも！」

失敬な。ベルさん。俺を何だと思ってるんだ。

「俺は紳士だぞ。女体に関心はあっても、覗きをしなければならないほど貧しくはないぜ？」

「でもやってることは覗きなんだよなぁ……」

「そうだな……」

それは認める。これも犯人逮捕のためだ。

そうこうしているうちに、登校時間がきた。アーリィーと合流した俺とベルさんは、学校へ。

昨日事件があったわけだが、王子毒殺未遂のことは、学校には伝えられていない。正確には青獅子寮にて、毒物に汚染された食材が見つかり、一時的に学校に頼った、という扱いで、『王子が狙われた』件を伏せた。

だから、アーリィーを含め、普段通りの行動を心掛けたのだ。

またこの件は、王城にも報告はされたが、その反応は鈍かった。

普通、未来の王様である王子が殺されかけたら国の威信にかけて犯人探しに血眼になるところだと思うのだが。

『殿下のお命が狙われている、という事実を表沙汰にして、混乱させたくない、というのが王陛下の御意志のようです』

オリビアは、そう説明を受けたと教えてくれた。

『先の反乱軍騒動の鎮圧を巡って、殿下への風当たりがよろしくないらしくて――』

何でも、王位継承候補一位のアーリィーよりも、従兄弟で第二位のジャルジー公爵のほうが後継にふさわしいのではないか、と唱える貴族も少なくないらしい。

すると、王子暗殺を狙ったのは、そのジャルジーか、彼を支持する貴族たちの可能性もあるわけだ。国王としては、事件を表沙汰にして、貴族たちを煽るようなことをしたくないのかもしれない。

まだ、誰がやったか証拠もないしな。

俺は普通に授業を受けて、アーリィーのお喋りに付き合う。建前は王子様の警備官であるわけだから、近衛が入ってこれない授業中はアーリィーのそばにいる。教室を移動する際は、彼女の机に何か細工がされていないかいち早く確認し、不審物の有無を確かめる。

例の毒殺を狙った犯人が再度仕掛けてくる可能性もあるし、もしくは別の者が仕掛けてこないとも限らない。

アニメなんかで、花の活けた花瓶なんかに爆弾が、なんてのを見たことがあるから、あってもおかしくないものだとしても、注意は必要だ。

まあ、学校に登校する前に、アーリィーには対物理・魔法用の防御魔法をかけているがね。先日のデュシス村の獣のように、気づいた時にはやられていた、なんてことも考えられる。

この世界では銃を見かけたことはないが、魔法弓とか魔法による遠距離狙撃だって可能性がないわけではない。そう『ない』という思い込みが一番危ないのだ。

さて、その日の帰り、青獅子寮へ帰ろうとしていた俺、アーリィー、ベルさん。

ふと遠くで何やら揉めているような――？

遠視――遠距離視覚の魔法で拡大。何をやっているのかな、と見てみて、俺はすぐに後悔した。

学校ではよく聞く話。……つまり、いじめの現場だ。

アクティス魔法騎士学校は、貴族や騎士の子以外に、魔法に適性を見い出された平民の子も通っている。

そして少し考えれば想像がつくが、身分差があれば当然差別が生まれ、衝突やいじめなどが起きるのも必然だった。

今回のそれも、平民生と貴族生だった。ただし一対三。平民ひとり、貴族生ひとり、その取り巻き二人である。

「ジン？」

怪訝な様子なアーリィーを止める俺。距離があるので、よくわかっていない様子だ。

「少し様子を見よう」

聴覚を強化し、連中が何を言い合っているのか確認――。

「生意気なんだよ、平民のくせにさぁ！」

青髪の貴族生――名前は確か、ナーゲルだったか。伯爵家の長男で、高圧的で嫌味たらしい印象を持っている。

取り巻き二人が押さえ込んでいるのは、テディオ、という名前だったと思う。茶色い髪にパッとしない顔立ちの少年。直接話したことはないが、気の弱そうな印象がある。ただ魔法に関しての成績はよいと聞いている。何でも、弱いながら攻撃、補助、回復の三系統に素養が見られるらしい。

大方、才能に嫉妬したナーゲルが、平民生のテディオを修正している、と言ったところだろう。

何とも面白くない場面に遭遇してしまった。

「――や、やめてくれっ！」

「見てろよ。平民ごときの魔法具なんて、僕のマジックブレイカーで……」

ナーゲルが手にしたナイフの切っ先を、地面に置いた片手剣に当てる。テディオが「やめろ！」と叫ぶ中、ナイフが赤く輝くと、片手剣にビシリと亀裂《きれつ》が入る。

「おおっ、凄い！　本当に魔法武器を破壊できるぞ」

嬉々とした様子のナーゲル。マジックブレイカーと言ったか。おそらく、その魔法具の力だろう。

……見てられんな。さすがに胸くそ悪い。俺はアーリィーとベルさんにここで待つように言ってから、騒動のもとへ足を向ける。

右手を突き出す。魔力による手を伸ばし、ナーゲルの手から魔法具のナイフをもぎ取り、弾き飛ばす！

「うぉっ⁉」

突然、手からナイフが弾き飛び、ナーゲルが悲鳴を上げた。テディオを押さえつけていた取り巻き二人も、何事かと目を丸くする。

「感心しないな。弱い者いじめってやつは。……俺も混ぜてくれよ」

「……な、お前は！」

ナーゲルがばつの悪い顔になる。

「なんだよ、お前には関係ないだろ？　失せろ下郎！」

下郎、だとこのガキ……。三十路のお兄さんプチ切れ。

「ああ、関係のない話だ。だがさすがに暴力の場面を見過ごすことはできん」

「王子殿下の付き人とはいえ、下郎のくせに、伯爵家長男たる僕に意見する気か？　身の程をわきまえろ！」

「わきまえるのはお前だ。伯爵はお前の親父殿であって、お前はまだ爵位を継いでないだろうが！」

「な、な……」

面と向かって怒鳴られ、ナーゲルは目を瞬かせながら、口をぱくぱくとさせる。だがすぐに顔は真っ赤になり、怒りに震えた。

「お、お前、よくも僕に向かってそんな無礼で、暴言を！」

肩を怒らせ、つかつかと歩み寄ってくる。

「ジンだったな！　父上にお前のことを報告させてもらう！　いくら王子殿下の配下だろうと、下郎が貴族に暴言を吐くなど、万死に値する！　八つ裂きにしてやる。お前の家族全員処刑してやるっ！」

「おう、今なんて言った？」

ああ、まったく話の通じないタイプだ。貴族であれば何をやっても許されると勘違いしているガキだ。将来、きっと悪政を敷くようなダメな貴族だ。

俺は魔力の手を伸ばした。見えない腕が、貴族のボンボンの首根っこを掴む。そして締め上げる。

「……！……ぁ……！」

首を絞められ、ナーゲルは、その見えない手を振りほどこうともがく。だが当然ながら魔力の手に触れることなどできない。

「どうした？　首がどうかしたかね、ナーゲル君？」

俺はわざとらしく、手を挙げ何もしていないアピールをする。

「さあ、もう一度言ってくれないか？　誰の家族を処刑するって？」

「――っ！……!!」

「あぁ、聞こえない。どうやら君の貴族らしからぬ暴言に神は怒っていらっしゃるらしい。このままでは君に天罰が下るかもしれないなぁ」

真っ赤だったナーゲルの顔が息苦しさで、逆に青ざめていく。締め上げる力を少し強くすれば、はたして首の骨が折れるのが先か、窒息するのが先か……。

「どうだろう？　まだ処刑云々とか言うかね？　君が心を入れ替えるなら、俺が神に祈ってあげよう。どうか、ナーゲル君を助けてくださいって。……ああ、もう時間がないな。もうすぐナーゲル君は死んでしまう！」

「ナーゲル様！」

取り巻き二人が、慌ててナーゲルの元に駆け付ける。だが無駄だ。何もできない。

「いったい何をやってるんだ⁉」

新たな声——アーリィーがこちらへ駆けてきた。さすがに王子様も黙って見ていられなかったらしい。……命拾いしたな、ナーゲルよ。

俺は魔力の手を緩めた。ナーゲルは窒息、ないし絞殺の危機を脱し、その場にひざまずいて呼吸を繰り返す。取り巻き生徒の二人がそんなナーゲルを心配すれば、当の本人は俺に恨みがましい目を向けると、無言で去っていった。

「ジン……これはいったい……？」

駆けつけたアーリィー。

「見てのとおりだよ。ごめん、アーリィー。俺もついカッとなった」

「いや……。こういう状況だもの。むしろよく止めてくれたと思う」

王子様らしく振る舞う彼女。その翡翠色の瞳には、責める色はない。

俺は、地面に落ちている片手剣を拾うと、膝をついているテディオの元へ歩み寄った。

「大丈夫か？」

コクリ、と頷くテディオ。その目には涙が浮かび、悔しげに顔をゆがめた。

「うちの爺《じい》ちゃんの形見なんだ。……僕が魔法騎士学校に入ることになって、家族みんなで送り出してくれて……爺ちゃんみたいな、魔法戦士にって……うぅ」

やめてくれ、爺ちゃんとか言うの……。俺は何とも言えない気分になる。俺も爺ちゃんっ子だったから、そういうのに弱いんだ。

ヒビの入った魔法具、いや魔法剣。普通は剣に亀裂が入ってしまったら、完全な修復は不可能だ。打ち直しするにしても、以前のようには戻らず質も落ちてしまう。

始末が悪いのは、これが魔法金属でできているということだ。そもそも素材からして高級品。おいそれと替えが利くものでもない。……とはいえ、手がないわけではない。そう、そこがまさに始末が悪い。

「この剣、直そうか、テディオ？」

「へ？」

テディオは一瞬何を言われたかわからなくて間の抜けた顔になる。アーリィーもまた驚いた。

「直すって……その魔法剣を？」

「まあ、できると思う。……って、あれ？　ベルさんは？」

黒猫の姿は、どこにもなかった。


「ジン・トキトモめ……！　絶対に許さん！」

ナーゲルは寮へと戻る道すがら、怒りが収まらなかった。取り巻きの二人は、そんなナーゲルに従いながら顔を見合わせる。

「僕は伯爵家の長男だぞ！　父上から爵位を受け継げば伯爵だぞ！　こんなことが許されるものか！」

「そうですとも！　ナーゲル様！」

「あのジンとかいう奴、ナーゲル様を愚弄《ぐろう》するなど許せません！」

取り巻きたちがご機嫌取りに走る。

「ナーゲル様、もしよければジンのことを調べましょうか？」

「ついでに奴に嫌がらせを……」

「嫌がらせだと？」

ナーゲルはギロリと取り巻きの一人を睨んだ。

「手ぬるい！　あいつは死ぬべきだ！　そうとも、僕を愚弄した。下郎の癖に！」

殺してやる――息巻くナーゲルだが、そこでふと思いつく。

「そういえば、あいつは、王子と同じ青獅子寮に住んでいたな……？」

「はい、貴族でもないのに、王子専用の寮に住んでいますね」

「王族に仕えて、成り上がろうとしているんでしょうね」

「ふん、馬鹿な奴だ。あの女顔の王子は、そのうち死ぬというのに……。仕える相手を間違えたな」

ナーゲルは冷笑した。彼は、次の王はアーリィーではなく、王子の従兄弟であるジャルジー公爵がなるべきだと思っている。いわゆる公爵派の人間だった。

「潜伏している刺客に、ジンを始末させるか……」

呟くナーゲルに、取り巻きたちは目を丸くする。

「はい？　何かおっしゃいましたか？」

「いいや。独り言だ。……それよりお前たち。ジンは、喋る黒猫を飼っていただろう。あれを隙をみてさらってこい」

「あ、嫌がらせの話ですね」

「わかりました！」

二人が頷いた、まさにその時だった。

『誰が、誰をさらってくるって……？』

どこからか聞こえた男性的な声。ハッとなってナーゲルたちは辺りを見回すが、誰もいない。

『お前たちはまるで反省していないんだな……』

「な、なんだ、今の？」

またも聞こえた声。ナーゲルは姿の見えない相手に怒鳴った。

「誰だ⁉」

『お前らにオレたちの平穏を潰されるわけにはいかんのよなぁ……。まあ、お前らが悪いんだぞ、オレにこんなことをさせるから』

その瞬間、ナーゲルら三人の影が蠢《うごめ》いた。夕焼け空――それが彼らの見た最後の景色となった。

王都冒険者ギルドの談話室に、冒険者ギルド副ギルド長であるダークエルフのラスィアと、エルフの魔法弓使いのヴィスタがいた。

先日のディシス村事件の調書をとっていたのだ。黒き狼型魔獣との戦闘——ヴィスタから話を聞いていたラスィアだが、どうにも違和感を拭《ぬぐ》えずにいた。

「……投射魔法も、矢すらもかわすほどの俊敏さ。あの獣はそれほどまでに素早いのですか」

「視認距離に入られたら、まずやられると踏んだほうがいいな」

ヴィスタは淡々と答える。

「あの速さでは飛び道具や遠距離からの魔法など意味をなさない。近接戦を挑もうにも、目に捉えて、身体が反応できないようなら話にもならない」

「……よく倒せましたね。それも八頭も」

「ジンがいなければ、私はこうしてお茶を飲むことも叶わなかっただろう」

ヴィスタは紅茶の入ったカップを掴むと、そっと口に運んだ。

「周囲への目もあるから、ランクについては仕方ないにしても、彼にはランクを無視した扱いをしたほうがよいと思う」

「ずいぶんとジンさんの肩を持つのですね」

「ああ、彼に頼まれれば、私はどこにでも行くつもりだし、協力も惜しまないよ」

「それほどまでに……」

若干の戸惑いを浮かべつつ、ラスィアも紅茶で唇を湿らせる。排他的で有名なエルフ。それが冒険者としてここにいるのも珍しいことではあるが、こうも他種族——人間を褒めるというのは極めて稀だ。

——彼はそこまで魅力的なのかしら……？

ギルドで少し話した程度の付き合いであるラスィアには、ジンという人間のことはよくわからない。解体部門のソンブルや、受付担当のトゥルペが彼に友好的なのは知っている。

「ちなみに、ヴィスタさんから見て、ジンさんの冒険者ランクはどれくらいが妥当だと思います」

「Sだな」

ヴィスタの即答に、ラスィアは度肝を抜いた。ふだん冷静なダークエルフの彼女でさえ、この返事に一瞬言葉を忘れた。

「Sランク、ですか」

うむ、と何故かヴィスタはその薄い胸を張った。表情があまりないと言われる彼女にしては珍しく、とても誇らしげに見えるのは気のせいか。

「いちおう言っておきますが、Sランクってどれほどのものかわかってます？」

ラスィア自身はAランク冒険者であるし、ギルド長のヴォードはこの王都唯一のSランクだ。ジンという少年は、それに匹敵する実力の持ち主だと、ヴィスタは思っているということになる。

——ずいぶんと舐められたものですね。

これには苦笑するしかないラスィアだった。ここまで評価が高いというのはどうにも。

そういえば、ドワーフの名鍛冶師マルテロも、いやに彼にこだわっているような。

反乱軍騒動からミスリル銀不足に見舞われ現状でも改善の兆候が見られないにもかかわらず、マルテロがミスリル銀どうこうで騒がなくなった。例の大空洞のミスリル鉱山発見以来か。その前まではよく愚痴っていたと色々なところから伝え聞いていたが……。

「邪魔するぞ」

談話室の扉が開く。噂をすればというやつか、そのマルテロが顔を覗かせた。

「なんじゃい、エルフの小娘も一緒か」

「ふん、私に何か用か？」

「いーや。用があるのはダークエルフの副ギルド長のほうじゃ」

「わたくしですか？」

マルテロは談話室に入ってくると、適当に椅子を引っ張り座った。

「どこに住んでおるのか、いつも聞き出すのを忘れてしまってのぅ……」

「はい？」

ラスィアは目を丸くする。しわくちゃドワーフから、家の場所を聞かれる……これはどういう意味なのか。

「なんだ、年甲斐もなく、闇エルフの女に逢瀬《おうせ》を期待しているのか？」

珍しくヴィスタが意地悪く言った。馬鹿言え、とドワーフは一顧《いっこ》だにしない。

「違う違う。わしが聞きたいのは、ジンの居場所じゃ。奴に依頼があるが、引っ越したらしくての。今どこに住んでいるのか知らんからのう」

「マスタースミスである貴方がわざわざ出向くのですか？」

そっちのほうが驚きだ、とラスィアは思った。

「で、どうなんじゃ？　ギルドのほうで知っておるか？」

「ジン・トキトモがどこに住んでいるか、一応把握はしていますが」

冒険者といっても、全員の所在を把握しているわけではない。家がある者もいれば、宿に住んでいたり下宿の者もいる。日によって転々とする者もいるし、どこに住んでいるのか明かしたがらない者もいる。

「歯に物が詰まったような言い方じゃのう。口止めでもされておるのか？」

「そういうわけでは。……いま彼は、アクティス魔法騎士学校の寮に住んでいます」

「は？」

驚いたのはヴィスタだった。そしてマルテロも眉をひそめる。

「あやつは学生じゃったのか？」

「いえ、学校に住み込むようになったのはつい最近です。何でも、アーリィー王子殿下の要請があったとか」

「王子の要請……？」

ヴィスタとマルテロは期せずして顔を見合わせることになる。

「いったいどういう経緯で？」

「そこまでは存じておりませんが。……ただ、王子殿下の覚えもめでたく、大変評価されているようですね」

「見る目はあるようじゃな、その王子も」

やれやれ、とマルテロは、そのもっさり髭を撫でつける。

場に沈黙が下りる。ダークエルフ、エルフ、そしてドワーフ。三種族が揃い踏み、しかし空気は重い。

「そういえばお前さん」

マルテロがヴィスタを見やる。

「以前、わしのもとに仕事を依頼しに来たな。あれはもうよいのか？」

「ミスリルが手に入ったら話を聞いてやる、と言ったあれか。……ああ、問題ない。すでに解決した」

「ほう。ミスリルが必要な代物とお前さんに聞いた記憶があるが……直ったのか」

そうかそうか、と何か、すっきりしないような頷き方をされた。ちなみに——とマルテロは横目で見る。

「どんな武器だったんじゃ？　エルフのお前さんが、エルフの作った武器ではないものを修理に持ってきたようじゃったが」

「気になるのか」

何故か、ヴィスタは自慢げになる。別に、とそっぽを向くドワーフ。ヴィスタは収納魔法のかけられたカバンから、魔法弓ギル・ク改を取り出す。その得物を見たマルテロは「ほぅ」と感心の声を上げた。

「優美さはエルフが好みそうじゃが、ちと違うのぅ。魔法弓というやつか。魔石……いやオーブが三つ？　しかも全部属性が違う……このカラクリは、なるほど、確かにこれはエルフの作った武器ではなさそうじゃ。興味深い」

確かに、と素人目ながらラスィアも、マルテロの見立てに同意する。エルフは優美さを優先するきらいがあり、無骨な仕掛けやカラクリはあまり好まない傾向にある。

触りたそうに手が伸びかけたが、ヴィスタの視線に気づき、マルテロは手を引っ込める。

「で、どこが壊れておったんじゃ？」

その問いに、ヴィスタは答えた。魔獣によって傷つけられたヒビを、ミスリルによって合わせ、その上で新たな魔法文字を刻んだ——。

「ちょ、ちょっと待て。ヒビの入った部位を交換したのではないのか？」

マルテロは血相を変えた。その変化にヴィスタもラスィアも驚くが、マルテロはそれに構わず、ギル・ク改を間近で、ほとんど密着する勢いで見た。

「わしに嘘をついておらんよなエルフの娘よ？　傷跡もまるで残っていない。修繕した跡も見当たらん。交換したのでなければ……交換したのでなければ——！」

「交換したのでなければ、なんだ？」

「お前さんの話が全部本当だったとすると、わしは今とんでもないモノを目にしたことになる。……いいか？　この弓の、魔法金属の修繕に使われたのは、はるかな昔、古代文明時代の技術じゃ。現代では、その製法も術もわからない金属加工術じゃ——！」

え——ラスィアは呆然となった。

古代文明。かつてこの世界に存在したと言う文明。今より優れた魔法や機械と呼ばれる技術を持った大文明は、世界を炎に包む大災厄で滅びたとされる。同時にその技術の多くは失われ、現代でも発掘や調査が行われているが解析不能のものが多いことで知られる。

魔法鍛冶のマスターであるマルテロにさえ、わからないと言わせる金属加工ならびに修繕技術。その技術が施されたモノが目の前にあると言う。

これは歴史的発見ではないか？　というより、その修理を行った者は、古代文明の技術を有していることになる。

マルテロは、じっとヴィスタを睨むような目で言った。

「誰じゃ、これを修理した魔法鍛冶師は？」


夕焼け空の下、俺たちは王族専用寮である青獅子寮に戻った。ベルさんはいないが、あの猫の姿をした魔王様に万が一のことなどありえないので、好きにさせておく。

テディオの所有する魔法具——ヒビの入った魔法剣『フリーレントレーネ』の修復。そのために、俺は、通称『工房』へと入る。

カーテンは開けられていて、窓からはオレンジに染まった空と寮まわりの林が見えた。

自由に使っていいということだったのだが、実はまだ特に手を加えていない。それどころか物も置いていないために、元から用意されていた机と椅子しかない。

ただ部屋の中は綺麗に清掃されていた。掃除担当のメイドさんが毎日、部屋を綺麗にしていたからだ。掃除していいですか、というメイドさんに俺も二つ返事で了承していたのだ。ついでにお茶に誘ったが、今のところはすげなくされていた。

「……何もないね」

アーリィーが何ともいえない顔をしていた。魔術師の魔法工房だから、きっと何か得たいのしれない素材がぶら下げられたり、フラスコや実験器具でも置いてあったりすると思ったのかもしれない。

「まだ使ってなかっただけだ」

追々手を加えていく予定だったんだ、と俺は答えておく。若干言い訳じみていたかも知れないが、本当のことだ。

椅子がひとつしかない、と気づいた時、アーリィーがポンポンと手を叩くと、部屋の外からメイドが現れた。椅子を持ってくるように、と慣れた様子で言えば、メイドは「かしこまりました」と頭を下げて、その場を離れた。

待つ必要はないので、俺は机にテディオの剣を置く。ストレージから眼鏡型魔法具を取ると、それをつけて、じっくりと得物を観察する。

「眼鏡……？」

アーリィーが小首をかしげたので、俺は魔法剣に注目したまま答えた。

「魔法具だよ」

レンズ部分が青白い光をほのかに放っている。眼鏡型ではあるが、レンズを回すように調整することで拡大、魔力的スキャニング、熱分布、魔力量測定など、さまざまな機能を持つ。

なお、人には言わないが透視機能もあり、壁や天井の向こうはもちろん、衣服を無視して裸を見るスケベ機能もついている。……一瞬、スケベモードでアーリィーを見ようかと思ってしまったのは、悲しき男の性かもしれない。

さて、魔法剣である。フリーレントレーネ。扱いとしては片手用の剣、長さはショートソードよりやや短め。刀身はミスリル銀で表面は薄い水色。属性は『氷』。柄に小さな魔石が設えられているがこちらは水属性。魔力を込めれば水を出すことができ、おそらくこれを利用して、氷に変えて攻撃したりすることができるのだろう。

ヒビは、刀身のほぼ中央部分に放射状に広がっている。約八センチほどの傷だが、表面だけでなく、中にも亀裂が入っているので、ヒビの部分に強い打撃が加わればそこから折れてしまうだろう。

現状、打ち合いもできない、完全に廃棄寸前の品である。

「どうにかできそうかい？」

テディオが恐る恐る聞いてきた。ふむ――俺は眼鏡をかけたまま、腕を組んで椅子にもたれる。

そこへメイドさんが戻ってきた。やってきたのは三人。アーリィーとテディオ用に椅子をひとつずつ。残る一人は、お菓子とお茶を机に置いた。……気が利いてるね。王子付きメイドさんは美人、美少女揃いなので、スケベモードで見たい欲求にかられる。でも自重。

エロい方向に思考が向きかけている時というのは、俺の場合、現実逃避の時がある。

テディオの魔法剣を直す。爺ちゃんの形見と聞いたら、お節介性分な俺としても何とかしてやりたいのだが……。

この際、はっきり言えば、修復は可能だ。現実に修復しようとするのは不可能だろうが、俺の合成系統の魔法で解決できる。

ただ……消費魔力がでか過ぎる。これが頭の痛い問題。

先日、エルフのヴィスタが持つ魔法弓ギル・クを修復した。やること自体は、一見するとあれと同じ。だがギル・クは一から俺が素材を集めてこしらえた品。ミスリルにしてもどのレベルのものかわかっていた。

対してテディオの剣は素材からして俺は何のかかわり合いもない。傷口に合わせて埋め、元に戻すとなると、どれだけ難しい調整を強いられることになるか……。

退出していくメイドさんたち――俺は眼鏡のレンズの端に触れ、本気で透視モードで裸体を見ようかという衝動に駆られる。だが、本当に自重。部屋にはテディオがいて、万が一にも野郎の裸を見てしまったら、いろんな意味で萎える。

「ジン?」

アーリィーが、俺が黙り込んでいるのを見かねて声をかけてくる。俺も彼女を見つめ返す。

「無理そう……?」

ごめん、アーリィー。君の裸を見たいと思っていたなんて言えない。

ネックとなるのは魔力。テディオの武器修復で消費した魔力をアーリィーに補填《ほてん》してもらうのはさすがに筋違いだろう。

ただ魔力に溢れていて、それを吸収して平然といられる人材など、ここではアーリィーくらいしかいない。

さて、どうしたものか。

事前に、魔力をいただく云々とやりとりをして、彼女は同意してくれたが、いざそれをやるというのはなぁ……。いや、本当はしたいよ、アーリィーとイチャイチャは。でもこれは俺ひとりその気でも、無理強いはよくない。それは主義に反する。たとえ報酬にデートを提案しても、嫌なら別の方法に切り替える。

女の子の嫌がることはしない。本気の拒絶はこっちも傷つくからね。

かといって我慢するのもなぁ……。一日二日の間ずっと頭痛やら吐き気やらにのたまいながら寝て過ごすなんて御免だ。そういう時に飲むマジックポーションはマズ過ぎて、マジで吐くからな。アーリィーの護衛もあるから、そう寝てるわけにもいかないし。

「ジン君、ありがとう。もういいよ」

俺が考え込んでいるのを見てだろう、テディオがそんなことを言った。

「やっぱり無理なんだ。……剣が折れたりヒビが入ったら使えないなんて常識だし。ごめん、僕のために何とかしようとしてくれて……」

彼は笑った。泣きそうな顔で。

我慢して、無理して笑った。……ああ、もう。俺は大きくため息をついた。

「修理できないとは言ってない」

俺は、ストレージからミスリルインゴットをひとつ取り出す。大空洞の例の鉱山から採れたものだ。……マルテロおやじの分だけでなく、ちゃんとこっちの分も確保している。

「合成」

魔法剣フリーレントレーネを中心に机の上に青い魔法陣が展開される。部屋が暗転し、魔法陣の青い光のみが光源と変わる。アーリィーとテディオは、突然の光景に驚き、絶句する。

多量の魔力を注ぎ込めば、魔法陣が赤く輝く。ミスリルインゴットから適量が分離し、ヒビの入った魔法剣、その亀裂部分にパテで埋めるように入り込む。

さて、難しいのはここから。現状ヒビを埋めただけで、これでは強度は何も変わらず、強い衝撃で壊れやすいままだ。埋めたミスリルと元の剣に使われたミスリルを結合させなければならない。それも、くっつけるのではなく、元から一つのものであったように作り変えなければならないのだ。

数分間の魔力投入。頭がくらくらしてきやがった。意識を保て、集中だ。

俺個人としては時間の感覚がなくなるほど没頭した末、赤だった魔法陣は緑に輝いた。やがて光は消え、光源は元の窓の外からの夕日のみになる。

「……終わったぞ」

俺は、フリーレントレーネをテディオに指し示すと、肘をついてこめかみ部分を押さえ軽い頭痛に対処する。普通なら治癒魔法で緩和できるのだが、魔力消費している時に魔法を使えば症状を悪化させるだけである。

「凄い……！　直ってる！」

テディオが興奮した。アーリィーもまた、目の前で起きた奇跡的な魔法に驚きながらも、テディオの喜びにつられて顔をほころばせている。

「ジン君、ありがとうっ！　本当に直してしまうなんて、君は凄い人だ！」

「ああ、ありがとう……まあ、よかったな。爺さんに感謝しろよ」

嬉しいのはわかるが、俺のことは放っておいてほしい気分。

「凄いよ、ジン！　こんなの見たことがない！……って、ジン？」

アーリィーが俺の異変に気づいたようだった。俺は口もとを笑みの形に歪める。

「ちょっと疲れただけだよ。……テディオ、もうすぐ日が暮れる。寮に戻れ」

「あ、そうだね。戻るよ。ジン君、今日のことは忘れないよ。お礼は必ず」

「お、おう。忘れていいぞ……」

ペコリとお辞儀してから剣を大事そうに持って退出するテディオ。アーリィーは、俺の顔を覗き込むように近づいた。

「ジン、具合が悪いの？――――ッ⁉」

近づいたのを幸いと、俺は唐突にアーリィーの頭を掴むとグッと引き寄せ、彼女の唇を奪った。

魔力吸収――はい、またやらかしました。我慢できなかったんだ。

「ンン……ッ！」

思いがけず強い衝撃を胸に受けて、俺は突き飛ばされた。

「ジン……！」

アーリィーが口元を押さえ、目を見開いている。

「また君は、いきなり――」

顔を真っ赤にして言いかけ、しかし次の瞬間、彼女は部屋を飛び出していった。

しばし呆然となる俺。……やっちまった。

まあ、そうだよ、な。いきなり――確かにその通りだ。何が女の子の嫌がることはしない主義、だ？　衝動に負けてるじゃないか！　俺は自嘲した。そして次には激しい後悔が押し寄せた。


テディオが帰った後、俺は魔力欠乏と戦いながら、ゆったり魔力の回復を行った。

アーリィーには悪いことをした。彼女の護衛を引き受けるにあたり、魔力を分けてもらうこともあると予め言ってはあった。身体の接触とか、キスとか――それは建前で、どこまで本気だったのかと言えば別の話となる。個人的にはアーリィーとは、もっともっと近づきたい。

だけど、実際に『してしまう』というのは……。

ああ、俺にも『魔力の泉』スキルがあれば、こんな魔力消費の心配をしなくても済んだのに。いや、これこそ言い訳だ。

彼女の協力があれば、消費に対する回復は解決する。……彼女が王族でなければ、という注意点がつくがな。

王子様である。

中身は女の子だ。だが王族である。王族に淫らな行為を働けば、最悪死罪もありうる。

どんな顔をして、彼女に会えばいいのか。一種の気まずさを抱えたまま、夕食に呼ばれたが、当のアーリィーは何事もなかったように振る舞った。

ちなみに、料理に毒物が混入する事件の後ゆえに、調理場には近衛騎士が常駐。さらに毒見も徹底されていた。

アーリィーは俺が行った魔法具の修理にいたく感動したらしく、ビトレー執事長や、近衛隊長のオリビアにも自分の目にした光景を嬉しそうに話していた。……余計絡みづれぇ、この空気。

ただ心から楽しそうに話す彼女を見ていると、少し心が慰められた気がした。

とはいえ、アーリィーの話した内容はここだけの話にしてほしいと、彼女も含めてビトレー氏やオリビアに頼んだ。皆、他言はしないと約束してくれた。

さて、今日は疲れたから早く寝よう、と思ったのだが……アーリィーが別れ際に、神妙な調子で小声で言った。

「後でボクの部屋に来てほしい」

ドクリ、と心臓が跳ねた。ひょっとして、先のキスのことか――。

『わかってるね？　ボクにあんなことをしたんだから、責任、とってくれるよね？』

やばいやばいやばい。……嫌な予感しかしない。だが、拒むこともできない。

どうか、この呼び出しが、大した要件ではありませんように。心で祈り、そして時間を待った。

星でも見ようか？　なんて話ならいいのだが。

就寝の時間がきて、俺は約束どおり、アーリィーの部屋に向かった。メイドたちはいなかった。扉をノックして彼女の返事を確認すると、自ら扉を開けて中に入る。

中は真っ暗だった。室内の魔石灯は消されていた。窓から差し込む月明かりが、唯一の光源。今日は満月に近く、それだけでも十分に明るかった。

王子様のお部屋らしく、家具も調度も一級品。傷つけるのもためらうようなものばかりだ。

そのベッドは大きく、天蓋《てんがい》がついている。とはいえ、日常を男装で過ごすためか、女の子らしさは欠片もなかった。

「ジン。……こっち来て」

アーリィーは寝間着姿でベッドの上に座っていた。意外と可愛い寝間着。胸を押さえつけている補正具をつけていないのだろう。いつもより胸があった。

新たな彼女の衣装に胸が躍る。表情も暗くなくて、安堵したのが一番だけど。

ぽんぽん、とベッドを軽く叩いて、アーリィーは俺にここに来て座るよう促す。

「明かりもつけずに、何をやってるんだい？」

「うん、ちょっと、ね……」

月明かりに浮かぶ彼女の横顔が、いつにも増して艶やかに見えた。魔力の一挙損耗で万全とは言い難い俺の精神状態がなせる業なのか。王族でなければ何も言わずにそっと抱きしめたいと思うほどに。

「考えてたんだ」

そう前置きするアーリィー。

「どうしたら、ボクは君の役に立てるかなって……」

「と言うと？」

「ジン、君、いま凄く疲れているよね？」

「……ああ」

否定しようがないので頷いておく。疲れてはいたが、まずは——。

「さっきのことだけど——」

謝らないと。口を開いた俺だけど、アーリィーは言葉を被せてきた。

「さっきは、いきなりキスされて、ビックリした」

「……あ、ああ」

「突き飛ばしたのはごめん、謝る。でも、やっぱり不意打ちはやめてほしい」

すっと視線をそらすアーリィー。

「ごめん。悪かったよ」

「うん……。でも、君が精一杯頑張った後だから、仕方ないかなって思ってる」

突き飛ばしてごめんね——アーリィーが謝った。

「いや、君が謝ることじゃ……」

「反乱軍が王都に迫った時、君は大魔法で敵を一掃した。……その時みたいに疲れているように見える」

お姫様は顔を上げる。

「だからさ、ボクの魔力、持っていっていいよ」

「……アーリィー？」

「さっきは中断しちゃったけど、続き……。その、ジンも、魔力が減って辛いでしょう？」

だんだん視線が下がり、声が小さくなっていく。

「元はと言えばボクのために一緒にいてくれるわけだし。あ、明日も、魔法を使う機会あるかもだし！」

何だか、わたわたしているお姫様がとても可愛らしく見えた。俺のために、力になろうと親身になってくれている。それが、たまらなく嬉しかった。

「魔力をあげるって約束だし……。その、恥ずかしいけど。やっぱり恥ずかしいけど！」

面と向かって言われると、こっちも緊張するな。

アーリィーの顔がみるみる赤くなった。

「だ、だから、早く済ませましょ！……ど、どうぞ」

アーリィーは女の子座りになると、目を閉じた。傍目から見ても、キスして、どうぞである。

思わず唾を飲み込んだ。俺が勢いでやってしまったやつとは違う。彼女から、アーリィーからの誘いだ。

もちろん、これは歓迎だけど、本当はとてもしたいんだけど——いいのか？　相手は王子のフリをしているお姫様だぞ？

だが、失った魔力の補充はしておきたい。ここ二日で思いのほか魔力を失ったし、愛馬の暴走騒動のようなイレギュラーが起きれば、いつ魔力が必要になるかもわからない。

彼女を守るため、万全に近い態勢にしておかないといけない。

しないと……。彼女が誘っているんだ。キスで魔力を補充するだけだ。黙っていれば、何も問題ないじゃないか。

俺はアーリィーのその可愛い顔に自身の顔を近づけ……わぁ、やっべ、好み過ぎるのも問題だな。キス程度で緊張する感覚など久しく忘れていた。

「ん、ジン……」

早くしてほしいと、急かすような声。だが……その細い身体はかすかに震えていた。間近で見る彼女は、ギュッと目を瞑《つむ》っていたけど、それはまるで、本当は怖いけれども我慢しているように俺には見えた。

月明かりのみの薄暗い中、その息づかいがわかる距離で気づいた。彼女は無理をしているな、と。

俺の役に立ちたいという気持ちに嘘偽りはない。ただ、だからといって全てを受け入れられるわけではない。頑張る彼女がたまらなく愛おしい。このまま抱きしめてしまいたいと思った。だけど、アーリィーには少し早いかとも思う。

そして魔力を補充したいから、という理由では失礼だとも。

……。

俺はキスを断念した。何か違う。そうじゃないんだ。

何かヘタレた。騙《だま》しているような気がして。頭の中で、これは違うと繰り返すのだ。……そして思った。俺は、本気でアーリィーのことが好きなんだなと。だから慎重になる。嫌われたくないって思うんだ。

「せっかくだけどアーリィー。別の方法で魔力をもらうわ」

「別の、方法……？」

改めて、目を開いたアーリィーは、幾分か顔が赤いままだった。

「手を出して」

「こう……？」

差し出された彼女の手を俺は握った。

ベルさんとの契約で得た力、魔力吸収、マジックドレインが発動する。アーリィーのもつ潤沢で清らかな魔力が、俺の中に流れ込んでくる。

「こうやって触っているだけでも、一応魔力はもらえるんだよ」

「え……え、そう、なんだ……」

ホッとしたような、しかし残念そうな顔をするアーリィー。俺は付け加える。

「ただ、あまり吸えないから、時間がかかるんだけどね」

「じゃあ、しばらくこのまま、かな？」

「まあ……そうだな」

俺が答えると、お姫様はえへへ、とはにかむ。……うわー、恋人っぽい。友だちなんて超えて恋人だろこれは！　こそばゆ過ぎて、恥ずかしさが加速する。むしろ、こっちのほうがよかったかもしれない。

「ねえ、ジン。それなら今日は一緒に寝ない？」

「は……？　一緒？」

それは――誘ってるのか？　女が男と一緒に、とくればあれだ。つまり、男女の営みというやつだ。ベッドの上でくんずほぐれずするアレ。

ま、まさか、アーリィーのほうから誘われるとは。

アーリィーは恥じらいながら、ベッドをぽんぽんと叩いた。

「ほら、友だち同士、同じベッドに入ってお話ししたりするって言うじゃない？　添い寝とか、そういうの」

「あ。添い寝……ああ、あー」

性的なお誘いではなかったようだ。ちょっと舞い上がってしまった俺自重。

「ていうか、俺みたいな奴が同じベッドに入っても平気なのか？」

「んー、そうか、そうなるんだよね。……でもまあ、友だちならいいかなって思う」

友だち同士同じベッドに入るなんて、子供の時か、ある程度成長しても同性の者同士でやるものだと思うんだ。異性だと、ほらやっぱ気になってそれどころじゃなくなるし。

でもまあ――。

「それもいいかな」

彼女の温かな手を握ったまま、俺はベッドに寝転がった。

「それじゃ、何かお喋りをしよう」

何がいいかな？


「……ボクは、中途半端なんだ」

女なのに、王子で。両親からそうするように強制され、本当の自分を隠したまま生きてきた。これからも。

アーリィーは呟くように言った。

ベッドで寝間着を着たまま横たわる彼女。俺もその隣で服を着たまま寝転び、しかしお互いに手を握っている状態。ゆっくり、じっくりと魔力吸収。

俺たちは天井を見上げている。

「だけど、父上はボクのことが嫌いみたいだ……」

すっと、俺の手を強く握り締めるアーリィー。

「ボクが女だから。男の子じゃないから。……きっとその扱いに困ってるんだ。だから中途半端」

王位継承権は第一位。でも女だから、他の女性と婚約しても子供は産めない。つまり後継者ができない。王族にとって、跡取りがいないのは致命的問題だ。

男に生まれていたら。

とっくに婚約者がいて、次期王として着々と準備が進められていたことだろう。だが現実は、後継を作れないことが確定してるが故に、すんなり王になる用意もできない。

現在の王であるアーリィーの父が、彼女の扱いを決めかねているから、こうなっている。アーリィーは不安に苛《さいな》まれ、しかし自ら何もできずに苦しんでいる。

「ボクが男として生まれていたら……」

こんなことにはならなかった。

「君が男として生まれていたら……」

俺は空いている左手で、アーリィーの頭を撫でた。

「いま俺とこうしていなかっただろうな。いい友人にはなれたかもしれないけど……君が女でよかった」

「……ジン」

すっとアーリィーが顔を下げた。

「ボクが女の子でもいいって言ってくれるのは、君だけだよ」

「もったいないな。アーリィーは美少女なのに……」

「やめて、恥ずかしい……」

「さぞ、モテただろうなぁって思う。あ、いまでも貴族のお嬢様方からモテてるんだっけ」

「意地悪」

小さな笑いが、室内にこだました。

「ほんと、お父様はこれからボクをどうするつもりなんだろう？」

せめて方針というか、どうするのか教えてくれれば少しは不安が和らぐのだけれど。アーリィーが言った。

俺は首を捻った。

「父親には聞いてみたのか？　そのこと」

「聞けないよ」

アーリィーは拗ねたような声を出した。

「最近は疎遠というか、よそよそしいし。以前その話題を出した時は『考えている』と怒られちゃったから、今は聞くに聞けない感じ」

「そっか……」

探ったほうがいいかもしれない、と俺は思う。アーリィーの身は魔法騎士学校に預けられているとはいえ、不審な事故や影らしきものも見え隠れしている。毒殺未遂事件のように、すでに表に現れつつある。

あまり考えたくないが、父王と関係があまりよろしくないと言うのなら——もしかしたら彼女を疎ましく思っているのは父王のほうかもしれない。そんなこと、あってほしくないが。

性別のせいで、親から命を狙われるなんて、不幸すぎる。それもその親から性別について強制されていたうえで、なんて。


「おはようジン、昨晩はお楽しみだったようだな」

部屋に朝帰りした俺に、ベルさんが楽しそうに言った。いつもの黒猫姿である。

「お帰りベルさん、昨日はどこにお出かけしていたのかな？」

「なぁに、ちょっとした野暮用だよ。……それよりどうだ？　魔力は回復したか？」

「もうすっかり」

俺は桶に魔法で水を張り、布切れに浸すと身体を拭く。

「おかげさまで、王都に来てから最高の時間を過ごしたよ」

「ほんとにお楽しみだったんだな」

ベルさんは、俺を見上げる。俺は苦笑した。

「誤解されてるのも何だから言うけど、単に添い寝しただけだよ」

「添い寝だけ？　またまた、ジンさんともあろう者が……」

「……いやマジだぞ」

「マジか？」

そりゃそうだろう。もし本当にしちゃったら、スキャンダルどころではない。国がひっくり返る騒ぎになり、犯人探しが国を挙げて行われることだろう。

「また逃亡犯にはなりたくない」

「別に逃亡したわけじゃないだろ。一度『死んだ』だけだ」

英雄ジン・アミウールは死んだ。今は、本名であるジン・トキトモとして生きている。

「ふん、人間そういうのは一度で充分だよ。二度も三度も殺されてたまるかっての」

まあ、死んだふりして逃げるのはともかく、今回はアーリィーのこともある。事が公になれば、女なのに王子を演じていたアーリィーも糾弾されるだろうし、秘匿してきた王にも批判の手が伸びるだろう。

俺はもちろん、アーリィーはそんなのはお断りだし、彼女と距離を置いている国王にしても望まない事態だ。俺は誰も得しないことはしない。

「まあ、何にせよ、俺とアーリィーは友人だ。そういうことになってる」

「恋人、じゃないのかい？」

「素敵な響き！　俺としてはぜひそういう関係を所望したいが、公式では、男同士だ」

男同士の趣味はないがね。

「だから俺たちは恋人ではない。俺が他所で女を作っても、アーリィーには関係ない」

それはそれで寂しくもあるけどな。

俺は制服に着替え終えると、部屋を出る。そろそろ朝食の時間だ。

「そうそう、アーリィー嬢ちゃん暗殺未遂事件で新しい情報だ」

ベルさんが皮肉げな調子で言った。

「ナーゲルの奴が、この件に一枚噛んでいたぞ」


学校へ行くと、まずテディオが昨日の礼を言ってきた。魔法剣を直してくれてありがとう、と。

よかったな、と返事した俺だが、この時、とあることを失念していた。

テディオに、魔法具修繕の話を他言しないようにと口止めするのを忘れていたのである。魔力喪失の反動で余裕のなかった俺は、あの時、彼をさっさと寮に帰したのだ。少し回復した後、夕食時にアーリィーがそれを口にした時、俺は聞いていた執事長や近衛騎士に黙っているように告げたが、それで全員に言ったつもりになっていた。

平民生である彼は、貴族生たちとは折り合いが悪いが、同じく平民生の間ではそこそこ友人がいた。当然ながら、俺の魔法具修理の話はそこから漏れ、少しずつだが生徒たちの間に噂となって流れていった。

そしてもうひとつ、別件で俺の元にやってきた騎士生徒がひとり。クラスメイトにして貴族生であるマルカスである。

赤毛短髪、きりっとした顔つき。身長は俺と同じくらい。筋肉質な身体つきで甲冑を着込めば、貴族というより騎士のほうがお似合いな少年である。

俺が見たところ貴族生としてはまともで、生真面目かつ、実技も見込みのある実力の持ち主である。

「今朝、ナーゲルと、その仲間二人が、意識喪失状態で発見されたんだ」

真面目そのものといった顔でマルカスは言った。

「廃人も同然の状態で、もはやまともに生活が送れるレベルではないのだが……何か知らないか、ジン？」

「どうして俺に聞くんだ？」

よそのクラスの生徒だぞ、ナーゲルは。

「昨日、ナーゲルたちといざこざがあったと聞いたんだが？」

「ああ、テディオを連中が苛めていた件か」

俺は肩をすくめた。

「確かに少し言い合ったが……あの後、自分たちから去っていったし。わからないな」

「そうか。すまないな」

マルカスは頷くと、俺から離れていった。それを見送りながら俺は唇をいびつに歪めた。

「まあ、チキンナゲット君が今更どうなろうと手遅れなんだけどね」

「ああ、オイラが、連中の精神を喰っちまったからな……。チキンナゲット？」

ベルさんが首を傾げた。俺は皮肉げに答える。

「鶏肉を一口サイズにして油で揚げた料理だよ。……名前が似てると思わない？　身分をひけらかすことで自分を保つ臆病（チキン）・ナーゲル君」

「なるほど。……今度、そのチキンナーゲル作れよ」

「チキンナゲットな！」

字面がひどいぞ、まったく。


時間は少し遡《さかのぼ》る。昨日、俺たちから離れた後、ベルさんがナーゲル一派を懲らしめた話だ。

俺を逆恨みしたナーゲルは報復を企んでいた。まったく反省が見られず、さりとて放置しておけば楽しい学園生活が消えるのが確定したので、ベルさんは誠に遺憾《いかん》ながら処罰を下した。

その件に関して、俺はベルさんの行動を支持した。俺を殺そうって言ったんだ。同情も遠慮の余地なし。

ナーゲルのような思い上がった勘違い貴族は、成長しても周囲に害を与えるばかりで、ろくな人間にならないだろう。たぶん。彼が使い物にならなかったことで、顔もしらない大勢の人間が救われたと思うよ。

だが事はそれで終わりではなかった。

「奴はアーリィー嬢ちゃんの暗殺未遂にもかかわっていた」

と、ベルさんは淡々と告げた。

ナーゲルは、『あの女顔の王子は、そのうち死ぬ』と口にしたと言う。どういうことかとベルさんが尋問した結果、あの伯爵家の長男坊主は、例の暗殺犯と繋がりがあると自供したらしい。

毒物がどこから青獅子寮にきたのか謎だったのだが、それについてもナーゲルが解決した。

実家からの封蝋《ふうろう》付き手紙の中に毒物を入れたのだ。

『貴族の家から来た手紙は、学校の警備の者には開封が許されていない』

プライベートな品でもあるが、貴族の手紙には、その家の存亡にかかわる機密などが書かれていることもある。家の紋章の入った封蝋があれば、これは機密文書ですと言っているようなもので、中身を検《あらた》めるのはタブーとされている。

封蝋されているものだから、こっそり開けるというのは不可能。開封がバレればその貴族と騒動は不可避。ゆえに、中身を調べないというのが暗黙のルールであり、結果、学校の審査をパスしたのだ。

警備ガバガバ。しかしそれがまかり通っているから恐ろしい。貴族が好き勝手やっているのも窺えるな。

「つまりは、ナーゲルは毒物を仲介したわけだ」

すると、暗殺犯は、ナーゲルの家――アッシュ伯爵家が関与している？

「それがどうも、そうじゃないかもしれん」

ベルさんは顔をしかめた。

「ちょっと信じられない話だが、ナーゲルは、その暗殺犯のことを知らなかった」

「暗殺犯を知らなかった？　どういう意味だ、それ？　毒物は渡したんだろう？」

「名前は知らないとよ。何でも学校の敷地内でこっそり会って、毒や指令書やらを渡していたらしい」

袖に赤いリボンをつけるのが、その印らしい。で、ナーゲル自身、刺客もどうせ使い捨てだろうと思っていたらしく、名前を聞こうともしなかったという。……聞いておけよ。まったく役に立たない野郎だ、ナーゲルは。

「メイドだって言っていた。まあ変装の類じゃなきゃ、青獅子寮で働くメイドの中に犯人がいるってことだな。どうだ、お前さんの目星と一致したか？」

ベルさんがからかうように言った。ああ、バッチリ、今の証言でスリーアウトだよ。

アーリィーの毒殺に失敗した直後に寮の外に出たメイドは二人。

「おそらく、クーベルさんだろう」

細身でありながら、メイド服ごしでも、動きがしなやか。茶色い髪を襟元まで伸ばしていて、その目つきは、一瞬戦闘メイドかと思うほど鋭い。担当は家事や雑務をこなすハウスメイドだが。

青獅子寮に勤務しているメイドさんの名前と顔は全員記憶済である。いやぁ、王子様に仕えるメイドさんは美人揃いだ。

「知らないな。なんでその、クーベルってメイドなんだ？」

「フェリックスの暴走事件の時な、彼女、あのあたりを通りかかったんだよ」

俺が答えれば、ベルさんは小さく唸った。

「うーん、そういえば、確かにメイド服見かけたような……。なあ、ジン、間違いないのか？」

「俺が美人ちゃんを見間違えるとでも？」

「……ないな」

愚問だった、とベルさんは天井を仰いだ。

アーリィーの愛馬が暴走した時、比較的近くにいて、毒物混入後に証拠品を外に始末することができて、さらにナーゲルから毒物を受け渡されたのがメイド。この三つを満たしているのは一人しかない。

「じゃあ、取り押さえるか、ジン？」

「まだだ。どれも状況証拠だ。確証はない」

とても怪しい。だがそれすなわち犯人と断定するには足りない。

「俺の推測が大はずれで、罪もない女性を尋問なんてしたくないぞ」

せめてナーゲルがメイドの名前を知っていれば……。まったくもう。

「あー、そうだな。お前さんは、そういう奴だ」

「だが悲観したものじゃない。クーベルさんを監視する根拠は増えたわけだ。そして今回の暗殺者には、外部の協力者がいた」

「だから？」

「つまり、青獅子寮の犯人は、王子暗殺を企む者の手先としてここにいるわけだ。連絡の中継点だったナーゲルがいなければ、犯人はどうなる？」

「孤立する」

ベルさんは顔を傾けた。

「何とかして、外部と連絡をとって次の指示を仰ぐ」

「そういうこと。つまり、その現場を押さえれば、確証は掴めるだろう？」

「尋問し放題だな」

「悪趣味だぞ、ベルさん」

俺は黒猫姿の相棒をたしなめた。

「でもよぉ、絶対とっちめたほうが早いぜ？」

「俺の話、聞いてなかったかい、ベルさん？」

「無実の可能性があるってんだろ……ああ、わかってるよ」

ベルさんは首を振った。まあ、暗殺犯が単独犯ならベルさんの意見も一理あるのだが。

「犯人は必ず、外部と連絡を取ろうとする。逆に、いつまで経ってもクーベルさんが連絡を取る様子がなければ、白ってことで振り出しだ」

まあ、おそらく九割がた間違いないだろうけどな。

「そうなると、だ。ナーゲルの実家はどうするよ？　嬢ちゃんを暗殺しようとしたのは事実。こっちは黒だろ？」

「国王陛下にリークしてやろう」

少なくとも王子暗殺のための毒物を学校に送りつけたわけで、実行犯と同罪だ。ナーゲルへの手紙を添えてやれば、あとは王国が処分してくれるだろう。

跡取り息子が廃人になったことで、王子が公爵が、なんて言っているどころではなくなっているだろうが、そんなのは知ったことではない。罪には罰を。

暗殺犯にとってボスが大事になれば、浮き足立つだろう。俺たちはそれを慎重に見定め、その時がくれば捕まえる。……問題があるとすれば、実は暗殺犯の黒幕がアッシェ家以外の手の者だったりした場合か。

貴族――アーリィーの従兄弟の公爵を王につけたい一派がいるなら、アッシェ家以外にも手を出してくる者がいるかもしれない。もしかしたら、アーリィーの死を望んでいるというジャルジー公爵が糸を引いている可能性もある。

あまりに捜査に集中し過ぎて、アーリィーの護衛を放り出すわけにもいかない。やれるところからしっかりやっていこう。

「それにしても、お手柄だったね、ベルさん」

ナーゲルの報復阻止のつもりが、毒殺未遂事件の共犯者を突き止める結果になったのだから。

「ひとつ貸しかな?」

「なに、運がよかったのさ。あいつも馬鹿なことをしたもんだ」

そう言うと、ベルさんが一本のナイフを異空間収納から取り出した。赤い魔法金属製の武器。ナーゲルが持っていたマジックブレイカーとかいうナイフだ。

「これ、どうしたのさ」

「もういらないだろうと思ってもらってきたのさ。そのナイフは、今回の刺客への協力の報酬なんだと。もらった玩具を使ってみたくて、弱い者いじめをした結果――」

「俺たちの目に止まったと。なるほど、確かに馬鹿なことしたな」

あの時、俺たちと遭遇しなければ、あいつも共犯者だとバレることも、廃人になることもなかっただろうに。あれだな、思いがけず大金を手に入れて、急に金遣い荒くなって目立つ奴。

「あいつが馬鹿でよかった」

ま、同情はしないけどな。因果応報ってやつだ。

本日最後の授業が終わり、俺とアーリィー、ベルさんは昼食を王子食堂こと、ハイクラス食堂で済ませる。

きちんと毒見で確認した後の、お食事。直後はかなりナーバスだったアーリィーも落ち着いてきたところだが、たまに俺の料理を食べたいなどと言うようになった。頼まれれば喜んで作るけどね。

さて、そのアーリィーも昼食の後、うとうとしだして、そのまま机の上に腕を枕に眠ってしまった。……暗殺未遂事件の後だから、夜はすっきりと眠れないのかもしれない。そう思えば無理に起こすのも可哀想だ。授業は終わっているし、静かに眠らせてあげよう。ゆっくりお休みよ。

俺は、その間に魔法具製作をしながら、ベルさんとお喋り。ボックス型魔法具の中に魔石を仕込み、片面の穴を覗き込む。ベルさんが机の上を移動して、俺の元に来た。

「今度はいったい何を作ってるんだ？　新しい魔法具？」

「魔力加速装置」

薄いランドセルのような箱型魔法具を、俺は掲げてみせる。

「ほら、魔法車。エンジンが新しくなったから、色々新しい機能を持たせようと思ってね」

「魔法車！」

ベルさんが声を上げた。魔法車とは、俺がこの世界で作った魔石エンジン搭載の魔力で動く乗用車である。色々な素材と魔法、魔法文字を組み合わせて作ったのだが、ヴェリラルド王国に到着早々、エンジンが壊れて使えなくなっていたのだ。

「そういや、学校に来てから忘れてたな。修理していたのか？」

「おう。前は車としての機能を優先して作ったけど、今なら色々盛り込めるぞ」

徹底的に改造だ。前は後付けだったエアコンや小型冷蔵庫も最初から内蔵する。

「その加速装置ってのは何だ？　加速の魔法か？」

「スピードアップという点では似たようなものだな。魔力を取り込んで、後方の噴射口から爆風を噴射して、一時的に加速する装置だよ」

「は？　爆風？」

「強い爆風を食らうと吹っ飛ぶだろう？　あれを利用するんだよ」

「ほぅ……。面白いことを考えるんだな」

そこでベルさんが、食堂の外に視線をやった。調理スタッフ以外に人の気配があることに気づいたのだろう。……人数は四人。あー、たぶんあれだ。

「魔法具研究会の連中だな」

学校の活動クラブのひとつ、魔法具研究会。文字通り、魔法具について研究したり試作したりするクラブである。俺が魔法具の修繕を頼まれ、つい引き受けたら研究会クラブの部長だったというね。……仕方ないだろう？　女の子の頼みだったんだから。

結果、ここ数日、俺は執拗な勧誘を受けていた。クラスが違ってよかった。

「有名人は大変だね、ジン」

アーリィーが目を覚ましたらしく、目をこすりながら身体を起こした。おはよう、寝ぼすけさん。もうお昼だけど。

「有名人ね……」

王子殿下ほどじゃないよ。ただ、最近俺の周りが騒がしいのも事実だ。

「モテモテだね、ジン」

「誰かさんが、俺が魔法具修繕できる噂をバラまいたからな」

「ボクじゃないよ！」

「知ってる」

まあ、出所のテディオにしても悪意があるわけではないのはわかってる。

ともあれ、あの魔法武器修繕以来、魔法騎士生の間に、俺が魔法具を直す技術があるという話が出回ってしまった。

大抵の魔法具は高額だ。修理ともなればなおお金がかかるが、学生身分でおいそれと手を出せる者ばかりではない。裕福な貴族生ならともかく、三流品の魔法具を持つ平民出の生徒には厳しい。そこで俺に直せないかと相談が増えた、というわけだ。

まあ、魔法具研究会の連中は、俺の知識と経験を求めているのだろうけどね。

どうせもう授業はないし、クラブ活動をしていない俺たちである。俺は食堂入り口ではなく、校庭の見渡せる展望席のほうへと足を向ける。そこはバルコニーになっていて、三階なので、当然ながら誰かが待ち伏せているということもない。

「ジン？」

「アーリィー、ここから帰るぞ」

「え？」

真顔で驚くアーリィー。俺は肩をすくめる。

「入り口があれじゃ、すんなり帰れそうにないだろ？」

「そうだね……。ボクも面倒は嫌だよ。……でもまさか、ここから飛び降りるつもりじゃないだろうね？」

「飛び降りるさ」

平然と俺が言い放っている間に、ベルさんが俺の肩によじ登った。

「浮遊の魔法？」

「エアブーツ」と俺は自身の足を指差した。

「そういうわけで、お姫様、ちょっと失礼」

俺はアーリィーの傍によると、彼女を抱きかかえる。突然のことに、呆然と、しかし次の瞬間、顔を赤らめて混乱するアーリィー。

「ちょっとジン!? これはその――」

「お姫様抱っこ。じゃあ、行くぞ」

エアブーツ、浮遊発動。俺が展望台を思い切り蹴って飛び出せば、東校舎三階から落下する。

「え――!?」

アーリィーが悲鳴を上げたが、すぐに地面に到着。と、その前に浮遊が働き、地面に足を着ける頃にはそっと降り立った。

校庭の端に立つ俺。アーリィーを短いお姫様抱っこから解放すると、彼女は頬を膨らませる。

「もう、誰かにこんなところを見られたらどうするのさ?」

「大丈夫、誰も見ていないから抱っこしたんだよ」

俺は平然と歩き出せば、アーリィーもその横に追いつく。

「お姫様抱っこなんて……」

「嫌だった?」

「……嫌じゃないけど」

むくれてもアーリィーが可愛くてしょうがない。思わず頭を撫でてやろうかと思ったが、校舎から離れつつあるから、窓から校庭を見ている奴がいたら見えてしまうと思い自重した。

「イチャイチャしやがって……」

ベルさんが俺の肩に乗ったまま言った。その言葉に、アーリィーがいちいち顔を赤くする。

「べ、別にイチャイチャなんて」

勘弁してやれよ、ベルさん。

校庭を横断し、寮への帰り道。ようやく落ち着いたらしいアーリィーが唐突に言った。

「そういえば、ジンの靴ってさ」

エアブーツか。俺が小首をかしげれば、王子様は頷いた。

「自作したものって言ってたけど、それもう一足持ってたりする？」

「……欲しいのか？」

「欲しいというか、ちょっと興味あるかなぁ、って……」

おねだりするような目を向けてくるアーリィー。……こういうの、覚えがあるぞ。以前の友人たちから、ぜひにと頼まれて作って送ったやつ。今のアーリィーは、そのうちの一人、とある令嬢と同じ目をしていた。

「いま手持ちは一足だけだ。といっても、俺と君じゃ、足のサイズ違っていて合わないだろうから、君のサイズにあったもの作らないといけないな」

材料あったかな。俺は顎に手をあて考える。

「アーリィー専用のエアブーツを作ろう」

「ボク専用⁉」

「うん、プレゼントしよう」

「プレゼント！」

彼女の翡翠色の瞳がキラキラと光った。思いのほか喜ばれてしまい、ちょっと俺もテレというか困惑。こういう反応は素直にうれしい。

かくて、俺はアーリィーのエアブーツを作ることになった。

青獅子寮に戻った俺は、靴を作るという話を、執事長のビトレー氏に話した。

エアブーツという魔法具をアーリィーが所望し、俺が作ることになったといい、そのための素材を集めることになったのだが。

「はあ、靴のデザイン、でありますか……」

「ええ、靴のデザインです」

俺は、アーリィーが普段履く靴としてどういう形がいいか、周囲の意見を聞くことにした。一階の休憩スペース、そのテーブル席につく俺。ビトレー氏は執事らしく立ったままである。

「以前、さる令嬢のために作ったときは、優美さを優先させました。冒険者の友人には頑丈さを。俺が今使っているのは、丈夫さと履き心地を優先させているのですが、王子殿下は如何なものかと」

「……安全性と履き心地は優先していただきたいとは思います。殿下の身に何かあっては困りますゆえ」

「少々無骨であっても構わないですか？」

「殿下が、式典やらにそのエアブーツなるものをお履きになられるというのでしたら、無骨一辺倒でも少々困ってしまうのですが」

「そこは本人にも確認しないといけませんね」

そう俺が言った時、休憩所に赤毛の近衛騎士、オリビアがやってきた。

「ジン殿！　お待たせしました。私に相談があるとか……と、ビトレー殿」

頷く執事長。俺がオリビアに席を勧めれば、執事長の脇に控えていた侍女がお茶を用意した。俺はその間に、オリビアにもエアブーツ製作の話を説明する。

「それで問題となるのは、素材のひとつ『グリフォンの羽根』です」

飛行することもできる魔獣グリフォン。ドラゴンやワイバーンなどと比べると小さいが、身体はそこそこ大きいし、凶暴で危険な魔獣だ。

ちなみに、ＤＣロッドでの召喚魔獣リストにグリフォンは存在するのだが、これを倒して素材をゲットということは残念ながらできない。魔力で作り出した召喚魔獣は倒しても魔力となって四散するからだ。素材が採れれば希少素材を無限増殖なんてこともできたかもしれないけどな。

「ボスケ森林地帯に行けば、グリフォンは狩れるのですが」

「……さも散歩に行くみたいに言うんですね」

「実際、俺とベルさんなら、散歩に行く感じで行って帰ってこれますよ」

だが問題は――。

「アーリィーが俺の素材集めに同行したいと言っていることなんです。ダンジョンに行くならダンジョン、ボスケ森林地帯ならボスケの森ってね」

さっとオリビアの顔が青ざめた。ビトレー氏もわずかに眉をひそめる。

「近衛の立場から言えば」

オリビアは緊張を露わにした。

「全力でお止めします。魔獣がいる場所へ殿下が赴くなど……何かあれば国の一大事です！」

うん、知ってた。前も王都内の冒険者ギルドへ出かけるくらいで反対していたもんね。

というわけで、俺はアーリィーが出かけられるように働きかける。このまま学校行く以外に寮に閉じこもっているのは将来を考えれば、あまりよろしくないこと。王子の身を守る魔法具や魔法などで二重三重の対策を施すこと。ついで近衛隊の実戦経験稼ぎと駄目押ししてやり、何とか正式な許可を得ることに成功した。

もちろん、オリビアにしてもあまり気乗りはしなかったようだが、俺が強固な魔法具による安全対策を講じることで、最終的に同意したのだった。

ボスケ森林地帯に行くに辺り、近衛隊は遠征の準備などですぐに動けず、また俺たちに学校もあることから、出かけるのは週末の休養日が当てられることになった。

……さて、その間に、俺も準備をしておく。アーリィーに何かあったら、という危惧は正しい。

俺だって全力で守るが、世の中想定外のことは起こるものだ。

そのために、こちらも色々準備しておかなくてはならない。

第四章　とある伯爵令嬢がわけのわからないことを言ってきた件について

サキリス・キャスリング魔法騎士生。

キャスリング伯爵家のご令嬢。我らが三年一組に所属するクラスメイトであるが、家の事情で学校を離れていた。

その彼女が戻ってきたが、当然ながら初顔合わせとなる俺は、彼女のことをまったく知らなかった。

「……で、何だって？」

「模擬戦ですわ。わたくし、サキリス・キャスリングが、貴方に模擬戦を申し込んだのです！」

ウェーブのかかった長く、豪奢な金髪の美少女だった。

気の強そうなツリ目に茶色の瞳。女子としては背が高めで、制服の胸あたりが実に窮屈そうな……端的に言えば『巨乳』である。実に女性的なボディラインの持ち主で、美の女神がいるのなら、彼女が生み出した傑作と言ってよい美貌の持ち主だ。

さらに伯爵家令嬢とくれば、かなり恵まれている。

ひと目見て、俺もうずいてきた。彼女は見紛うことなき美少女。声をかけられれば百人が百人振り返るだろう彼女。自然と心臓が早鐘を始めるほどに。

ただ残念なことに、彼女は不機嫌そのものといった感じで、俺の前に立っていた。

「で、そのサキリス・キャスリング嬢は、何故俺に模擬戦を申し込んでいるのかな？」

「第一、貴方がわたくしに対して無礼だから」

貴族令嬢には、それ相応の態度をとれ、というやつか。貴族によくあるアレだ。先日ベルさんが廃人化させたナーゲルみたいな、貴族は偉い、平民は黙って従え、みたいな。

……油断したなー。このクラスには他にも貴族令嬢はいるが、こうもあからさまな娘はいなかったから。くそう、外見は完璧なのにぃ……！

「第二、貴方、そこそこお強いそうね。そこは個人的な興味ですわ」

サキリス嬢は、高飛車そのものだった。興味を持っていただけたのは嬉しい。だが、ナーゲルのことがあったから、ちょっと食傷《しょくしょう》気味。

隣の席にいたアーリィーが止めようとするが――。

「殿下、申し訳ありませんが、これはわたくしと、このジン君の間の問題ゆえ、お控えいただけますでしょうか？」

「彼は、ボクの護衛なんだけど――」

言いかけるアーリィーを俺は押し止めた。

「サキリス嬢、無礼があったのなら謝る。申し訳ない。せっかくのお誘いだが、あいにくと模擬戦を受ける理由が俺にはない。どうだろう、その埋め合わせに食堂で食事でも？」

「わたくしを馬鹿にしてますの？」

さらにお怒り度合いを深め、彼女は腰に手を当てて仁王立ち。

「貴方に理由はなくとも、わたくしにはあるのですわ！……それとも女に戦いを挑まれて、逃げるんですの？　男の癖に情けない。挑まれた勝負くらい、男なら堂々とお受けになればよろしいのです。……それとも女は殴れないとかいう、甘々ちゃんですの？」

痛いところをついてくるなー。確かに普段なら女性を殴らないよう心がけてはいる。だが実戦――こと、武器をとって戦う場ではその限りではない。つまり、模擬戦をやったら最悪、殴ってしまうかもしれないよ、ってこと。

「それなら、こういうのはどうです？　勝った者が負けた者に一つだけ何でも命令をできるというのは？　あぁ、もちろん死ねとかそれは除外ですわ。でもそれ以外は、何でもするという」

「何でも？」

ゴクリと唾を飲み込む。何でもとはつまり、その……本当に何でも？

「何でも、ですわ」

サキリス嬢は、勝気な表情をまったく崩さず笑みを浮かべた。

「貴方がわたくしに勝てたら、好きにしてくださいませ。その代わり、わたくしが勝ったら、わたくしは貴方をとーっても辱《はずかし》めて差し上げますわ」

ゾクリとするような笑みを浮かべる伯爵令嬢。

「首輪で繋いで学校を一周させてやりますわ」

さすが貴族令嬢だ、言うことがえげつねぇ。ペットプレイをご所望ですか？　俺がご主人様ならいいよ――、おっといかんいかん、つい本音が。

「サキリス嬢、さすがにそれは！」

アーリィーが声を荒らげた。だがサキリス嬢は、王子に向き直ると頭を下げた。

「申し訳ありません殿下。ですがこれはプライドの問題もございます。この件が終われば、王子殿下からの罰を甘んじてお受けいたします。ですので、ここは――」

王子からの罰を受けてもいい、などと言うが、そうまでして俺と模擬戦に固執するのは何故だ？

貴族のプライド？　俺にはちょっと理解できないが、無茶苦茶なところはお高くとまった貴族らしいかも、と思った。

「さあ、どうなのです、ジン・トキトモ！」

「受ける必要はない、ジン」

アーリィーは言った。しかしサキリス嬢も引かない。

「逃げるんですの、ジン・トキトモ。わたくしに言われたい放題されて、なお逃げますの？……なら、ひとついいことを教えてあげますわ。もし貴方がわたくしに勝っても、家は関係ないゆえ、何をしてもキャスリング家から報復などはありませんわ」

「ん？　んん？」

ちょっと理解が追いつかなかった。あくまで個人的な問題だから、俺がもしサキリス嬢に何かしても、伯爵家は手を出したり文句を言わないということか？

「それはつまり、たとえば俺が勝ったら、君を辱めたとしても誰も文句を言わないということか？」

「もちろん。あくまでわたくしたち個人の私闘ですわ」

堂々たる胸を張るサキリス嬢。魅力的なお胸様。

「なるほど、ということは、君がさっき言った首輪で繋いで学校一周なんかも、やれと言ったらやるってことで間違いないかな？」

一発脅しみたいな言われ方したけど、自分が同じ条件返されてもやるのだろうか？　撃っていいのは、撃たれる覚悟がある奴だけだって言うじゃない？

「それが貴方の勝った時の命令？　ええ、構いませんわ。私が負けたら、どうぞご自由に。首輪をつけて学校を何周でもして差し上げますわ！」

マジか。……何かすげぇ。だってほら、サキリス嬢、性格はよくわからないが外見は非の打ち所のない美少女だぞ……エェ……。それはそれで見てみたい。

『やってやれよ。高慢ちきのその鼻をへし折ってやれ』

ベルさんが魔力念話でそんなことを言った。他人事でいられる立場って楽でいいよな、ほんと。

「わかった。その模擬戦、受けよう」

おおっ！　と、いつの間にかクラス中の注目を受けていたらしく、クラスメイトたちが声を上げた。


俺が無礼だったから、とかいう理由で、サキリス・キャスリング魔法騎士生と模擬戦という名の決闘をすることになった。

負けた方は罰ゲームを実行しなければならない。サキリスが負けたら、首輪と犬耳をつけて学校一周。俺が負けた場合は、女装してやはり学校一周だそうだ。可愛いドレスを用意してくれよ？

はてさて、無礼だったから、と言われたが、俺はサキリスに何かした覚えはまったくない。どうしてこうなった？……何か裏があるんだろうか？

いくら俺が美人の誘いは断らない主義でも限度ってものがある。少なくとも、ここで負けると恥をかくのは俺だけじゃなくて、王子であるアーリィーにもかかるから、勝たせてもらうけどね。

彼女の言葉を信じるならば、たとえ負けても、家である伯爵家に泣きついたり、家の力で報復などはしない。……親の権威にすがろうとしたナーゲルとは違うということか。

校庭の端の演習場。模擬戦とはいえ、打ち合うわけなので身を守る防具を身に付ける。……正直俺はいらないと思うけどね。

アーリィーは先ほどから血の気が引いた顔で、おろおろしている。心配しなくても負けないよ、安心して。

俺が防具をつけるのを、クラスメイトである貴族生のマルカスが傍で見守る。

「正直に言うと、あの女はおかしい」

マルカスの家も伯爵家である。同じ階級の貴族の次男は言った。

「サキリス嬢は、ああ見えて非常に優秀だ。魔法のレベルも高く、剣の腕はおそらく在校生でも一、二を争う。つまり、この学校の最強の生徒と言っていい」

「ほう……」

以前、クラスメイトと模擬戦をした俺としては、最強と言われてもあまりピンとこない。なあ、ベルさん？　相棒に顔を向ければ黒猫も頷き返した。

「おそらくだが、ジン。あんたが模擬戦を挑まれたのは無礼云々ではなく、戦ってみたかったからだと思う」

「……へえ、俺も人気者だな。でもできればデートの誘いのほうがよかったけどな」

軽口を叩いたら、アーリィーに睨まれた。わかってる、真面目にやってるよ。大丈夫。

「彼女の悪い癖なんだよ。ついたあだ名がクィーン・サキリス」

女王様か。俺はマルカスの言葉に苦笑した。

「相手に勝負を挑んで倒しては、その相手に屈辱を与えるのを酷く好んでいる。……あの女に慈悲はないぞ」

「そうなのか？」

「ああ。これまで彼女の挑発に乗せられ、挑んで負けた奴は例外なく、プライドをへし折られ、屈辱に塗れた。獣のまねをさせられたり、皆の前で鞭《むち》を打たれたり、裸で晒《さら》されたり……。一日中、彼女の椅子をさせられた奴もいたな」

なにそのドMが喜びそうな罰。俺はそういうのは見るのはともかく、やるのは嫌だな。いくら女の子の頼みでも。なでなでしてあげたり、膝に座るくらいはさせてあげるけど。

それにしても学校側は何も言わないのかね？

「所詮、生徒同士の問題ってことで片付けているってことかもな」

ベルさんが呆れたように言った。

そうかもな。現代の学校だって、完璧にいじめや差別がないなんてこともないし、ましてこんな世界じゃな。

マルカスは言った。

「あの見た目だ。あの性格でなければ、さぞモテただろうな」

わかる。あの性格でなければ、俺もちょっと、いやかなり本気で口説きにいったかもしれない。

「男子は敬遠しているが、女子からはとても人気がある」

「そうなのか?」

「気をつけろよ」

マルカスは腕を組み、真面目な調子で言った。

「周りの連中は、あんたが負けることを期待していると思う。だが同時に、サキリスが負けるところも見たいと思っている。俺個人としては、あの高慢ちきな女が負けるところが見てみたい」

男の女装なんて見たくないぞ——マルカスは、そう言うとギャラリーたちの元へ足を向けた。そこにはクラスメイトの他、模擬戦を聞きつけた生徒たちが集まっていた。暇人どもめ。

「ジン……」

何故かアーリィーが涙目である。

「心配ないよ。武器を持った時は手を抜かない主義だからね」

ヒュー、と、ベルさんがにやける。

『言うねえ、ジンさんよ』

『うんまあ、そうね。ちょっとかっこつけたかっただけさ』

念話で返すと、ベルさんは口を開いた。

「……この時、ジン・トキトモは勝負に負けるなどと微塵も考えていなかった。まさか自分が敗北しようなどとは、これっぽっちも——」

「笑えないぞ、そのナレーション」

「まあ、油断するなってことさ」

そのベルさんの目が、いつもと違って見えた。じっとサキリスを見やり——。

「あの娘、防御性能が嫌に高いぞ。多少殴った程度では、たぶんダメージ入らないタイプだ」

「つまり、タフネス型か」

「ちまちまやってると長期戦確定だな、こりゃ」

学生だと思って甘く見ていると危ないってことか。

「あと……魔力の泉スキル持ち」

「なんだって!?」

魔力の回復速度が速い能力。アーリィーも持っているが、人間種では珍しい能力だ。ちなみに俺は持っていない。魔法を連発しても魔力切れしにくくなるそれ……マジうらやま。

サキリスがやってくる。片手剣に盾の、騎士スタイル。制服の上に胸を守るプレートと肩当、腕と脚を守る防具を装着済み。……ただし、ミスリル製だ。これだから金持ちは。

俺は例によって、模擬剣二本のスタイル。

「それでは決闘を始めましょう。相手に参ったと言わせるか、気絶させたら勝ちですわ」

「魔法の使用は?」

「攻撃魔法は弱弾まで。補助魔法の使用制限はなし……それでどうかしら?」

「まあ、模擬戦で相手を殺したらマズいからな」

俺とサキリスは対峙する。……しかし、やりづらいな。サキリスが美少女過ぎて。

間に、マルカスがやってくると合図した。

「はじめ！」


「我は乞う。我が剣に雷神の力を！」

サキリスが盾を構えて突っ込んできた。同時に呪文を詠唱。手に持つ模擬剣に紫電が走る。……あ、これ、触れたら麻痺するやつだ。

エンチャントブレイク――とっさにサキリスの剣に付加された雷属性を解除。直後、模擬剣同士がぶつかる。

「あら？」

サキリスが、その形のよい眉をひそめた。

「痺《しび》れない？」

「いきなり麻痺させようって、やることえげつないね、サキリス嬢」

相手を麻痺させてタコ殴り。決まれば、あっという間に勝負がつくだろう。魔法騎士学校の生徒程度では、開幕麻痺でやられたらもうお終い。補助魔法は使用制限なしってルールだから、卑怯ではないけど。

サキリスは左手の盾を振るい、鍔《つば》ぜり状態から一旦距離をとる。

「風よ、我が脚に宿り、地を走る力となれ！」

スピードアップか。彼女が詠唱している間に、俺は、『雷』属性を模擬剣それぞれに付加させる。

そっちがその気なら俺も加減しないぜ！

足が早くなったサキリスが盾を正面に構えつつ向かってくる。守りは堅いねぇ、だけどさ！

「ウェイトアップ」

サキリスの持つ盾の重量を思いっきり増やしてやる。突然腕に掛かった重量に、盾が下がり、サキリスは胴ががら空きになる。

そこへ雷属性を付加させた模擬剣を叩き込む。サキリスは剣で俺の一本を防いだが、そこから電撃が走り、感電する。

「ひっ⁉」

さらにもう一本の模擬剣が彼女の左肩を打ち据える。さらに痺れるサキリス。

「くっ、や、やりますわね、ジン・トキトモ！」

模擬剣が再度ぶつかる。そのたびに、ビクビクっと動くサキリスだが、麻痺した様子もなく、ついで足枷同然の盾を捨てた。

感電死するような魔力は込めてないが、それでも麻痺ってもおかしくない一撃を受けてこれとは……。ベルさんが鑑定したとおり、防御に関する部分で高い能力を持っているのだろう。ひょっとしたら麻痺などにも強い耐性を持っているのかもしれない。

「ですが、まだまだこれからですわよ！」

宿れ、雷神——サキリスの模擬剣に再度、雷属性が付加。先ほどより電撃が派手に走った。

サキリスの模擬剣に強力な雷属性が加わる。見た目からして、最初の時より威力が高められている。

「おいおい、それ洒落にならなくね⁉」

振られた一撃が空を切る。あまり威力を強めると相手が感電死する可能性が出てくるだろうに……。

さすがに、お遊びじゃ済まないなぁこれは。

元より負けるつもりはなかったが、ここは高飛車サキリスの鼻をへし折り、きちんと教育してやらねばなるまい！

ちょっと本気だし始めた俺と、サキリス・キャスリングの模擬戦は激しさを増す……ことなく、ほぼ一方的なものに変わっていった。

サキリスの攻撃は空振り。一方で俺の模擬剣は彼女の身体を叩き続けた。

雷属性付きの模擬剣を、腕に肩に、脚に腹部に。ミスリル防具のあたりは叩いても魔法に対する防御力があるため、さほど威力がないが、それ以外の部位はそうはいかない。

「そろそろ、降参したらどうだ？」

「誰が……降参など！」

サキリスは吠えた。太ももを打った一撃で感電し、膝が折れる。苦悶に顔をゆがめ、しかし弱気など吹き飛ばさんばかりに声を張り上げる。

「まだ、まだよ！　わたくしを打ち負かすなら、もっと、もっと本気で打ちなさい！」

……かっこつけてもダメだぞ。もう、先ほどからお前攻撃どころじゃないじゃん。ほとんど俺が一方的に叩いているので、誰がどう見ても俺の勝ちだと思う。だがルール上、降参するか気絶するまで勝負がつかないことになっている。何てタフな娘だ、ベルさんの言う通りだった。

「どうしたの、ジン・トキトモ？……こんなんじゃ、足りませんわ！」

いまに見てなさい――彼女は鼻息荒い。その敢闘《かんとう》精神は認めるが、さすがにこれ以上長引くと、俺が美少女を痛めつけている悪者みたいだ。

さっさとケリをつけよう。ギャラリーも一方的過ぎて引き始めてるしな。

俺は腹に一撃をぶち込むふりして、睡眠《スリープ》の魔法を使ってサキリスを眠らせた。かくてこの不毛な模擬戦に決着がついた。


放課後、魔法騎士学校の医務室に俺はいた。

別に怪我をしたわけじゃないし、仮に怪我しても治癒魔法で何とかなる俺がここにいる理由とくれば、模擬戦で負かしたサキリスである。

彼女は眠り姫よろしくベッドで寝かされている。なお治癒魔法を使える医務室担当官（擁護教諭とか教官ではないらしい）には、こちらもお眠りいただいた。

他の生徒たちがクラブ活動に勤しみ、アーリィーはベルさんと先に寮へ帰った。俺も帰ってよかったのだが、なにぶん妙な言いがかりで始まった勝負である。事と次第によっては……ちょっと見せられないよ、な制裁も考慮しなくてはならない。そこで、他の生徒が散ってしばらくのタイミングで、強制的に魔法で起こすことにしたのだ。さあ、お目覚めの時間ですよ、眠り姫。

「おはようございます、サキリス嬢」

「………」

胡乱《うろん》な目のまま起き上がるサキリス。ちなみに彼女の防具は、専属のメイドと名乗るクロハという黒髪女性が脱がし済みである。なお、そのメイドさんは医務室の外に待機している。

「わたくしは……負けたのですね」

覚醒してしばし、サキリスは諦観したように言った。俺は頷く。

すると、彼女はゾクリとくる笑みを浮かべた。強張っているようであり引きつっているようであり、しかしどこか楽しそうな。ちょっと狂っちゃってるような……。

「初めて負けましたわ。ええ、わたくしを負かす者がようやく……。それで」

ちら、とサキリスの瞳が俺を見た。

「貴方は勝者として敗者であるわたくしの末路を見るために残ってらしたのね」

なんだ、末路って。

「それで……わたくしは……ええ、そう、敗者は敗者らしく、約束を守らなければならない……！」

ぶるぶると、かすかに震えているのは気のせいか。顔は段々赤らんできている。

まあ、そうだよな。あれだけ大見得切ったからね。ケジメはつけないといけないとは思う。何せこれまでサキリスは、負かした相手にそれはもう酷い晒し刑を実行したそうだから。

この期に及んで見苦しく言い訳したり逃れようとするなら、彼女の将来のためにもちょっと反省を促すか、あるいは痛い目を見てもらわねばなるまい。……いや、本当に心苦しいのだが。

「クロハ、いるかしら⁉」

「はい、お嬢様！」

声を張り上げたサキリスに反応して、医務室の外にいたメイドさんがスッと入ってくる。豪奢な金髪を持つ美少女令嬢はベッドを降りた。

「首輪を。それとわたくしのコレクションから、犬耳を持ってきなさい！」

……わたくしのコレクション？　聞き違いかな？　俺は耳を疑った。

「は、はい、お嬢様！」

メイドさんは素早く頭を下げると、一度席をはずした。ふぅ、と小さく息をつくと、サキリスは俺を見た。

「貴方、お強いのね。初めてよ、この学校でわたくしを打ち負かしたのは」

「らしいね。君も強かったよ」

「嘘おっしゃい。貴方、全然余裕でしたわよね？　それくらいわかりますわ」

すっと流し目を寄越すサキリス。……思いがけず感じた色気に、俺は生唾を飲み込んだ。

「約束ですから……わたくしを犬として引き回す権利を貴方に与えますわ」

あれ？　引き回す権利とか言った？　なに、俺が犬耳をつけた彼女を散歩させるの？　わあぉ、何というマニアックなプレイ。

「……それなんだけど、別に学校一周しなくてもよくないかな？」

俺としては、犬耳美少女コスを拝めるなら、それだけでご褒美だし、そもそも皆の前で恥をかくとか、かかせるとかは本意じゃない。

「一度決めた以上、破るわけには参りませんわ！」

サキリスは強い調子で言い放った。顔が紅潮しているのは、口では強がってもやっぱり恥ずかしいからか。

負けて難癖つけながら逃れようとする奴は多い。だがサキリスはここまでは実に潔かった。その点は好感が持てるが……。何だろう、モヤモヤする。彼女の意志を組むほうが彼女のため、と俺の本能が囁《ささや》いているんだが。

そしてこの本能は、結局正しかった、というのは後になってわかった。


サキリスは犬耳をつけての学校散歩という罰ゲームを遂行した。はっきり言って、とても可愛かった。美しい彼女がキュートな犬耳付きカチューシャをつけたら……ケモナーではないけれど、可愛がってあげたくなるオーラが半端なかった。

貴族令嬢のプライドか、周囲の目を気にして恥ずかしがっていたけど、それがまた何ともこちらの心をくすぐってくるのだ。気の強い娘が一転して、羞恥心に苛まれている姿がたまらない。……俺の中のS心を抑えるのに意識しないといけないくらいに。

罰ゲームは学校内一周だが、俺としては彼女が途中リタイアでも全然構わなかった。だがサキリスは、最後までやり抜き、広い校内でその可愛らしい姿を晒して回った。

「わたくしにこのような格好をさせるなんて……」

罰ゲームをやり切ったサキリスは、涙目で俺を睨むと何か言いかけ、結局そのまま寮へと帰った。

……俺、今日のこと、絶対忘れない。


「ジン・トキトモ！　昨日はよくもわたくしを負かせてくれましたわね！　再戦を希望しますわ！勝負なさい！」

翌日の教室で、堂々とサキリスは俺に言った。

その威勢のいい声が聞こえたクラスメイトたちが、ざわついた。

昨日の犬耳付きサキリスの学校散歩を目撃した生徒は少なくない。あの女王が模擬戦に敗れて、罰ゲームをするという光景。罵声などはなかったものの、彼女に煮え湯を飲まされていた者たちの嘲笑や陰口はあったように思える。

そんな状況だから、今日は寮の部屋に引きこもって出てこないかもと心配したのだが、そんなことはなかった。

ただ、サキリスの顔は紅潮している。だけど怒っている様子ではなく、むしろ昨日より好意的にも見えなくもない。ツンデレ……いや、違うな。何だろう。

「勝負するのはいいけど、昨日と同じく模擬戦？」

「……ええ！」

「……また罰ゲームあり？」

「もちろんですわ！　貴方が勝ったらわたくしを好きにしていいですわ」

サキリスは、その魅惑の胸を張った。……凄い自信だな、昨日の勝負で実力差を痛感しなかったのだろうか。

それにしても……俺の好きにしていいって言った？　だったら——。

「じゃあ、俺が勝ったら、一緒にデートしない？」

「デ……っ⁉」

ただでさえ赤みの差していたサキリスの顔が朱に染まった。俺の言葉の意味をすぐに理解できなかったのか、しばし沈黙。だが次の瞬間、俺の手をとって、いや両手で握り込んで彼女は頷いた。

「喜んで！」

え？——周囲の驚いた声が漏れた。サキリスが、顔を赤らめたまま俺の手を握って離さない。言っておいて何だが、ここまであっさり承認されるとは思ってなかった。

そばで見守っていたアーリィーも、目を丸くして、俺とサキリスを見ていた。

「えっと、ジンとサキリスが、デート……？」

……アーリィーさん、ちょっと目が怖い。

それに構うことなく、サキリスは俺を見続けて言った。

「お約束しましたわよ？　デ、デート！」

多少、噛んだが、非常にデートに前向きな金髪お嬢様。俺が勝った時の条件の話だったよね？

「模擬戦は？」

「模擬戦？　何のことですか？」

笑顔のまま、なかったことにされた。


「すげぇな、ジンのナンパが成功したのって、英雄だった頃以来じゃね？」

「そこまで成功率低いのかよ⁉……というか、ナンパじゃないし」

ベルさんの身も蓋もない言葉に、少々傷つく俺。確かに連合国で英雄魔術師をやっていた頃は、誘うまでもなく向こうから寄ってきたけどさ。

「今回のサキリスのことだけど、どう思う？」

「それをオイラに聞くのか？」

「答え合わせがしたい」

「なるほど。じゃ、オイラの見立てから」

黒猫魔王様はひげを撫でた。

「たぶん、初対戦から、何かしらお前さんに惹かれるところがあったんだろう。だが昨日の今日で、しかも負けた相手に普通に接するのを貴族階級特有のプライドが許さなかった」

「それで？」

「本当は付き合いたかったが言い出せず、お前さんに再戦を申し込んだ。勝てたらお前さんを好きにするとかいう建前で、関係進展を狙ったが――」

「――逆に俺のほうからデートに誘われてしまった」

「元からお付き合いのきっかけを探していたあの女からすれば、渡りに船ってヤツだ」

「結果、模擬戦をする必要すらなく、目的を果たしたと……」

俺とベルさんの見立てはほぼ一致のようだ。

「サキリスは、いったい俺のどこに惚れた？」

「それを自分で言うかね」

苦笑するベルさん。

「直感、何かしらの相性のよさ。まあ、一番ありそうなのが、お前さんがあの女に勝ったからじゃね？」

「……という と？」

「あの女、この学校じゃ最強だったんだろ？　お相手を見つける年頃でもあるし、大方、自分より強い男しか付き合えない、とか考えていた……って説はどうよ？」

「うん、その説がもっともらしく聞こえた」

カラカラと笑う俺とベルさん。

「で、どうするんだい、ジンさんよ？」

「サキリスのことか？　誘ったのはこっちだ。今更お断りはしないさ」

正直、ドキドキしている。デートを切り出してからの彼女、いやにしおらしくて可愛いんだよね。

「いいのか？　アーリィー嬢ちゃんは？」

「俺と彼女は公式には友人だ。恋人を作ろうとも彼女には関係ない」

とかいう建前。もちろん、アーリィーとお付き合いしたい。ただサキリスも悪くないんだよ……。

俺が言うと、ベルさんは首を小さく振った。

「まあ、最近、アーリィー嬢ちゃんは妙に色気出してきているからな」

「妙に色気？　まさか、彼女に男が出来た……？」

「お前のことだよ！　色ボケ野郎！」

ベルさんが突っ込んだ。へいへい、冗談だよ。でも悪い気はしないから顔も緩む。

「ともかく、あれでも王子だし、周囲の目を気にするなら、お前さんは他に女を作っておいたほうが勘ぐられないだろう」

本当の性別を周囲に隠しているアーリィーだけど、確かに少し自重したほうがいいかもな。……まあ、その原因は、俺が甘やかしているせいではあるのだが。

可愛いんだからしょうがないじゃん。


青獅子寮の裏庭に、俺とベルさん、そしてアーリィーはいた。

夕焼け空の下、懐かしの魔法車――によく似たものがあった。

ニュー魔法車。水晶竜の大魔石を使った新エンジン。それに併せて大改造を施したのだ。

「うわぁ……何これ。これが乗り物!?」

アーリィーは驚きに目を見開きながら、魔法車の周りを見る。四輪であるが、馬のない馬車に見えなくもない……。いや現代人の感覚ではちょっと無理があるかな？

それはともかく、見た目は前とあまり変化がないが色々と新機能を盛り込んだ。

俺は車の前、ボンネットを開く。青く輝く大魔石——クリスタルドラゴンの魔石だ。それをボックス型のエンジンに納め、そこから巨大蜘蛛の糸を束ねて加工した魔力伝達線が伸びている。

「こいつが動力。ここからこの線に沿って魔力が流れることで、接続された各パーツが可動するようになっているんだ」

ふんふん、とアーリィーが真剣に話を聞いている。可愛い。

次に運転席へ回り込む。ドアを開けて、シートに座る。男装のお姫様は興味深げに見つめる。

「ハンドルで方向を、足下のペダルがアクセルとブレーキ。動かしたり踏むことで、組み込んだ魔石が信号として魔力を流して魔石エンジンがその信号に合わせて、車の部位を動かす」

魔石エンジンは心臓であり、簡易ながら頭脳でもあるのだ。もっとも、頭脳と言ったところで信号の組み合わせに反応しているだけで、自分で考えたりはできない。

ちなみに、ハンドルやペダルの他に、シフトバーもついていて、駐車、前進、高速、後退に対応している。

単純な機構の組み合わせ。可動は全部魔力を流すことで作動。初歩的ではあるが、自動車である。

魔力動力の車、魔法車だ。

「アーリィー。助手席のほうに」

俺は彼女に指し示して、助手席側に倒れて、ドアを開けてあげた。と、俺の身体の上を経由して、黒猫——ベルさんがひょい、と自分専用席についた。びっくりするじゃないか。

アーリィーが助手席にきたので、俺は運転席側に戻る。シートベルトを付けるように言い、いよいよエンジンをスタート。インジェクションボタンを押し込み、俺の魔力を流し込む。一応鍵穴があって、車用のキーもあるんだけどね。

魔石エンジンが震えるように小さく唸ると、魔法車が運転可能状態になる。助手席でアーリィーがドキドキした面持ちで、俺の一挙手一投足を凝視している。

俺はシフトバーを『駐車』から『前進』に動かすと、アクセルペダルを軽く踏み込む。——オートマ車だと、ドライブに入れてブレーキペダルから足を離すとアクセルペダルを踏まなくても微速で動くのだが、こちらはアクセルペダルを踏まないと進まない仕様だ。

のろのろと、金属の車が動き出す。途端、アーリィーが感嘆の声を上げた。

「動いた！」

専用席に鎮座するベルさんはニヤニヤしている。アーリィーの初心な反応が楽しいのだろう。俺も楽しい。

ハンドルを右に回す。前輪が右を向いて魔法車が緩やかに右へと曲がり出す。おおっ、とアーリィーの声。と、いつの間にか近衛の騎士たちも遠巻きから見ていて驚きの声が聞こえた。

裏庭をぐるぐると回る魔法車。西に傾く夕日が視界を回る。俺はハンドルを戻し、今度は左へ旋回。またもギャラリーから声が上がる。

裏庭といっても、王族専用のそれは広い。だが馬などに乗るなら表なので、車が走るには手狭である。速度はゆっくりだが、取り替えた部品も問題なさそうだ。

「スゴイスゴイスゴイ！　ジン、これスゴイよ！」

アーリィーが助手席で子供のようにはしゃいでいる。微笑ましい。素直な反応って和むよねぇ。

ベルさんが首を俺のほうへ向けてきた。

「前と色々違うけど、具体的に何が変わったんだ？」

「エアコンを標準装備。あとコンソールボックスがミニ冷蔵庫になっている」

俺は、インストルメントパネル――通称インパネのスイッチ類に手を伸ばす。エアコンを操作すれば、涼やかな微風が流れてくる。

「風だ！」

驚くアーリィーをよそに、運転席と助手席の間の収納庫を開ける。中は空っぽだが、飲み物などを冷やして保存することが可能だ。

「ちなみに、アーリィーの前――グローブボックスには二重の収納になってる。片方は異空間収納になってるから、容量無視して色々詰めるぞ」

「異空間収納！」

はい、驚きいただきました。異空間に物を収納する魔法というのは、非常に珍しい。俺が使っているストレージと違って、生ものを入れて放置すれば腐るのだが、そのストレージ作るより遙かに簡単だ。

ただ、その異空間の入り口を固定して中身を取り出したり、しまえるようにするのが、少々手間だったりする。

「ちなみに、異空間収納庫は各シートの足下にそれぞれ別個につけてある」

後ろの席に座る人も、それぞれ収納庫を利用できるという親切設計だ。もう後ろのトランク要らないんじゃないか？

「異空間収納だらけじゃねえか！」

「そうだよ。ちなみにガラスと機械類、タイヤ以外のボディの外側にも同様に異空間口を貼り付けてある」

「外だって？」

「そう、表面はカバーで覆ってるけどね」

収納はできるが、そういう目的で貼ったものではない。アーリィーが天井——ルーフに気づいた。

「ジン、天井にガラスが張ってあるけど——」

「ああ、そこ開くから、身を乗り出して周囲を見回したり、飛び道具を持って射撃したりできるぞ」

ちなみに、荒事に備え、魔力式防御障壁を展開できるようになっている。また武装として補助ライトが切り替え式魔法砲となっていて、光、電撃、火、風、氷の魔弾を放つことができる。

「魔法砲は、運転席からは正面固定で発砲だけど、ベルさんの席や助手席からだと、ある程度動かして撃つこともできるようにした」

「今度のは武器がついてるんだな。そいつはいいや」

ベルさんが舌を出した。他には煙幕装置と、昨日作った魔力加速装置も車外底面に取り付けてある。

「話の半分もわからないけど、凄いのはわかるよ、ジン！」

アーリィーが周囲を眺める。近衛隊のギャラリーがさらに増えていた。魔術師らや隊長のオリビア、ビトレーさんや侍女たちまで何事かと裏庭を覗き込んでいる。窓ガラスを開けて聞き耳を立てると――。

「魔法で動く車とは……！」

「これは大発明ですな！」

「馬も牽かずに動くとか、こんな車は初めてだ！」

この世界じゃ、車と言えば、馬などの動物に牽かせるタイプが主流。それらなしで動く車など存在しないだろう。近衛の騎士たちも興奮しているようだった。

「ねえ、ジン。これ、ボクも動かせる？」

アーリィーが興味津々で聞いてきた。彼女って意外と積極的な面がある。

「やり方を覚えれば、動かせるよ。……教えようか？」

「ぜひ！」

「ああ、近いうちにね。まだしばらく慣らして、安全性を確認してから教えるよ」

「今日はダメ……？」

好奇心には抗えないらしい。すがるような上目遣いの目が、俺へと注がれる。……ああもう！

可愛いな！　俺も案外チョロい。

「ちょっとだけな。こっちへおいで」

「うん！」

嬉しそうにアーリィーは微笑んだ。……ああ、いいな。キュンときた。助手席側から運転席側、つまり俺の元へと来るアーリィー。どさくさに紛れて、俺の股の間に座らせる。うひひ、あ、やべ。俺、気持ち悪い奴になってる。

「じゃあ、即席の運転講習といこう」

ハンドルやシフトバーの使い方を教えつつ、合法的に彼女に触れることができる俺。役得だけど、元の世界だったらセクハラ云々言われそうだ。


アクティス魔法騎士学校の授業には、選択授業がある。

生徒自身の能力や希望に沿って選ぶ授業であり、例えば剣の技能を磨きたい者、魔法の知識を高めたい者、戦略や戦術面の造詣《ぞうけい》を深めたい者、それぞれ目指す先が異なれば、より専門的な知識や技能が獲得できるようになっていた。

選択授業は週に三度ほど、人抵は四時間目に当たる。

アーリィーは主に高等魔法授業を選択していた。元より魔法に一定の才能が認められ、レベルはまだ歪《いびつ》ではあるが、三系統全てを扱える。また本人は無自覚だったが、魔力の泉という自己魔力の回復力に優れた個性・能力を持っていた。

俺は、アーリィーが学校にいる間の護衛でもあるから、彼女の選択授業に強制的に付き合うことになる。

さて、肝心の高等魔法授業である。

魔法担当の教官は二人いるが、主に当たるのが、ユナ・ヴェンダートという女性魔法使いだ。

魔術クラスはハイ・ウィザード。年齢は二十三歳。プラチナブロンドの長い髪を後ろでリボンに束ねている。若くて美人なのだが、無表情、というより、ぼーっとした顔をしていて、正直つかみ所のない人物だ。魔女の被るような尖がり帽子。黒と青の魔術師ローブ、その下にはワンピースタイプのドレス、なおミニスカートに、ハイソックス――絶対領域完備である。

だがもっとも目に付くのは、そのはち切れんばかりの大きな胸だろう。……いやデカい。本当にデカいな！　サキリスも巨乳であるが、ユナ教官に比べたら、普通に見えてしまう。

「揉みたい、おっぱい」

「わかる」

俺の意見に、ベルさんも同意してくれた。

これほど性的で美人とくれば人気も出そうなものだが、見たところそうではなさそうだった。

何より、何を考えているのかわかりづらい。授業中も、声はさほど大きくなく、しかも淡々と話すので、注意しないと聞き逃すこともしばしば。軽い集音修正魔法で調整してやって、ようやく普通に聞こえる。……まあ、席の位置が遠いせいでもあるのだが。

あと魔法のことしか話さない。彼女が興味を抱くのは魔法に関する話だけであり、それ以外の話にはまるで乗ってこない。よくも悪くも魔法使いである。

言ってみれば『変人』である、というのが生徒たちの認識だった。魔法に関しては優秀、だが、それ以外はずぼら。

そして致命的なのは、彼女は遅刻の常習犯だということだ。思い出してもらいたい。彼女の担当する選択授業は四時間目。つまり、ほぼお昼前、最後の授業なのだ。

この日も、彼女はほぼ遅刻寸前に教室へとやってきた。

俺とベルさんは、アーリィーの護衛を担当する立場上、教室に入ってくる者全員に魔力を通した目で見ることにしている。何かおかしな魔力反応はないか、発動している魔法具や危険物――例えば魔力起爆式の爆発物などがないか確認していた。

当然、一番最後にやってきたユナ教官も、そうした魔力眼で見たわけだが……。俺とベルさんは同時に絶句した。

「間に合いました。では、授業を始めます」

何食わぬ顔で教卓へとカバンを置き、教本を出すユナ教官だが、本来あるはずのものがなかった。服を着ていなかったのだ。外套《がいとう》も兼ねる魔術師ローブを脱ぐのはいつもどおりだが、その下のドレスがない。そのメロン二つ抱えたような胸と、大事な部分を申し訳程度の下着が覆っている以外は何も……。

ちょっと青少年には刺激が強すぎるんじゃないですかねぇ、ユナ教官。

痴女だ。ちょっとした露出狂だよこれは……！

「なんて格好だ……」

「どうしたの、ジン？」

アーリィーが怪訝そうに言った。おいおい、王子様。あれを見て何も感じないのかい？

「あれって、何を？」

……またまたとぼけて。ねえ、ベルさん？

「ああ、なんであんな平然と授業なんてやってられるんだ……」

「ねえ、二人ともどうしたの？」

アーリィーは首を捻っている。そういえば他の生徒たちも、まるで騒ぐ様子もないな。

「なあ、アーリィー、ひとつ聞くけど、今日のユナ教官の格好どう思う？」

「ん……？――普通だけど？」

普通、なわけがない。ということは――俺は魔力眼を解除する。すると、確かにユナ教官はいつものドレスを着ていた。でも魔力を通すと、きわどい下着姿。

「ベルさん、擬装魔法だ」

魔力眼で見なければ、別のものに見えるという魔法だ。

「なーる、あの先公、魔法で服を着ているように見せているわけだ……。あれ、でもいつもはちゃんと着てるよな？」

「うーん、推測だけど、あの先生、遅刻しそうになったから、服を着ないで学校に着たんじゃないかな？　擬装魔法さえかければ、傍目には着ているように見えるから、誰も突っ込まないし」

「あー、なんか私生活ずぼらそうだもんなあの先公」

ベルさんは頷いた。

「いやしかし、参ったね」

気のせいかな、全然困っている風に聞こえないんだが、ベルさんよ。

これもひとつのラッキースケベ。魔力眼は、とっさの事態に備えてあまり解除したくない。だが
それではあの超巨乳教官の下着姿を拝みながらの授業となり……正直、授業の内容が頭に入らない。

煩悩が脳裏を侵食していく。悲しいかな男の性よ。

ベルさんは、あれから黙り込んでじっとユナ教官を見つめている。……この猫、ガン見してやが
るな、下着のみのあの女先生を。気持ちはわかる。大変よくわかる！

しかし刺激が強すぎなんだよな……まったく。正直、たまりません。できれば別の機会にもっと
やってください。

授業後、生徒たちがランチのために食堂へ赴き、午後のクラブ活動のための腹ごしらえをする。
俺とベルさんとアーリィーも、いつもの食堂へ――行く前に、ユナ教官を捕まえる。
「教官！」
「何かご用？　えっと……」

「ジン・トキトモです。つい最近転入したので、直接話したのは初めてかと」

「そう……。そのジン君がわたしに何の用かしら？」

魔術師ローブを羽織っているが、その下は下着のみ。コートだけ身に付けている露出狂じみた状態。考えれば考えるほど、けしからん格好だ。

「確認なんですが……何故、下着姿なんです？」

「……なんのこと？」

心持ち目元が細くなったような。

「いつものドレスはどうしたんです？」

「おかしなことを言うのね。ちゃんと着ているじゃない」

「擬装魔法」

俺は一言。ユナ教官は特に表情を変えず、しかし明らかに目を逸らした。

「何を言っているのかわからないわね」

「では、直接触りましょうか？」

じかに触れてみれば、魔法で見せる幻は透過する。ユナ教官の目が険しくなったので、俺は手を挙げる。

「もちろん、その立派な胸……じゃなかった、お腹とかですが。……いや、解除魔法で解きましょうか？　そのほうが早い」

ただし、解除魔法を使ったら、ユナ教官は、ローブの下は下着だけの、ちょっと危ない格好が露わになってしまうが。

「解除魔法が使えるの？」

ユナ教官の目の色が変わった……ような気がする。胡乱げだったものが、どこか興味を持ったような目に。

「ええ、まあ……」

「……その猫はあなたの使い魔？」

教官の目が、俺の足元のベルさんに向く。突然だな、この人。

「まあ、そんなようなものです」

『おい！』

ベルさんの念話での抗議は無視。ユナ教官は視線を戻した。

「ごめんなさい。遅刻寸前だったものだから、まさか擬装魔法を見破る生徒がいるとは思わなくて。次からは気をつけるから、他の教官たちには黙っていて」

「えぇ、黙っておきます」

別に通報する義務はない。俺が魔力眼を使う際に若干気が散る以外は他に影響はないし。アーリィーの警護がなければ、もっとやってくださいと拝みたいぐらいだ。

「それではこれで」

俺は目礼すると、待っていたベルさんとアーリィーと共に昼食を摂りに向かう。

それにしても……デカかったな。あの胸。

「あの子……」

ユナ・ヴェンダートは、立ち去る黒髪の生徒と猫、そして王子の背中を見送る。

擬装魔法を見破った上に、解除魔法を取得済みという。

こんな魔法騎士養成学校に、そこまで魔法に長けた生徒がいたというのは驚きだった。

「ジン・トキトモと言ったわね」

覚えておこう、と思うユナ・ヴェンダートだった。

第五章　知らぬ間にモンスターの出没例が増えていたらしい

週末は、ボスケ大森林地帯へのグリフォン狩り。その遠征は二日後である。

俺はそれまでに魔法車の改良を行った。前回はとりあえず挙動に問題ないかのテストであり、森に行くまでに広がる平原で走行テストをやりつつ、ついでに助手席にアーリィーを乗せてドライブを……。いやね、たぶん乗りたいって言うだろうからね。

さて、遠征前に俺は冒険者ギルドへ出かける。最近またもギルドに行っていないので、顔見せと共に情報の収集。ダンジョン絡みや、ないとは思うがボスケ大森林地帯での噂みたいなものでもあ

ったら、仕入れておきたいのだ。

あたりは夜の帳が降りつつあった。昼間は学校、夕方まで車いじっていたから、もう夜である。

メイドさんたちに出かけると挨拶したら、「いってらっしゃいませ」とＶＩＰ待遇のように挨拶を返された。わざわざ全員に声をかけて、青獅子寮にいるメイドさん二十人からのいってらっしゃいを聞いた。

もちろん、オリビア隊長ら近衛には、アーリィーを守るべく警備をより強化してもらっている。

さて、学校を出て、俺はベルさんと冒険者ギルドの建物に入る。冒険者たちの姿はまばらだった。休憩スペースで勝手に酒盛りを始めている連中がいる。

掲示板をさらっと眺めようとしたら、Ｅランク冒険者パーティー、ホデルバボサ団のリーダーのルングと会った。

「あ、ジンさん」

ガキ大将じみた風貌の戦士が声をかけてきたので、俺は「最近どうだ」と聞いてみる。

「ぼちぼちっスね。最近モンスターが増えてるみたいで、ダンジョンなんかでも遭遇率上がっちゃってるんスよ。ギルドの上のほうも、それでピリピリしてるみたいっス」

「そうなのか」

ボスケの森とかもモンスター増えてるのかなぁ。注意しておく必要はあるだろう。判断も早めにするよう心がけたり。

軽いやり取りの後、ルングは仲間と約束があるからとギルドを出た。その背中を見送り、俺は受付カウンターへと赴く。……今日はトゥルペさんはいなかった。じき夜なので閑散としたカウンターにはマロンさんがいた。

「こんばんは、ジンさん」

愛想がよいマロンさんが俺に声をかける。

「お疲れ様。俺宛てに何かある？」

「ちょっと確認してきますね。少しお待ちください」

そう言うと、マロンさんは席を立った。俺はカウンターにもたれ、同じくカウンターに飛び乗ったベルさんと話し込む。

「モンスターが増えてるって言うと……」

「何かよくないことの前触れかもしれんな」

ベルさんは鼻をひくつかせた。

「単純に増えたって言うけど、要するにダンジョンとか奥のほうにいる奴らが表に出てきてるってことだろうからな」

「いい話じゃないよな。まさか、ダンジョンスタンピードが近い？」

ダンジョン内のモンスターが一定量を超えた場合に起こる吐き出し現象。ひとたびこれが起きると、近場の冒険者を総動員の上、その地域の領主軍や王国軍が鎮圧のために出動する大騒動になることもある。

「どこかのダンジョンがやらかすかもしれんな……」

俺とベルさんが深刻ぶっていると、マロンさんが戻ってきた。

「お待たせしました。特に伝言などはないようです」

あ、そう。マルテロ氏あたりから何か伝言とかありそうかと思ったが……。ミスリル関連の問題に何か進展があったかもしれないな。……じゃあ、マロンさん。その辺りの話も含めて、これからお茶でも――。

その時だった。

ドンっ、とギルド正面のドアが勢いよく開き、フロアにいた人間は一斉にそちらへ視線を向けた。

何か突っ込んできたかと思えば、慌てて入ってきたのは一人の若い戦士風冒険者。やや細めの体躯。日に焼けた肌に茶色の髪。二十代半ばといったその男は駆け込む。

「回収屋！　回収屋はいないかっ⁉」

切羽詰った様子で若い冒険者は叫んだ。息を切らし、汗だらけで。

只事ではない雰囲気に、休憩スペースにいた冒険者たちが立ち上がった。

「いったい何の騒ぎだ⁉　何があった？」

「助けてくれ！　シェーヌがダンジョンで動けなくなっちったんだ！」

冒険者たちのやりとりが、俺のところにまで届く。

駆け込んできたのは、セッチと言う名のCランク冒険者。マロンさんが俺に耳打ちして教えてくれた。シェーヌという恋人兼相棒の女冒険者とコンビを組んでいるらしい。

セッチと他の冒険者たちの会話をまとめると、『円柱』と呼ばれるダンジョンに潜っていたら、トラップで相棒のシェーヌが大きな怪我を負って動けなくなったらしい。折り悪く、モンスターが多数出没するようになったダンジョンで、深手のシェーヌを連れて脱出は不可能。そこで一時的に彼女はダンジョン内に身を潜め、その間にセッチが応援を呼んでくることになったという次第だった。

できれば戦闘不能者や冒険者の遺体、装備などをダンジョンに潜って回収する『回収屋』の冒険者を探しているようだが……今ギルドに、回収屋は一人もいなかった。

「くそっ！　なんで肝心な時に！……なあ、誰か！　おれとダンジョンに潜って、シェーヌを助けるのを手伝ってくれよ！」

冒険者たちは顔を見合わせる。やがて年嵩《としかさ》の冒険者が言った。

「なあ、セッチよぉ。そいつはもう無理なんじゃないか……」

「そうだぜ。こっから『円柱』までどれだけ距離あると思ってんだ。今から行っても……相棒は生きてないぜ、きっと」

冒険者たちは一様に暗い顔だった。

「あそこからよく走ってきたぜセッチ。でももうダメだ……」

「そんな……」

セッチは首を横に振る。

「シェーヌはおれが戻るのを待ってるんだ！　なあ、頼むよ！　助けてくれ！」

必死の呼びかけに、しかし頷く冒険者はいない。

間に合わない。助けに向かっても無駄足になる。誰もがそう思っていた。

基本的にダンジョンに入るのは当人の自己責任だ。しかも今はモンスターの活動が活発だという。その状況での救出はリスクが高すぎる。

だが、そうだとしても、寝覚めが悪いよな、こういうのは。

「あー、セッチさん」

俺は声をかけた。

「円柱、だっけ？　ダンジョン。俺が行こう」

女性の危機とあれば、たとえ恋人持ちだろうが奥さんだろうが、放っておけん。

一瞬、セッチは顔をほころばせかけたが、すぐに止まった。周囲の冒険者たちも同様だ。

「やめとけ、お前ルーキーだろ？　今は素人が行っても無駄死にするだけだぞ」

年嵩の冒険者が俺に言った。どうやら、初心者魔法使いの姿が、この救助作業に不向きだと映ったようだ。人は見かけで判断するな、とはよく聞くけれど、大人になると見た目判断も案外馬鹿に出来ないのよねぇ……。

「グダグダ話をするつもりはない。シェーヌさんを助けるのに一刻の猶予もないと思うんだが……」

「そうだ、そうだよ！」

セッチが俺のもとへ歩み寄り、手を伸ばすと掴んだ。

「手伝ってくれるのか？」

「もちろん」

おいセッチ——周りの冒険者が何か言いたげに口を開きかける。が、それより先に凛とした女の声が響いた。

「ジンが行くなら、私も行こう」

いつの間にいたのか、エルフの弓使いヴィスタがいた。やあ、ヴィスタ、奇遇だね。

かつての俺の英雄時代の噂を知るエルフ美女はやってくると躊躇いなく言った。

これには周囲が驚いた。そしてヴィスタが行くなら、と志願しようとする者が現れたが、当のエルフ美女は。

「必要ない。私とジンが入れば充分だ」

ばっさりと切り捨てた。いつも飄々としている彼女にしては珍しく、少し不機嫌そうなのは気のせいか。

「さあ、時間が惜しいのだろう？　さっさと出発しよう」

周りなど何のその、ヴィスタが促したことで、セッチは頷き、俺たちは冒険者ギルドの正面フロアを出た。


まさか、こんなに早くに出番があるとは思わなかった。

夜の平原を疾走するは魔法車。夜間走行テストだ！……うん、何かカッコいい愛称が欲しいな。

車には大抵愛称ってものがある。そのうち、コイツにもいい名前をつけてやりたい。

俺は運転席でハンドルを握り、道なき道を進ませる。助手席にはセッチがいて、後部座席にヴィスタが乗っている。ベルさんは、運転席と助手席の間の専用席に収まっている。

走っているのは平原だが、決して平坦ではない。でこぼこしていて、しょっちゅう揺れる。そういう路面事情はわかっているから、衝撃吸収用に足回りを強化しているが、それでも揺れは収まりきらない。

「おいおいおいおい……！　本当に大丈夫なのかこれ⁉」

セッチが先ほどから慌てた声を出している。暗くてわからないが、たぶんその顔は青ざめているだろうことは想像に難くない。

「いやはや、まったく……！」

後ろでしっかり捕まっているヴィスタの声も、どこか耐えているように聞こえた。

「あなたにはいつも驚かされるな、ジン。馬のない馬車とは……！」

「つか、何で馬もなしに動くんだよこれ⁉」

「魔法だよ」

土の盛り上がりを踏んでガタンと魔法車が揺れた。

「夜にこんなスピード出すなんて！　自殺行為だ！」

「大丈夫！　馬車と違ってブレーキがすぐ利くから」

二時間ほど走っただろうか。目的地、『円柱』という名の付けられたダンジョンに到達した。

ダンジョン『円柱』は、地下へ垂直にらせん状通路を降りていく変わった構造になってる。入り口から地下に降りるというのは、大抵のダンジョンと同じだが、塔の逆というべきかグルグルと円を描くような通路を下っていく。その形から、『円柱』と名づけられ、また、『地下塔』と呼ばれることもある。

何より特徴となっているのは、円柱の中央が吹き抜けになっているから、入り口近くから十数階層下の底となっている部分が見えることだろう。

さて、ダンジョンの中だが、いるわいるわ、モンスターどもが。いちいち相手にしていると救助対象者の元につくまでどれだけ時間がかかるかわからないのでショートカット。

つまり、俺はエアブーツの魔法を起動させ、切り立った崖状の足場から跳んだのだ。最下層まで一気にショートカットだ。なお、俺の聞こえないところで。

『飛び降りたぞ!?』

『ジンのやることに、いちいち驚いていたら先がもたないぞ』

セッチとヴィスタでそんなやりとりがあったそうだ。

ちょっと出現するモンスターの数が多かったが、ヴィスタの援護射撃の下、何とか目的地に到着、シェーヌさんを救助した。

黒髪をショートカットにした女性だ。豹を思わす精悍《せいかん》な顔つきだが、身体つきを見る限りはなるほど女性そのもので、健康的で中々の美人さんだった。恋人たちの感動の再会は、あまり興味がないので、早々にダンジョンから脱出。

幸い、シェーヌさんの命に別条はなく、無事、王都に帰還することができた。セッチは俺に感謝しきりだった。

「ありがとう、ジン。君のおかげでシェーヌを助けることができた。本当に、ありがとう」

「間に合ってよかったよ」

「まったく。もう少し遅かったらシェーヌはワームどもの餌になっていたかも……。君らがギルドにいてくれなければ、絶対間に合わなかった」

それにしても――と、セッチ。

「ジン。君は本当にＥランクなのか？」

「……ああ、正真正銘のＥランクだよ」

まあ、この反応も慣れた。まあ、今回のことや車については、皆には黙っておくようにと釘は刺した。……ほんと、最近の俺たち、色々隠せてないよな。

ヴィスタにも、口止めを頼んだほうがいいか……いや、彼女は俺をジン・アミウールと知っていて、秘密を守ってくれているからひと言言えば大丈夫だろう。


ダンジョンから戻った報告は、王都に戻った後、俺が冒険者ギルドでしておくことになった。

すっかり深夜だったが、冒険者ギルドからはまだ明かりが漏れていた。こんな時間でもやってるんだな、と感心しつつ、俺とベルさん、ヴィスタはギルドフロアに足を踏み入れた。セッチたちとは、先に医療所で別れた。

冒険者の姿は極わずかだった。受付カウンターには……初めて見る受付嬢がいる。訪れる人が少ない時間帯だからか、カウンターにいるのはその一人だけだった。

灰色の髪を三つ編みにしている二十代とおぼしき女性だ。夜間シフト専門だろうか。のんびりしたような表情。美人度Aランク。しかしこんな夜中に仕事して大丈夫なんだろうかと心配になる。

「あ、ヴィスタさん」

「やあ、クレア」

受付嬢が席を立った。どうもヴィスタとは顔見知りらしい。女エルフが軽く手を挙げれば、クレアというらしい受付嬢はやってきた。

『円柱』ダンジョンへ行ったと聞いていたのですが……ずいぶん帰りが早かったですね」

「ああ、ジンは大変足の速い馬車を持っているからな」

ヴィスタが俺に振れば、クレアはペコリと頭を下げた。

「はじめまして。あなたがジンさんですね。噂はかねがね」

どんな噂だろうね。デートしたい冒険者ランキングかな？

「……と、お戻りになられたらギルド長が話を聞きたいって言っておりましたので、奥の談話室によろしいですか？」

「ギルド長が？」

そういえば、俺、ここのギルド長に会ったことないな。

「ええ、ヴォードギルド長とラスィアさんが、まだいらっしゃいますから。特に問題なければ今からでも」

明日も学校だから勘弁……と思ったが、たぶん明日は明後日の遠征準備やらでこっちにこれないだろうから、済ませておくか。

俺は了承すると、ベルさんとヴィスタと共に奥へと進んだ。


ギルド長、ヴォード氏は熊のような体躯の大男だった。初めて俺と会った彼は首をかしげた。

「彼が、話にあったジン・トキトモか？」

ラスィア副ギルド長に、あらためて確認したくらいだったので、確信がもてなかったのだろう。

初心者魔術師姿だからね、俺は。

挨拶を兼ねて握手をしたら、いまだ武器を振り回しているのがわかる無骨な手をしていた。ヴォード氏は少し力を入れたが、たぶんわざとだろう。ピクリとも動かない俺の表情を見やり、少しだけ感心したような声を漏らした。

「『円柱』に行ったと聞いていたが、ずいぶんと早く戻ってきたな」

「足の速い乗り物があるので」

俺が答えると、ヴォード氏は視線を鋭くさせた。

「夜間に『円柱』を行って帰ってくるだけの乗り物か……。どんな乗り物なんだ？　興味がある」

「企業秘密です」

「知りたきゃ金を払え。高いぞ」

机の上でお座りしているベルさんが、ぶっきらぼうに言った。ギルドマスターは一瞬目を見開いたが、猫が喋ったことに突っ込まなかった。たぶん、事前に聞いていたのだろう。彼がちら、とヴィスタを見れば、その女エルフは。

「私の口からは言えません」

俺に気を使ってヴィスタは口を閉ざした。配慮に感謝、と俺は心の中で思う。なお、彼女がほぼ俺の信者状態だということを、この時の俺はまったく気づいていなかった。

ヴォードは仕切り直した。

「ここ数日、モンスターの出現量増加の報告が多くてな。ダンジョンスタンピードの可能性を考え、各ダンジョンの深部調査を行う予定だ。それで、いま早速『円柱』から戻ってきた冒険者がいるので聞きたいのだが、向こうはどんな様子だった？」

「俺――自分もあのダンジョンに行ったのは初めてだったので、普段との比較はできないですが」

そう前置きはしておく。紙と書くものを用意してもらい、ラスィアさんからそれを受け取ると俺は書きながら説明した。

「……モンスターの湧きが非常に多かった印象ですね。交戦したのはゴブリンの集団、多数のロックワーム、複数のオーガと、あとクロウラーの群れです」

話を聞いたヴォード氏、ラスィアさんは険しい表情だった。

「これは調査の必要がありますね。それも早めに」

「そうだな……」

何やらきな臭いものを感じたようだった。

まあ、俺自身それ以上、情報はないから適当なところで退席させてもらった。夜も遅いからね。

それに……俺が不在の青獅子寮で何か動きがあったかもしれないから。


案の定、魚が釣り針にかかっていた。

俺とベルさんが留守の間、青獅子寮に潜んでいた暗殺者に動きがあったのだ。

「まんまと釣られたな」

俺とベルさんは相好を崩した。アーリィーの警護で近衛以上に暗殺の邪魔をしている俺たちが寮からいないとあれば、何らかの行動に出るとは思っていた。

監視ボール君は、青獅子寮勤務のメイド、クーベルさんが寮の外へ出たのを確認。学校の校庭、その端にある林の裏に入った後、さらに魔法具を使っているところを俺に通報した。

「外部と連絡を取っていたようだな」

「交信用の魔法具かな」

ナーゲル以外にも連絡方法を持っていたわけだ。しかしわざわざ隠れて使用するところが怪しい。やましいことがなければ、堂々と持っていればいいのだから。証拠を掴もうじゃないか。

ということで、俺とベルさんは、クーベル——もう『さん』はいらないな。彼女が入ったという校庭脇の林へと入る。

監視ボールがよこした視覚情報を思い出しながら、場所を確かめる。ぶっちゃけ夜だしわかりにくいので、魔法具探しの友、魔力探知機を使う。……おっと、反応あり。

「あの木の上だな」

エアブーツの浮遊で、浮かび上がって探してみる。青々とした枝葉……手元真っ暗。見難いので暗視魔法で視力を夜仕様に。えーと……。

場所は間違っていないのに見当たらない。ここに隠していているなら、完璧に隠蔽《いんぺい》しているとしかいいようがない。……隠蔽？　擬装？

「どうした、ジン？」

「……ユナ教官のことを考えてた」

一瞬、自身の服を魔法による擬装で生成していた巨乳先生、もとい、ユナ教官が脳裏に浮かんだのだ。

ああ、その可能性があったか。まあ、そうだよな、見えないように細工はするものだよな。

そういえば、最近、アーリィーに擬装魔法をかけて、王都を女の子として散歩させてあげたりしたが、案外忘れているもんだ。

「おい、真面目に探せよー」

「探してるって！」

「いいか？　探すのは揉みたいおっぱいじゃない。わかってるか？」

「しつこいって！」

「お前さんが、おっぱいなんて言うからだぞ……」

言ってないぞ。ユナ教官のこととは言ったが、おっぱいなんて。

ベルさんの呆れをよそに、魔力を通して、もう一度。おっ、こいつは——。

「あったか？」

ベルさんの声。俺はそれに手を伸ばす。

「あったぞ」

箱だった。これも魔法具だろう。普通の目には見えないのだから。蓋を開けば、灰色のメダルと十字架が入っていた。魔法具らしきそれを観察しながら木から降りる。

「どちらも魔法文字が刻まれている……魔法具で間違いないな」

メダル型が魔力で交信するための通信魔法具。十字架が催眠魔法を発動する魔法具だ。

「こんなところに隠していたんだな」

近衛隊が青獅子寮を捜索しても、証拠の品が出てこなかったわけだ。この広いアクティス魔法騎士学校の敷地内なら、隠しようはいくらでもある。

ベルさんが口を開いた。

「で、メイドはその魔法具で外部と連絡を取っていた、と」

「……この魔法文字からみて、交信可能な範囲は、おそらくこの王都の中心から端くらいまでだろうな」

「つまり、こいつで連絡を取るには、相手がこの王都にいないといけないってことか」

「そう。外部から指示している奴は、この王都のどこかにいる」

俺は魔法具をストレージに収納して、寮へと戻る。状況証拠ではあるが、クーベルが犯人である可能性がさらに高まった。

「なあ、ジン。メイドは何の話をしていたと思う？」

「さあな。近況の報告、新たな指示を受けたかもしれないな。あるいは……」

俺は眉をひそめた。

「週末のグリフォン狩りの予定とか。……まあ、今からクーベルを締め上げれば、わかるだろう」

「お前に、女を締め上げることなんてできるのか？」

ベルさんが冗談めかす。俺は口元を歪めた。

「そりゃ、罪もないか弱い女性に手は上げられないね。でもね、ベルさん。俺だって物事には優先順位をつけるよ。女性だからといって見過ごして、それで守るべき女性が傷つくのは本末転倒だ」

でもまあ、何も暴力に訴えることもないと思うんだ。そう言った時、ベルさんは身震いした。

「おー、怖い怖い。本気でぶち切れたお前さんは悪魔だって裸足で逃げ出すからな」

「失礼な。俺はこれでも紳士だぞ」


というわけで、寮に戻り、クーベルの元を訪ねる。……ちょっとお出かけしませんか？

「何でしょうか？」

クーベルは笑顔を浮かべる。普通に可愛いのだが、俺の目にはどこかぎこちなく映った。些細な違いなんだけど、警戒しているのかな？

とりあえず、寮の外へ出る。校庭近くの林を散歩。俺は、クーベルに催眠魔法を発動する十字架を見せた。

「これが何だかわかる？」

「……十字架ですか？」

小首を傾げられる。まあ、知っていたとしても知らないフリをするものだよな、この場合。

「実は、この学校の敷地内で見つけたんだ。どうも神聖系の加護のついた魔法具のようでね。どうやら疲れが取れるようなんだ」

俺は感情を廃して、淡々とクーベルを見つめた。

「日頃、メイドさんの仕事って激務だと思う。ということで、疲れていそうなあなたを、この魔法具で回復してあげようと思ってね」

たぶん俺、ものすごく意地の悪い顔になっているかもしれない。クーベルの表情が強ばった。

「えっと……回復？　その、私にその魔法具を使うのですか？」

「うん。そう言ったよね？　何か問題があるのかい？」

「えっ、問題って言うか……その回復の魔法具って本当なんですか？」

「魔術師の俺が間違っているとでも？」

物凄く間違っているけどね。

ぷふっ、とベルさんがクーベルの背後で小さく吹いた。あのさ、真面目にやってるんだから笑わない。

「あの、遠慮します。私、疲れてませんから……！」

「……」

「何でですか？」

「何で嫌がるのかなー、って思ってさ」

俺は一歩近づけば、逆にクーベルは一歩下がった。

「君、この十字架の魔法具の正体を知っているね？　だからこの魔法具を使われるのを嫌がった」

君が、これを使ったことがあるという何よりの反応だ、クーベル君？

もし君に、魔法具を見る目があって、この十字架が回復のものではないとわかったなら、俺の間違いを早々に指摘したはずだ。

それをしなかったのは、催眠魔法具だと口にしたくなかったからだ。ぼんくらを演じる俺が本当のぼんくらで、催眠魔法と聞いて彼女に疑いを持たれたら困るから。

「くっ……！」

さっと身を翻すクーベル。とっさの逃走。でも残念、そこにはベルさん――暗黒騎士が立ち塞がっている！

暗黒騎士の拳が、クーベルの腹部に直撃、そのまま彼女の意識を刈り取る。俺は思わず声を上げた。

「ベルさん、腹パンだよ！　グーはいかんよ、グーは」

「加減はしたぞ」

二メートルもの巨漢、暗黒騎士はひょいとクーベルを肩に担いだ。

「それじゃ、楽しい尋問タイムと行こうか」

楽しそうだなー、ベルさん。合掌。


スパイや工作員への取り調べと聞くと苛烈な拷問じみたもの、という想像がある。痛めつけて吐かせる、というのがオーソドックスな手で、よくある話だ。この世界では、特に顕著である。

王子寮で働くメイドであるクーベルの取り調べの手段について、俺とベルさんは話し合った。

「壊していいなら、方法なんていくらでもあるぞ。身体はもちろん、心を壊すやり方も」

「却下」

「嬢ちゃんを守ろうってんだろう？　手段を選んでいる場合か？」

「却下だ」

俺は繰り返した。

英雄魔術師として活動した頃、戦争を体験し、捕虜への尋問や暴力行為を敵味方問わず見てきた。

正直あまり気持ちのいいものではなく、できれば穏便に済ませたいというのが本音だった。

「正直、痛ましくて見てられんよ。そういうのは趣味じゃないの」

敵とはいえ、身体を切り刻まれたり、なんて吐き気をもよおすほど酷かったものも少なくなかった。

「じゃあ、どうするんだ？」

「こうするんだ。……はーい、クーベルさん、起きてくださいねー」

椅子に拘束しているメイドさんを起こしてやる。ベルさんの腹パンで気絶していたクーベルは目を覚まし――。

「はい、こちらを見て。このＩ字架、わかるかなー？」

催眠魔法具、発動。魔法を当てられ、クーベルの目の焦点が再び合わなくなった。せっかく目が覚めたのにすまんな。

「はい、外道ー」

ベルさんから突っ込みが入ったが、俺は肩をすくめる。

「ベルさんには負けるよ」

俺はストレージから、昔、作った尋問用の魔法具を取り出す。それは一見すると革製の腕輪のように見える。椅子に固定されているクーベルの右腕にベルト状の腕輪を巻いた。

「これは真実の腕輪。嘘をつくと、ここの魔石から電流が流れる仕組みだ」

簡単に言えば、心拍計である。脈拍を拾い、その大きな変化を捉えると魔法が作動するよう魔法文字を刻んである。まあ、一種の嘘発見器だな。この世界の尋問がひどく気が滅入るから何とかしたくて作った品だ。これ作るの、結構苦労したんだぜ、っと。

「嘘はつかないように、いいね？」

「……はい」

というわけで、さっそく尋問を行う。

「では、名前と年齢、本職を教えて」

「……メンテルデル村のクーベル。……二十二歳、傭兵《ようへい》」

メイドじゃないのか、とベルさんが呟き、俺は静かに、と合図を送る。

「スリーサイズを教えて」

「……スリー、サイズ？」

「チェスト、ウェスト、ヒップの寸法だよ」

「おい、ジン。その情報、必要か？」

ベルさん、静かに。俺が答えを待つと、クーベルは自身のスリーサイズを話した。全体的に細い。

「どうやら間違いなく、催眠はかかっているようだ」

腕輪も作動しなかった。感情に揺さぶられて心拍に変化が見られることもあるが、それがないのは、催眠魔法がよく効いているからとも言える。

「オイラは本気で聞いていると思ったぜ」

「興味はあるね」

特にアーリィーとかサキリスとかユナ教官とか……おっとお仕事お仕事。

暗殺者だと思っていたクーベルだが、本職は傭兵らしい。かつて貴族の家でメイド経験があるのだそうだ。今回、タルパなる人物に破格の報酬で雇われ、その手回しで王子専用の青獅子寮に潜り込むことができたのだそうだ。

「タルパ？　何者だ？」

「……私を雇った男です」

「アッシェ伯爵の手の者か？」

「……わかりません」

「ナーゲルから毒を受け取ったそうだが？」

「……タルパから、アッシェ家の息子と接触するように命じられました」

そこで毒を受け取った、と。クーベルの視点では、タルパがアッシェ伯爵の部下なのか、そうではないのかはっきりわからないらしい。

なお、タルパはおそらくは連絡員だと思うとクーベルは言った。彼がちょくちょくクライアントと口にしていたのだそうだ。

そのクライアントだが、アッシェなのか、はたまた別の者なのか。わかっているのは、タルパのいうクライアントとやらが、クーベルを王子専用の寮に、正規の手続きで潜り込ませることができるということだった。

「それで、今回、タルパと連絡したな？　何を話した？」

「……週末にアーリィー王子が、ボスケ大森林へ魔獣狩りに出かける件を報告しました」

「なるほど。それに対して、タルパは何と？」

「……待機しろ、と」

待機。暗殺続行とか撤退ではなく、待機ときたか。

「……近いうちに、私の今の仕事が終了するかもしれない、とも」

終了、つまり撤退か？　しかし今すぐではなく、とりあえず待機とは……。

俺がベルさんへと視線をやれば、黒猫姿の相棒は言った。

「『嬢ちゃん暗殺はこっちでやるから、失敗した時に備えて寮で待ってろ』って意味じゃね？」

それっぽいな、うん。俺は頷いた。

「つまり、タルパが別の刺客を、魔獣狩りの最中に放つということか」

「たぶんそうだろうな。魔獣の森で魔獣に襲われて王子が死亡なら、暗殺ではなく事故で処理しやすくはなるわな」

そう言った後、ベルさんは首を振った。

「なあ、ジン。このタルパのクライアント、ナーゲルんとこじゃねえな」

「どうしてそう言い切れる？」

「だって、クーベルから報告を受けて、すぐに次の計画へ動き出したんだぞ？　ナーゲルんとこは、今そんな余裕ないんじゃね？」

魔法騎士学校に預けた息子は廃人。そして毒殺を示唆した証拠品は王城に提出済。明確な証拠がある以上、王国がアッシェ伯爵家へ踏み込むのも時間の問題。この後に及んで、王子暗殺よりも自分たちの身の上のほうが大事だろう。

「確かに。そうなると、タルパのいうクライアントは、アッシェ伯爵家と繋がりはあるが、伯爵家がどうなろうと関係のない立ち位置にいる、ということになる」

アーリィー暗殺の続行するということはそういうことだ。そうなると、ナーゲルの家とは、利害が一致したから協力しあっただけかもしれないな。そのあたりは、タルパやそのクライアントを押さえないことにはわからないが。

「クーベル、タルパと連絡をとり、直接会うことはできるか？」

「……不可能と考えます。おそらくタルパ本人ではなく、伝言屋が来ます」

クーベルが言うには、タルパと直接会ったことはないらしい。伝言屋という男から、タルパからの依頼書と前金となる報酬をもらい、受けたという。

「直接会わなかったのに依頼を受けたのか……」

信じられない話だ。俺の言葉に、クーベルは答えた。

「……報酬が破格でしたので。借金を完済できました」

おう……借金か。

「世知辛いね」

「まったくだ」

話を続けると、王室の正式な書類を与えられ、青獅子寮で働くメイドとして侵入。連絡は、通信の魔法具でやりとりしたという。つまり、通信相手がタルパと名乗ったわけだが、それが本当にタルパなのか、実は彼女自身わからない。

「徹底してやがるな」

ベルさんが舌を出した。

「こりゃ、調べるのは骨が折れるぞ」

「魔獣狩り遠征の前に、タルパを探し出して、っていうのは難しいな」

「その遠征だけど、どうするよ、ジン。これをオリビアに話したら、遠征を中止させようとするだろうぜ」

暗殺者が現れる可能性が特大の場に王子を行かせるなどもっての他。護衛を任務とする近衛隊なら、主への危険を回避しようとするのは当たり前だ。

「だが、今となっては、遠征で襲撃された場合、それがタルパなり依頼主に繋がる線なんだよな」

クーベルから犯人を追う線が、タルパに繋がっている伝言屋なる男を探すところから始まる。それでは、さすがに時間がかかるだろう。

ならば、森へと送られてくるだろう暗殺者を誘い出して取り押さえたほうが、まだ手掛かりになるかもしれない。

正直、タルパが連絡員ではなく大物なら、すぐにでも捕まえに動くのだが……。

「遠征は明後日だ。延期や中止で、せっかくのチャンスを逃すのも惜しい」

アーリィーを囮にするような格好なのは気が引けるが、そこは俺が傷ひとつつけさせない。

「決まりだな」

ベルさんが首肯した。

「で、ジンよ。このクーベルはどうする？　オリビアに引き渡すか？」

「いや暗殺者の仲間とわかれば、手酷い取り調べに遠征中止のダブルコンボは確定だ。ちょっとタイミングがよろしくない」

俺は、クーベルの焦点の合わない目の前で、手をひらひらさせる。

「せっかく催眠魔法をかけてあるんだ。とりあえず、ここでのことは忘れてもらって、しばらくはタルパの指示通り、日常業務をしていてもらおう。何かの時の保険になるかもしれない」

たとえば、遠征で襲撃者の身柄を押さえ損なった時とか、な。

それにしても、何者なんだろうな、タルパって。


本日も学校。明日は休養日――なんだけど、ボスケ森林地帯へグリフォン狩りの遠征があるので、のんびりとはいかない。

昨日の『円柱』ダンジョンの戦闘と移動の際の運転もあって、割としんどい。昨晩、俺と一緒にいられなかったことで、アーリィーが少し拗ねていらっしゃったので、俺とベルさんの冒険譚を話してあげた。機嫌が直ったようで、案外チョロかった。

が、平穏無事とは中々いかないもので。

「ジン・トキトモ！　貴方、ちっともわたくしに構ってくださらないではありませんか！」

サキリスお嬢が、俺に絡んできた。

「わたくしは、貴方と、お、お付き合いしているのですから！」

ちらちら、と顔を赤くしてお嬢様は言う。デートの約束はしたけど、正式にお付き合いスタートしていたの？　わぉお、俺もビックリだ。光栄であります！

「その、わたくしを、もっといっぱい辱めてくださいませ……」

気の強いお嬢様が顔を赤らめて恥ずかしげに言うさまは、こう胸の奥を突いてくる。……うん？

辱めて、とか言ったか？　聞き違いかな……？

まあ、それはともかく、約束は約束。特に女性の誘いは断らないをモットーにしている俺である。

こんなスタイルも抜群の美少女とデートできるなんて男冥利《みょうり》に尽きるってもんだ。

ただ、ちょっと待ってほしい。明日の遠征に備えて準備もあるから、その後で、改めてデートしよう。

「お約束しましたわよ？」

サキリスさん、上目遣い。最初の罵倒は何だったのってくらいの変貌ぶり。こういう彼女には、クラスメイトたちも驚いていた。

「で、明日は何かありますの？」

「ちょっとお出かけ。魔獣狩りだよ」

「まあ！」

お嬢様の目が光った。

「それはわたくしもご一緒したいですわ！　わたくし、こう見えても、魔獣については少し詳しいんですのよ？」

こう見えて、というのがいまいち伝わらなかったが、何やらとても興味を持っているようだった。

魔獣と聞いてまったく怯んだ様子がないのは、魔法騎士学校の生徒ゆえか。……一瞬、ボスケ大森林での遠征の先でアーリィーを狙っている刺客ではないか、と思ってしまった。声をかけるタイミングが良すぎないか、と。

「そうか。それじゃ近いうちに魔獣のいる森をセッティングしよう。でも明日は駄目だ。先約があるからな」

「わかりましたわ。楽しみにしています」

気のせいだったか、案外あっさり引き下がった。……デートは魔獣狩りのほうがよかったりするのかな。貴族は狩りも嗜《たしな》みなんて聞くし、サキリスはアクティブなんだな。覚えておこう。そうそう、疑ったついでに、ちょっと聞いてみるか。

「そういえば、サキリス。話変わるけど、タルパって知っている？」

「タルパ？……モグラがどうかしましたの？」

キョトンとした表情で返された。

「モグラ？」

「ええ、モグラの、南方の国の言葉でしたわ。……あ、ひょっとして――」

そこでサキリスは何かに気づいたような顔になった。

「王国の秘密連絡員、そのタルパですわね！」

秘密連絡員！　おいおいそれって――。

「知っているのか？」

「直接お会いしたことはありませんわ。伝説の秘密連絡員。お父様からその話を聞いた日は興奮して眠れませんでしたわ。ジン、貴方はアーリィー様にお仕えしていますのよね？　もしかして、そのツテでお会いするとか……」

「ああ、いや、まあ……タルパって言葉を聞いて、何だろうなーって思った程度なんだ」

「そうですの……。わたくしも機会があればお会いしたいと思っているのですわ」

少々がっかりした様子のサキリス。いや、何かごめん。

彼女の反応を見るに、タルパと繋がっている刺客の類じゃないな。刺客ならこの場合、タルパが秘密連絡員だなんて言わないだろうし。

「そのタルパって、結構有名な人物？」

「うーん、一般人は知らないのではないかしら……？　お父様も、貴族でもその名を知っているのはひと握りだと言っていましたし」

相当なレアものなのね。サキリスが会いたがっているのはそういうところかもしれない。

「王国の秘密連絡員、ね……」

意外なところでヒントが拾えたものだ。こりゃ、遠征が終わったら、かなり手がかりを得られるんじゃないかな？

第六章　グリフォン狩り出発

翌日の朝、王子様と近衛隊御一行は、馬車に乗ってアクティス魔法騎士学校を出発。まだ人通りの少ない王都を進み、やがて工都の外へ出た。

馬車の数は五台。

人員は、俺、アーリィー、ベルさんの他、近衛騎馬十五、他近衛兵十五、従者や侍女ら十名からなる。俺とアーリィーとベルさんは王都を出るまでは王室専用馬車に乗った。……さすがに王都内で魔法車を乗り回すのは時期尚早だからな。

四頭牽きの箱型馬車は、さすが王室専用。鮮やかな黒い車体に金の細工が施されたそれは豪華そのものだ。窓にはガラスが使われていて、内側からカーテンで閉められるようになっている。

中には四人が乗れるよう、前と後ろに向かい合うようにシートがある。

が、俺が貴重な王室場所を堪能する時間はさほどなかった。王都から見えなくなったら、外に出て、さっそくストレージから魔法車を取り出す。

完成品の登場に、アーリィーも目を輝かせていた。彼女を助手席へエスコートした後、運転席へ。

大改造して生まれ変わった魔法車だが、俺にとってはここはホームだ。落ち着く。

「ジン、さっそく走らせよう！」

「アイアイサー」

助手席の女の子が楽しそうにしていると、俺もその気になる。まあ、周りに人がいるから女の子ではなく、王子という扱いなんだけどね、一応。

近衛騎士たちが興味深げに視線を集めている中、シートベルトを締めて、魔石エンジンをスタート。周囲の様子を確認。……もう少し近衛さん、離れてくれないかな。危ないから。

サイドブレーキを解除、アクセルペダルをゆっくり踏み込んで走らせてみる。ノロノロと進ませれば、アーリィーは上機嫌だった。

少し走らせたが、近衛騎士が血相を変えて馬で追いかけてきたので、おとなしく車列に戻る。

……馬車のあまりの遅さに閉口しつつ、向こうについたら森の周りをアーリィーとドライブしようと心に決める。

近衛騎士たちが警護のために周りを固めているが、何か悪いことをして連行されているような気分になる。

徐行運転ものの速度で進むグリフォン狩りの一行。俺は運転席と助手席の間の冷蔵収納庫を開けて、冷たいお茶の入った容器を出す。運転中だから、蓋は開けられないけどね。

「飲み物をどうぞ、お姫様」

「うん」

ドアの窓は閉めているので、よほどの大声でなければ、外の人間には何を話しているのかわからない。だからめいっぱい女の子扱いするぞ。

アーリィーはカップにお茶を注ぐと、それで喉の渇きを癒やす。その様子を横目で見やる俺。運転は、あまりのノロさに少々お冠ではあるが、アーリィーと一緒にいられるからいい。……ベルさんもいるんだけどね。黒猫姿の相棒は専用席で居眠りをはじめた。

「はい、ジン」

アーリィーが運転している俺に気を使って、お茶をカップに入れてくれた。……王子、もといお姫様にこんなことさせるなんて、悪いね。とか思いつつ頬は緩みっぱなし。

そんなこんなで、まったりとした空気の中、すっかりお昼が近くなった頃に、俺たちは、目的地であるボスケ大森林地帯に到着した。

さっそく近衛兵たちが王室専用馬車と魔法車を中心に、キャンプの設営を行う。残る四台の馬車は王室馬車の周囲に置かれるが、王室馬車が急発進があった時に備え、その進路を妨げないように置かれている。

キャンプ設営を他所に、俺たちはグリフォン狩りのために森に入る準備を整える。

以前もアーリィーとこの森を抜けたが、今回は近衛も随伴《ずいはん》する。最悪、王子様の警備は近衛に押し付けることもできるから、俺は鼻歌交じりにアーリィーのために用意した装備をストレージから取り出すのだった。

カメレオンコート。光の屈折を利用した光学迷彩モドキの効果を発揮する外套だ。まあ、実際はポンチョだな。

アーリィーのために俺が用意した装備その一。周囲に溶け込むカメレオンの名を頂戴したが、直接関係はない。この世界でカメレオンは見たことないからだ。

あくまで光学迷彩モドキなので、姿を消すわけではないが、普通に迷彩効果はあって、じっとしていると周囲の地形に溶け込んでいるように見える。戦闘でも微妙に距離感を迷わせることができる。じっと動かずにいれば、遠距離からはまず発見できないだろう。

雨具にもなるそれを身に付けたアーリィーの姿を見た、オリビア隊長は……。

「優雅さに欠けるような……」

「魔獣の森で必要のない要素のひとつですね、優雅さって」

オリビアは実用性を好むタイプかと思っていたから、少し意外だ。

装備その二。加護の腕輪。銀製のその腕輪には、青い魔石が埋め込まれている。リング部分に魔法文字が刻まれ、防御魔法と警戒魔法が発動する。装着者の意思で盾のように防御膜を形成することができるが、装着者が不意を突かれた時でも自動で防御魔法が発動するようになっている。それが同時に刻まれている警戒魔法である。これが装着者周囲の移動体を常時サーチし、急接近や衝突時に防御魔法をオートで作動させるのである。

へぇ、とアーリィーは感心したように自分の左手首につけた銀の腕輪を見やる。オリビア隊長は――。

「あの、ジン殿。その腕輪、私もとても欲しいのですが……」

不意打ち対策に敏感な近衛としては、この手の自動防御魔法の発動する魔法具は垂涎の品かもしれない。何せ、いざとなったら警護者の盾になるべく身を晒すわけだから。そこでやられて動けなくなるよりも、無事に任務が継続できるほうがいいに決まっている。

装備その三。魔防の首飾り。太陽をモチーフにした金とミスリル銀を使った、ちょっと豪華そうに見える首飾りである。こちらは装着者の身体全体を魔力の層で覆う。その効果は、魔力の層に触れた一切の敵性攻撃魔法を霧散・無効化させる。要するに魔力で構成される攻撃性魔法を魔力の層が触れた瞬間に侵食し分解してしまうのである。魔法以外でも薄い魔力層が、炎や氷、雷、風などの効果を大幅に弱める。

「魔法が効かない……！」

「まあ、跳ね返す類じゃないから、パッと見た目は魔法を喰らったように見えるがね」

俺が言えば、オリビアは首をかしげた。

「その魔力層とやらに触れた魔法が無効ということは、加護の腕輪の防御魔法と干渉したりしませんか？」

「加護の腕輪の魔法は、アーリィーの周囲を球形のバリアで防ぐタイプ。魔防の首飾りは、その球形バリアの内側、ほとんど肌に接する部分に展開しているタイプだから干渉しませんよ」

さらに言えば――。

「加護の腕輪のサーチは、対物、つまり硬いものを察知するのに優れていますが、魔法的な攻撃には反応が鈍いんですよ」

「なるほど、それで二つの防御魔法具があるわけですね」

オリビアが納得したようだった。

「私たち近衛にもぜひ欲しい装備です」

「勘弁してください。これ作るの結構大変なんですから」

数を揃えるとなると、作るために消費する魔力を考えるだけでめまいがしてくる。オリビアよ、魔法具のために貴殿は処女を捧げる覚悟はあるか？

最後に、飾り気のまったくないコバルト製の指輪を渡す。丸と三角、四角の紋章が刻まれているだけのシンプルなものだ。

「これは？」

「万が一の時に使うシグナルリングだ。君が迷子になったり、誘拐された時などに使ってくれれば、俺に君の居場所が伝わる」

「！」

「おお、それは便利な……！」

オリビアが食いついた。王族に迫る危険が暗殺ばかりとは限らない。交渉材料としての誘拐だってなくはない。もちろん、王族誘拐なんて極刑ものだが。

「丸を二秒ほど押すと、無音で位置を通報する。例えば誘拐された時などに、音を出さずにそれを報せたい時などに使える。喋れない時とかでも有効だ」

「ふむふむ」

「三角は、周囲に警報を発する。町中で周囲の注目を集めたい時などに使える」

最後の四角は――。

「同じリングを持つ者と魔力交信が出来る。つまり遠くにいても会話ができるというやつだな。俺も同じものを身に付けてる」

「へー、ジンと会話できるんだ……」

アーリィーが嬉しそうな顔をした。そして例によってオリビアが、隊内の通信用にシグナルリングを欲しがった。

近衛隊長を大変羨ましがられる装備を一通り身に付けたアーリィー。なお武器は、以前貸したままになっていたエアバレッドを手に、腰にはライトニングソードを下げている。

さて、装備品の説明で時間を使ってしまったが、グリフォン狩りに森林地帯へ入ろう。おっと、その前に昼飯な。

その後で森へ。俺とベルさん、アーリィーにオリビア隊長と近衛騎士四名、魔術師二名の計十名のパーティー編成だ。

アーリィーを真ん中に、近衛騎士がひし形の各頂点にひとりずつ配置。戦闘になった際、四方向に対して最低ひとりが盾になれる配置だ。

中心より前寄りにオリビア隊長。俺はアーリィーのすぐそば。後ろに二人の魔術師がつく。ベルさんは、先導の騎士のそばにいて、ポイントマンよろしく警戒についていた。

さて一番最初に遭遇するモンスターは――。

『ジン、角付きだ』

ベルさんの魔力念話。メキメキと木を倒して、その茶褐色の毛皮に覆われた四足の巨体が露わになる。サイの角よりも長く太い一本の角を持つその獣の名前は、ホーンボーア。角猪だった。

「前方、防壁隊形！」

オリビアの指示に四方の騎士たちが集まり、アーリィーを守るべく大型盾を構えて壁を形成する。

いやいや、ちょっと待て！　わざわざ奴の真正面に盾陣組むなよ！

人間を見て荒ぶっているのか、角猪は前足で地面を引っかくと、自慢の角を騎兵の槍の如く向けて突進してきた。近衛騎士たちの盾の壁めがけて。当然、その後ろにはアーリィーがいるわけで。

「馬鹿野郎が！」

ストーンスパイク！　俺は土魔法で、地面から鋭く尖った岩の棘――いやそれは巨大な槍と呼ぶべき代物を形成させ、突っ込んでくる角猪の無防備な腹部を貫いた。突進していた猪はその加速で自らの腹を岩に引き裂かれ、近衛たちの手前で倒れて絶命した。

「おおっ」

声を上げる近衛騎士とオリビア。

「さすがジン殿――」

「お前ら！　アーリィーを危険に晒す気か⁉」

俺は怒鳴っていた。オリビアはビクリと肩をすくませた。

「アイツは基本突進しかしないの！　その突進ルートを誘導するために盾を構えるのは結構！　だ

が護衛対象のアーリィーの前で形成して、奴を引き寄せてどうするんだよ⁉　たった四枚の盾なんて、角猪の突進の前ではボウリングのピンも同じだぞ！」

ぼ、ぼーりんぐ？　初めて聞く言葉に戸惑うものの、オリビアと騎士たちは自分たちがしたことに対する危険性に気づき、うなだれた。

近衛たちは、王族を守る盾である。オリビアや近衛騎士たちの対応は、日夜訓練に励んできた基本中の基本行為であり、警護の観点から見れば、訓練通りの完璧な動きだった。

だが近衛たちは失念していた。

ここは魔獣の森であり、相手は対人ではなく、対魔獣であるということを。

アーリィーが学校にこもっているから、近衛たちも定石《じょうせき》に固まってしまっているのかもしれない。

警護担当が状況に応じて柔軟に動けなくては、いざという時に困るではないか。

「め、面目ない……」

激しく気落ちするオリビア。アーリィーと後ろに控えていた魔術師二人は、気まずげに顔を見合わせる。

勢いで怒鳴って、俺も反省。幾分か声を落として言った。

「とりあえず、アーリィーを守るように動きつつ、相手を素早く見て、行動を予測、その都度、必要な位置取りと対処をする。相手は人間じゃないから、真っ先に狙われるのはアーリィーとは限らない……って、そんなの相手次第だから一概には言えないか。オーケー、こっちは索敵を強化して早期発見、早期対応で行動しよう。――ベルさん」

俺は相棒を見た。

「悪いけど、次からは早めに指示頼むわ」

「あいよ」

説教が終わったと見て、ベルさんは先頭を進みだした。あらためて行軍再開である。

「オリビア隊長」

「はい。ジン殿」

「すみません」

怒鳴ってしまったことを俺は詫びた。


ベルさんが魔力飛ばして索敵を強化した結果、勘のいい獣たちは逆に離れていった。

人間を恐れないボスケ大森林の獣たちも、それ以上にヤバい存在に対しては近づくのを避ける。

あれだ、触らぬ神に祟りなしってやつ。

だが時々、頭のおかしな魔獣が、魔力索敵を物ともせず接近してきた。ベルさんがその都度、接近する敵の正体を報告すれば、俺たちは素早く迎撃態勢をとり、待ち構えた。

トチ狂った魔獣が現れた時には、まさに『飛んで火に入る夏の虫』である。

フォレストリザード――体長三メートル強の大トカゲは、アーリィーのエアバレット、近衛魔術師のアイスブラストで先制されて態勢を崩せば、左右から急接近した近衛騎士たちに刺され、斬られてのたうつ。トドメにオリビアが、大トカゲの首を一撃で叩き落して終了。

単独の魔獣などは、発見が遅れなければどうということはない。近衛たちの動きもよい。……よいのだが、ちょっと不安。オリビアもそうだが、騎士たちは、この森の中で鎧を初めとしたフル装備である。そのうちバテそうで怖い。

と、個人的に先の展開を予想しつつ、俺たちはさらに森の奥へ。これまでの経験上、グリフォンは、比較的森を進まないとあまり遭遇しない。

途中、ホブゴブリンに率いられたゴブリンのご一行様に襲われたが、近衛騎士たちがアーリィーを守りながら盾となる彼らの定番戦術で引き寄せつつ――ゴブリンは単独相手から切り崩す傾向があるので、この場合はアーリィーを守る行動で正解――、俺とベルさんで連中の側面を突いて一掃した。

しばらく進むと、森の中の開けた場所に出た。木があまりなく、広場のようなスペースだ。周囲は森に囲まれているが、のんびり空を見上げてピクニックなどもできそうだった。

「……ちょっと休憩しよう」

近衛騎士たちの顔が心なしか険しくなっていた。重い鎧をまとって森の中を歩くとか、よく考えたらやっぱ無謀だよなぁ。体力自慢のオリビアは、まだまだ平然としているが……。まだグリフォンと出会っていないし、帰りもあるから、正直言えばまだ元気でないと困るが。

「はい、靴を脱いで、足をマッサージしてくださいねー」

今のうちにやっておかないと後がしんどいからね。

「あと、キツいと思ったら、できるだけ早めに申告してくださいね。俺が荷物軽くするんで」

何だか引率の先生みたい。外見は二十歳手前だけど、実年齢の三十で言えば、俺の他はベルさんと近衛騎士が一人年上だけで、それ以外は全員年下だ。

騎士たちが交代で、俺に言われたとおりブーツを脱いで足をマッサージする中、俺はアーリィーに声をかける。

「足は大丈夫？」

「うん、今のところは」

アーリィーは笑顔で返した。靴を脱いで、その白いおみ足をちらり。

「でも、運動不足を感じてる。ちょっと疲れたかも」

「軽い治癒魔法をかけよう」

俺は、体力回復にも効果のあるヒールをかける。アーリィーはその場で伸びをした。

「んー！　たまにはいいものだよね、こういう所に出かけるのも」

「魔獣がいる危ない森ではあるんだけどね。……それにこの前、来たよねここ」

「まあ、そうなんだけど。緑が多くて、開放的じゃない？」

まあね、と俺は同意する。少なくとも、ここでは近衛を除けばアーリィーに言い寄って、家柄だの身分だのを意識させるようなことは言われない。

「のんびりできる場所だったら、よかったんだけどな」

「そうだね。大トカゲもいたし、ゴブリンもいた。ボクたちはグリフォンを狩りにきた」

元々アーリィーにエアブーツを作ってやるって約束から始まったことだ。

「やっぱり強いんだよね、グリフォンって」

「普通の戦士や魔法使いには厳しいかな。……ベルさん、グリフォンのランクって幾つだっけ？」

「平均でCランクな」

ちょこんと近くでお座りしている黒猫さんが答えた。俺は頷く。

「大きい個体だと、成人した馬だって一掴みで空を飛ぶからな。足の爪は鋭いし、空から一撃離脱でかかられると、近接武器を扱う者にとっては厳しい」

「……」

「今からでも帰る？」

むぅ、と唇を歪めるアーリィー。俺は悪戯っ子のように微笑する。

「まあ、油断しなければいいさ。俺が『普通の』魔法使いじゃないのは知ってるだろう？」

「そうだね」

アーリィーも共犯した者が浮かべる笑みで返す。俺は革のカバンを漁る。

「本当はもう少し西の……あの森の先にある切り立った山みたいなのがあるだろう？　あのあたりによくグリフォンがいるみたいなんだが……ちょっと、誘い出してみるか」

「誘い出す？」

「グリフォンってのは光るモノに目がないんだ。そういうのを見ると寄ってくる習性がある……」

この開けた場所に、グリフォンを誘い出して仕留めるのも悪くない。近衛や慣れない者たちなら、むしろ森の中で、グリフォンの攻撃ゾーンを狭めて戦う手もあるが――。

「ジン」

ベルさんの声。振り向くと、黒猫は一点をじっと見つめていた。

「グリフォンより厄介なのが、こっちへ来るぞ……」

視線を辿る。大きな翼を持った大きな飛翔体が飛んでくるのが見えた。竜……いや。

「ワイバーンか」

「ワイバーン⁉」

オリビアが弾かれたように言えば、近衛たちに緊張が走った。

「こっちへ来るぞ⁉」

「グリフォンだって危険なのに、それよりさらに強い奴が来るなんて……！」

「このままじゃマズい！」

近衛たちは、予想外の事態に完全に浮き足立っていた。野生の魔獣としては脅威の存在。並の騎士団でもたった一頭のワイバーンに苦戦を強いられる。

オリビアがアーリィーのもとへ来る。

「殿下！　ここは危険です！　森に退避しましょう」

あの巨体なら、森に入ってしまえばワイバーンにとっては手が出しづらくなるはずだ。オリビアはそう判断した。

「まあ、待て」

俺は、動揺する周囲をよそに言った。

「逃げてもワイバーンはしつこい。それに手がないわけじゃない。ここは任せて」

「ジン殿！」

「ジン！」

二人の心配の声を背に、俺は前へと出る。翼を羽ばたかせて飛ぶワイバーンの姿がみるみる大きくなっていく。明らかにこちらに気づき、襲い掛かってくる構えだ。

ざっとみて、翼を含めて十メートル以上か。あの軋むような咆哮《ほうこう》を上げて、突っ込んでくる。

「さて、空を飛ぶ生き物であるワイバーンは、翼が二枚あるわけだが……」

俺はじっと、やってくる飛竜を眺める。

「空中を自在に飛ぶには翼が必要で、その翼に必要以上の負荷が掛かれば、その機動は大きく制限される」

ウェイトアップ――奴の重量が急激に重くなったら？　地面から離れている飛行中に許容範囲以上の重量が加わったら。

「いや、もっと簡単だ。二枚の翼が必要なわけだから、その片方が例えば石のように重くなったら……？」

ワイバーンの右の翼に、急激な重さがかかった。翼への力加減が変化し、飛竜は戸惑い、空中でバランスを崩した。まるで右側から引きずり込まれるように体勢を崩すワイバーンはもつれるように地面めがけて墜落した。

ズシンと震動と衝撃。土が跳ね、右の翼から落ちたワイバーンはその翼を折ってしまう。哀れ、狂ったようにその場でもがいている。

もはや飛ぶことも叶わず、立つこともままならない。しかしその耳障りな咆哮は、やがて別の獣を呼ぶことになるだろう。……面倒になる前に介錯《かいしゃく》してやる。

魔力を右手に集中。頭の中で、魔法の形を想像。ばちっ、と右手で稲妻が爆ぜた。最小範囲に紫電の一撃を。

「サンダーボルト……！」

右手をワイバーンの頭部に向けて、まとった魔力を雷の一撃として放つ。まばゆい閃光が走ったのは一瞬。分厚い皮膚と肉を突き抜け、頭を穿《うが》たれたワイバーンは絶命した。

ワイバーンが地にその身体を横たえ動かなくなると、後ろの近衛たちから「おおっ」と声が上がった。

「ワイバーンをあんな簡単に……！」

「いったい何をしたんだ、ジン殿は。ワイバーンがいきなり落ちたが」

「魔法、なのだろうが……うーん、私たちには真似できないな」

近衛の騎士、魔術師らは驚きを隠せない。近衛隊長のオリビアもアーリィーと顔を見合わせる。

「何だか、慌てた私たちが馬鹿みたいに思えてきました」

「まあ、ジンだからね。さすがだよ」

表情こそやや呆れが混じっているが、どこか誇らしげにアーリィーは言った。

さてさて、思いがけないモノが転がり込んできた。ワイバーンはBランク相当の魔獣。純粋な竜種に比べるとやや落ちるとはいえ、なかなか希少な素材だ。せっかく倒したのだ、このまま放置するのももったいない。

というわけで、グリフォンを呼び寄せる鳥形のデコイに光モノを持たせて、この広場上空を旋回させる間、俺はワイバーンの解体を行った。

グリフォンが光モノに引き寄せられるというのは本当なんだな、と思った。解体をはじめて少し、一頭目のグリフォンが飛来したのだ。

アーリィーのエアブーツ作りのための遠征とはいえ、元々はこっちでやろうと思っていたことだ。解体作業を中断して、グリフォン退治しようとしたら、アーリィーや近衛騎士たちがグリフォンを倒すのを手伝おうとしてくれた。

騎士たちが盾を形成し、後ろからアーリィーがエアバレットを、魔術師たちが攻撃魔法をグリフォンに放つ。空中を飛ぶ魔獣は厄介だから、俺は魔法のウェイトアップでグリフォンを無理やり地上に下ろしてやった。

ただ、ワイバーンと違い、グリフォンは四本の足を持っているので、地上に降りても無力化はできない。皆で頑張ってグリフォンを倒す。……俺ひとりのほうが楽なのは、わかってても口に出さないのが礼儀というものだろう。

結果的に光モノに吊られたグリフォンは三頭。これらをすべて倒した頃には、ワイバーンの解体も終わり、グリフォンからも目当ての『羽根』と、風の魔石を回収。

そろそろ日が傾きつつある。夕方になってからでは森もほとんど暗くなってしまうので、早めにキャンプへ戻ろう。

と思っていたら、森の西方向が騒がしい。ベルさんが毛を逆立たせた。

「……ジン、いやーな予感がしてきたぞ」

「魔獣か？」

「ああ、それも十や二十じゃねえぞ。たくさんだ」

その言葉に近衛騎士たちが身構える。オリビアは口元をいびつに歪めた。

「さすがは魔獣の森……。そうそう我々を見過ごしたりはしないということですね」

いや、不自然ではある。いくら魔獣の森とはいえ、数十もの魔獣が一度にやってくるというのは異常だ。

「なあ、ベルさん、これはアレかな？」

「そう考えたほうがいいんじゃねえかな？」

アーリィーの殺害を狙った敵の手による攻撃。ボスケ大森林地帯に王子が行くことは敵も掴んでいる。暗殺実行のために何かしら仕掛けてくると思ったが――。

「魔獣に襲わせる。まあ、事故に見せられる手ではあるな」

「どうやって、多様な魔獣どもを導いたのか気になるところではあるがね……おっと」

ベルさんの声に、視線をやれば、黒猫さんは後ろへと顔を向けていた。

「さらに面倒なお知らせだ。反対側からも魔獣らしき集団。こりゃ囲まれるぞ」

「敵は魔獣使いかね。さすがにこれは勘違いの類じゃなさそうだ」

明らかにこちらを殺しにきている。

まず西側の魔獣が姿を表した。……二足小型肉食竜のラプトルに角猪。緑色の鱗を持つ大型トカゲのフォレストリザード、グレイウルフ——よくもまあ、互いに牽制したり争ったりせずに雁首《がんくび》揃えたものだ。

アーリィーがエアバレットを手に、唾を飲み込んだ。

「さすがにこれ、おかしいよね？」

「操られている、な」

俺が言えば、オリビアは振り返った。

「操られている、ですか……？　確かに異様なことはわかります。迎撃しますか？」

近衛隊長が俺に指示を仰いでくる。前もそれなりの数だけど後ろからも来ているらしいからな。

俺とベルさんだけならともかく、アーリィーと近衛たちは、まずいんじゃないか？

「敵の能力がわからない。ベルさんが感知しているだけじゃなく、さらに増えるかもしれない。ということで、この場を脱出、キャンプへ戻る！」

「承知しました！　で、脱出の方向ですが——ジン殿？」

俺は、大ストレージを展開、魔法車をこの場に出現させる。浮遊魔法で浮かせて設置。俺は手早く、後部のトランクを開けた。

「はい、近衛の皆さん、今からこの車で脱出するので、ここから中に乗ってください！」

「え!?」

騎士たちは困惑した。まあ、そうだろうな。俺はアーリィーに助手席に乗るように伝えた。ベルさんは……言うまでもなく、アーリィーの後について車に乗ろうとしている。

「それとも、ここに置いていかれたいですか？」

ポカンとしていた近衛たちが、隊長であるオリビアを見た。俺が視線をやると、オリビアはビクリと背筋を伸ばした。

「総員！　ジン殿に従い、飛び込め！」

それで弾かれたように、近衛たちが車の後部に駆け寄り、トランク――にある異空間収納に飛び込んだ。部下たちが、車に飲み込まれるように消えていくのを見守ったオリビアは青ざめていた。

「あ、あの、ジン殿？　部下たちは――」

「異空間収納の中で無事にいますよ。さあ、あなたも乗って！」

何やら葛藤しているオリビア隊長。直後、獣たちの咆哮が響き、一斉にこちらへと突撃をかけてきた。

「隊長！」

「うぅ……行きますっ！」

覚悟を決めたオリビアがトランクに飛び込むと、俺は閉めて、急いで運転席へ。助手席でアーリィーが慌てている。

「ジン！　早く！」

足の速いラプトルやグレイウルフが、あっという間に距離を詰めてくる。ちっ――俺は大ストレージに収納している武器庫から投げナイフを取り出すと、すかさず飛びかかる前のグレイウルフの顔面にぶち当てた。

ドアを閉め、エンジン起動。アーリィーが目を丸くしている。

「いま、ナイフを投げた？」

「ああ、魔法を使うより早く狙えたからね。ストレージには常時、ナイフは三十本以上を収納している」

ナイフだけでなく、剣や斧、魔術師の杖など色々な。レアものもあれば、使い捨ても。

そうこうしている間にも、フロントガラスの向こう、迫る魔獣がみるみる大きくなった。

「シールド！」

魔法障壁を展開。飛び込んできたグレイウルフが見えない魔法の壁に頭からぶつかり、弾かれる。

俺はアクセルペダルを踏み込んだ。

車が急加速すれば、衝突を嫌った魔獣どもが左右に散った。無謀なグレイウルフがボンネットに飛び乗る構えを見せたが、魔法障壁に弾かれ跳ね飛んだ。

「つけててよかった魔法障壁！」

ただ障壁が防いだ分、魔力が減少する。あまりに大量の体当たりを受けようものなら、ただじゃ済まないだろう。

というわけで、魔獣集団の間を突っ切るように魔法車を走らせる。森の中の開けた場所といえど、でこぼこしていて、ガクンと揺れる。

ベルさんが声を上げた。

「すっかり取り囲まれたぞ！」

「そりゃ、群れの中に突っ込んだからな！」

これで止まったら、戦うしか選択肢はなくなる。そいつは最後の手段、プランBだ。周りが敵だらけで青ざめるアーリィー。

「このまま突っ切って、飛ぶぞ！」

「飛ぶぅー!?」

驚くアーリィーをよそに、俺はさらにアクセルを踏み込んで加速。そして浮遊魔法を魔法車にかけて浮上させる。窓から見えた地面が一気に視界の下へと消えていく。

「飛んだ！」

加速装置、点火！　ブーストボタンを押し込めば、車体裏に設置した魔力加速装置が吸収した酸素と魔力を混ぜ合わせ爆発燃焼。ロケットの如く、魔法車を吹っ飛ばした。その加速に身体がシートに押しつけられる。

「飛んでるよ、ジン！」

「いいや、おっこっちてるだけだ！」

カタパルトで打ち出されたように、ぶっ飛んだだけ。

「そもそも、車は飛ばない」

だが、森の外まで飛べれば。……さすがに車では森の中を走れないからな。俺は浮遊魔法で調整。

車が頭から突っ込まないように、姿勢に注意を払う。このまま滑空するように落ちれば、ギリで森の外に行けそうだ。届かないようなら、もう一発加速である。

みるみる森の緑が迫り……。越え――た！

ドスンと地面にタイヤから着地。地震もかくやの衝撃に、もしや壊れてないよな、と不安になったのも刹那。魔法車は俺のハンドルを受け付け、また走り出した。当然、魔獣などの追っ手はない。

「ふぅ、何とか切り抜けた。……大丈夫かアーリィー？」

見れば、男装のお姫様はアシストグリップを掴んで固まっていた。……車内の取っ手につかまっている人、初めて見た。一応、グリップをつけてはいたが、役に立つこともあるんだな。

「うん……大丈夫」

片言だけど、怪我はなさそうで一安心。

「このままキャンプに帰ろう。……どっちだっけ？」

「左だ」

ベルさんが片方の前足を上げた。

「落ちる時に見えた」

サンキュー、ベルさん。俺は魔法車をそちらへと向けた。期せずして、ドライブになってしまったな。落ち着いたアーリィーは、車の出す快適なスピードを体感しながら、窓の外を流れる森を眺めている。

「見張ってるの！　また魔獣とか出てこないように」

と、お仕事ぶっているのがまた可愛い。五分とかからず、近衛隊のキャンプに到着――と何かいる！

「魔獣の群れだ！」

アーリィーが叫んだ。こっちにもいやがったか。だが魔獣どもはこちらに背を向けて走っている。魔法車から逃げているようにも見えるが、そうではない。おそらくキャンプに突撃をかけているところだろう。

「俺たちは、運良く敵の背後に出たわけだ」

先手必勝。補助ライトを魔法砲に切り替え。するとベルさんの専用席で、操縦桿《かん》じみた射撃装置がせり上がった。

「おっと！」

「そのスティックを動かして前方ならある程度向きを変えられる。赤いボタンを押せば、攻撃できる。……って、ベルさん、握れたっけ？」

説明しながら彼が猫の姿であることを思い出す俺。前足でスティックは動かせそうだが、ボタンは押せないんじゃないか……？

「ふむ、任せろ」

すると、ベルさんの前でスティックが勝手に動き出した。……あ、なるほど、魔力を使って見えない手を形成したのね。俺より賢い！

補助ライトだったものから、電撃が迸《ほとばし》った。それはたちまち最後尾のフォレストリザードを貫き、ひっくり返した。

「ははーっ！　こりゃマトだな！」

ベルさんの前で、勝手に動く照準スティック。連続して放たれた魔弾が魔獣どもを蹴散らしていく。キャンプに迫っていたラプトルやグレイウルフ、大トカゲがその数をすり減らし、こちらへ向き直ったがすでに手遅れだった。


「ケッ、魔獣使いが。役に立たないじゃないか……！」

森の中に潜みながら、サヴァル・ティファルガは吐き捨てた。

表向きは傭兵、だが真の稼業は殺し屋である。

漆黒のマントに、黒い覆面、全身黒いコーディネート。町中では割と目立つ格好は、暗殺者としての仕事着。

今回の標的は、ヴェリラルド王国の王子アーリィー。この国の次期国王を暗殺する。いやはや、国家反逆罪。捕まれば極刑確定の大仕事だ。それでも仕事を受けたのは法外な報酬に目が眩んだ、という身も蓋もない理由だ。装備に金をかけるサヴァルは、常に金を欲していたのだ。

ふだんは単独、多くても二、三人の仕事をこなしてきたサヴァルであるが、今回の王子暗殺で組んだ相棒は、魔獣使いだった。

いわゆる、魔獣を使役する職業の男だが、かつては冒険者であり、傭兵でもあったらしい。まあ、何で今回の依頼をこの魔獣使いが受けたのかはサヴァルは知らない。

肝心なのは、仕事ができる奴かそうでないのか、だけだ。

その点で言えば、残念ながら魔獣使いは、サヴァルの期待を裏切っていた。

ボスケ大森林の魔獣どもをけしかけ、王子とその護衛を襲わせる――魔獣使い主導の作戦は、その護衛によって阻まれた。サヴァルがこれまで見たこともない不思議な車が現れ、魔獣を倒してしまったのである。

せめて護衛の近衛連中だけでも魔獣が刺し違えれば、と期待していたサヴァルにとっては、まったくの想定外の事態だった。

これでは丸っきり振り出しではないか――サヴァルは思わず舌打ちする。

「結局、オレがやるしかねえってことだ……」

サヴァルはマントで自らを覆って立ち上がる。クローキングマント――姿を隠し、魔力によるサーチも吸い込むという潜伏に特化した装備だ。

こういう魔法具を揃えるから、いつも金が必要なのだが、それで仕事を不足なくこなせるなら問題ない。サヴァルはそういう人間だった。


近衛隊のキャンプに戻った。迫っていた魔獣が駆逐され、お留守番組の騎士たちや、ビトレー執事長とメイドたちは安堵していた。

アーリィーは、グリフォン狩りで汗をかいたので、着替えるために王子専用の天幕へと入っていった。お付きとして、メイドのネルケさんが同じく入る。

二十四歳。冷静沈着、表情ひとつ変えずに淡々と仕事をこなす彼女は、王子付きメイドということもあり、中々の美人さんだ。

そしてこの場に来ているメイドの中で、唯一、アーリィーの性別が女であることを知っている。

まあ、そういう性別を把握している世話係もいないと、秘密は守れないよな。

ふと、もしこのキャンプにネルケさんがいなかったら、着替えはどうするんだろう、と思った。

本当なら、アーリィーが自分ひとりでやるところだ。だが王族って、身の回りの世話をやらせて自分はしないいってことが普通とも聞くが。

あの歳で着替えられないとか、あるのかな？　そうなったら、彼女の性別を知っている俺がお手伝いに呼ばれたりなんかして――。

魔法車の異空間収納からオリビアら近衛騎士たちを外に出す俺。ひどい目に遭いました、と疲れたように苦笑するオリビアたち。いや、申し訳ない。他にはいい手が思いつかなくてね。

ビーン！　と、俺の持っているシグナルリングが突然鳴った。緊急の合図――アーリィー!?

俺は最後に引っ張り出した近衛の魔術師を引き倒し、そのままアーリィーのいる天幕まで駆けた。

「ジン殿!?」

何事かと驚くオリビアらは置いておく。今はお姫様優先だ！……おいおい、専用天幕前の見張りの近衛騎士が眠るように座り込んでいるじゃないか！

サボっている場合じゃ――いや、今は緊急事態かもしれないから、そのまま天幕に飛び込め！

そのまま中に入る。すると視界に黒いマントが入った。一種の変質者か、と思ったが、そいつの向こうに、お着替え中だったらしいアーリィーが胸もとを隠している姿と、その彼女を守るべくダガーを構えているネルケさんが見えた。

この侵入者、アーリィーの裸を見やがったのか!? 二重の意味で生かして帰さん！

俺は飛び込んだ勢いのまま、侵入者の背後から襲いかかる。全身に魔力をコート。喰らえ、魔力パンチ！

「ちっ！」

舌打ち。黒い奴が刹那で俺に対応した。カウンターでダガーが、俺の首を襲う。すっと音もなく首を掻き切る斬撃は、俺の左腕で阻止。肉を貫く鋭利な突きだが、俺を覆う魔力の壁が貫通を防ぎ、逆に弾いた。

この間、わずか一秒の攻防。攻撃を弾かれた黒い侵入者は下がったが、そっちはネルケさんがいて、彼女は瞬時に距離を詰めた。

王子付きメイドのネルケさん。彼女は王子警護のバトルメイドでもある。

ガキン、とダガー同士がぶつかる。またもや瞬きの間に、攻撃を防いだ侵入者の男。只者ではない。……とりあえず、レディーの部屋から出ろってんだ！

俺は魔力を伸ばし、男の身体を掴むと、天幕の外へと放り出した。

「ジン！」

ようやく声を上げたアーリィー。俺は一瞥《いちべつ》すると侵入者の男を対処すべく背を向けた。

「ここにいろ！　ネルケさん、アーリィーを頼みます！」

天幕の外へ。襲撃者を地面に叩きつけたつもりだったが、すでに男は身構えていた。

ここは近衛隊のキャンプ。周りは近衛騎士だらけだぞ……と思ったら、その騎士たちがいない⁉

おいおい、どこに行った？

『ジン、今お前どこにいる⁉』

ベルさんからの魔力念話が聞こえた。

『それはこっちのセリフだ。キャンプに敵が入り込んでいるぞ！』

『こっちはこっちでキャンプの外周だ。森からまた魔獣どもが出てきやがった。オリビアたちは、そっちに対応している』

くそ、森で振り切った奴らがこっちへ来たのか。ということは、この黒い襲撃者を俺が何とかしないといけないんだな。……というか、よく見たら、覆面なんかつけてやんの。怪盗気取りか？いや、アーリィーの命を狙う暗殺者だろうな。タルパかその上の奴が雇った。

周りで怒号や悲鳴が聞こえた。ベルさんが知らせた通り、魔獣の新手がキャンプに来ているようだ。

と、周囲の馬車や天幕の間を抜けて、ゴブリンが数体、姿を現した。近衛がゴブリンを通す？あまりに数が多いのか、こいつらがうまく間隙《かんげき》をすり抜けてきたのか。

ギャバババっ、とゴブリンどもが粗末な斧やダガーで、俺たちに向かってきた。そう、俺たち、だ。黒い襲撃者にも襲いかかるゴブリン。

ちっ、と黒い襲撃者が舌打ちした。魔獣使いがっ、と恨めしそうな呟き。どうやらこの騒ぎは、その魔獣使いとやらの仕業のようだ。そして目の前の男にとっても、この騒ぎは少々予定と違うようだ。

さて、俺はというと傍目には丸腰である。両手を前に出す姿は、さながら柔術家の構えのように映っただろう。ゴブリンたちは獰猛《どうもう》な目に歪な笑みを浮かべる。

だが残念。俺の手には、強力な武器が存在する。集めた魔力という可変武器が。

両手にまとう魔力。まず左の手のひらで、ゴブリンの突き出したダガーを横へ弾く。ついで右の手のひらを相手の顔面に向け、まとった魔力を放つ。見えない一撃となったそれは、ハンマーで強打したように、ゴブリンの身体を回転させて吹き飛ばした。

次の敵——斧を手にしたゴブリン、いや一回り大きな体躯は、ホブゴブリンだ。通常のゴブリンよりパワーと体格に勝り、ゴブリンと侮ると痛い目にあう。

俺は魔力の塊を想像。ホブゴブリンの足を塊に引っ掛けるイメージで、右手を振る。見えない塊が、後ろからホブの足を切り裂き、転倒させる。

迫り来る敵。俺はそれぞれの手にまとった魔力を操り、迎え撃つ。魔力の塊は、剣であり、ハンマーであり、盾となる。イメージとしては、見えない魔力のブロックを持って振り回している感じか。このブロックは相手の攻撃を弾き、時に打撃武器になり、時に刃物に変わる。

「灼熱」

魔力に熱をまとわせ、一閃。後続のゴブリンをその見窄《みすぼ》らしい服ごと切り裂く。

「ジン！」

アーリィーの声。見れば着替えを済ませ、エアバレットを手に天幕から出てきていた。

「後ろ！」

「ちっ——！」

俺の後方から、黒い襲撃者が斬りかかる。両手にダガー。とっさに右手の剣を壁に変化させ、一撃を弾く。

「ほぅ」

こいつにもゴブリンが向かっていったが、足止め程度にしかならなかったようだ。俺もこいつも雑魚を始末し、再び対峙。

「ジン！」

「下がっていろ、アーリィー……」

襲撃者は、十中八九、王子殺害を依頼された暗殺者。まあ、今のアーリィーは、俺の渡した防御魔法具のおかげで、たとえトラックにぶち当たられても死にはしないんだけどな。彼女を狙う刺客が矢や銃のような飛び道具で狙撃してきたとしても無傷だ。

とはいえ、この世に完璧なものはない。万が一ということを考えれば、アーリィーの行動や位置については気を配る必要がある。

襲撃者が一歩を踏み込んだ。それは瞬きの間に俺の懐に飛び込む。——速いっ！

とっさに身を引いてしまったが、おかげで斬撃が空を斬った。俺の喉もと数センチのところを！

またも喉かよ、あっぶねぇ！

襲撃者の連続攻撃。俺は魔力をまとわせた手でギリギリのところを弾いていく。小気味よい衝突音が矢継ぎ早に響く。めまぐるしいラッシュ。連合国で英雄やっていた頃を思い出して、アドレナリンが弾けてきた。

一旦仕切り直し！　俺は敵の攻撃を弾いたタイミングで、距離をとる。と、襲撃者は右手のダガーを放り投げてきた。迎撃——と、突然、そのダガーの軌道が変わり、肩透かしを食らう。

と、逸れたダガーの影に隠れるように、殺し屋が左手に持っていたダガーが飛んできていた。

思わず白羽どりできたのは、魔力を手のひらにまとっていたから。

「ほう、これも受けきるのか」

襲撃者が感心したように言った。俺の両手が挟みこんだダガー、その柄の先に細いワイヤーのものが伸びていて、襲撃者の手に繋がっていた。さっき軌道が変わったダガーもおそらく、そのワイヤーを引っ張って無理やり変えたのだろう。

「だが……！」

ワイヤーを電撃が走った。バチッ、と俺の両手がダガーから弾かれる。……弾かれただけで済んだのは、しつこいが魔力を手のひらに展開していたために威力を軽減させたためだ。

黒い襲撃者が加速する。電撃で痺れているだろう隙を狙ったのだろうが、ところがどっこい痺れてないんだよなぁ！

俺は右手の魔力を衝撃波に変えて打ち出す。真正面から突っ込んでくる殺し屋を壁に激突した虫のように潰してやる。

見えない一撃のはずだった。だが衝撃波を叩きつけた瞬間、襲撃者の姿がブレた。宙を切った衝撃波。

「ミラージュ・オンブル」

蜃気楼の影。幻影魔法——消えた襲撃者。だが魔法で消えても魔力までは——

魔力サーチ、そして魔力を見る目で、襲撃者の姿を探す。しかしサーチも魔力眼にも影も形もない。

逃げた？　いや、そんなに速く逃げられるものか。冷たい汗が流れる。気配を感じろ——っ！

「……ちっ！」

とっさに飛びのく。同時に魔法障壁展開。わずかに遅れて、空間から突然、刃が煌めき、先ほどまで俺がいた場所をすり抜けた。

「あぶねぇっ、間近にいやがった！」

魔力の索敵にも映らない潜伏魔法とは！　完全に姿を消せるじゃないか！　やばいな、コイツは……。

一瞬、風魔法で辺り一面をなぎ払ってやろうかと思った。姿が見えずとも、そこにいるなら、当たるはず。しかしキャンプの中心でそれをやれば、周りにも被害が出る。馬車が吹き飛び、外で戦っている近衛隊や、内側のアーリィーやメイドさんたちも。

「だったら、こっちも手数で相手をしてやろうじゃないか……！」

大ストレージ解放。ウェポンラック——遠隔魔法を付与、射出。俺の周りの空間から魔法の杖（ロッド）を六本、ショートソード六本を展開する。意思を持っているように、それぞれが浮遊し、俺の周りを固める。ロッドは頭上に、片手剣は周りに。

俺は再度、魔力眼を使用。視界の中に魔力を含んだ、あるいは覆われた物体などが浮かび上がる。だが、やはり襲撃者の姿は見えない。この間にも、俺に悟られずに仕留めようと、ゆっくり移動しているのだろう。

ここのところ、妙に擬装だの何だのので色々欺いたり欺かれたりだが、ひとつだけ共通していることがある。

見えないが、そこにそれは存在している、ということ。

視覚範囲の魔力の色を調整。つまり、本来は見えないほど薄めの大気中の魔力を鮮明に見えるようにする。

視界が一気に青に色づいた。違和感が増して、気持ち悪くなりそうな光景だ。だがそれで見えなかった魔力の流れが可視化できるようになった。

……不自然に魔力が分かれていく場所がある。相変わらず襲撃者は見えない。だが、魔力をかきわけているそれはこちらへと近づいている。

「ほら、そこだ！」

俺の土壁の魔法を使う。透明化している襲撃者の前に、高さ二メートルほどの岩の壁がせりあがる。とっさに後退したらしく、後ろの魔力が分かれた。

「ソニックブラスト！」

衝撃波の魔法を、岩壁にぶち込む。叩きつけられた風の一撃は、岩壁に直撃、それを破砕した。飛び散る無数の岩の欠片が、散弾よろしく襲撃者に襲いかかる！

「ぬっ……⁉」

「こいつはおまけだ！」

浮遊するロッドが、炎弾、電撃弾を襲撃者めがけて放った。慌てて逃げる敵だが、炎弾がかすめ、その身を隠していたと思しきマントが燃え上がった。

肉眼でも襲撃者の姿が露わになる。どうやらマントが透明化の魔法具だったようだ。……あの格好はポーズじゃなかったんだな。

「くそっ、やるじゃないか、魔術師が……。だが！」

襲撃者が何かを地面に叩きつけ、直後、ドス黒い煙が上がった。

「煙幕……！」

俺はとっさに浮かべていたショートソードを二本、襲撃者がいた場所へと放った。煙で身を隠して不意打ちしようというのだろうがそうはいかない！

「……⁉」

しかし手応えがなかった。空振り。奴はどこだ？　三度、魔力眼を使用。今度は魔力を普通に感知できるはず――。

いた。だが、襲撃者は俺に向かってきていなかった。そう、俺ではなく、奴はアーリィーに狙いを変えていたのだ。

とんでもない奴が護衛についていた。

サヴァルは、立ち塞がった若い魔術師に舌を巻いた。武器も持たず、素手で暗殺者と向き合いながら、こちらの攻撃を凌いでみせた。

こいつはできる——！

しかも切り札であるクローキングマントを使った潜伏からの襲撃にも対応してきた。あの複数の杖を浮かせて、遠隔操作する魔法……あれはヤバイとサヴァルは感じた。

ここが近衛隊のキャンプでなくて、依頼もなく、一対一で戦えたとしても、残念ながら相手をしたくない。そもそも時間もない。

魔獣使いが、近衛隊を引きつけていられる時間について、皆目見当がつかなかった。奴の魔獣どもが近衛隊を圧倒したとして、先ほどのようにサヴァルに牙を剥いてきたら、王子暗殺どころではなくなる。

実に不本意であるが、最優先攻撃対象である、王子を抹殺する。この稼業は、何より依頼の達成が優先される。

……ぶっちゃけ、王子が女だろうと関係ない。それが『王子』であるなら殺すのみ！

「お前を殺せば、それで終わりだ……！」

「殿下！」

メイドが二人、サヴァルの前に立ちふさがる。バトルメイド——魔術師と戦っている間に、王子の護衛が増えた。しかし、遅い！

するりと、武装メイドたちの間を抜けるサヴァル。その間にそれぞれを斬りつけ、さらに手にした二本のダガーを投擲。王子の前に入ろうとした武装メイドに刺さり、その足を止める。

「覚悟！」

サヴァルは腰から一振りの剣を抜いた。光を通さない真っ黒な刀身は細く、細剣《エストック》のように鋭い。これは毒剣だ。魔法金属でこしらえた特注の魔法武器。刺せば猛毒魔法が発動し、相手を溶かすように殺す。

アーリィーはエアバレットを撃った。クロスボウだと思ったサヴァルは、そこで見えない風の一撃に反応が遅れた。回避――だが左腕が巻き込まれ、引きちぎられるように吹っ飛んだ。

こんな子供のような奴に――！　しかしサヴァルは突進をやめない。いまなら刺せる。心臓のひと突きで王子を仕留める。仮にズレても刺されば猛毒でおしまいだ。

痛みも左腕を失った後悔も後でいい。殺す、殺す、殺す――！

少女のようにも見える王子、いや少女だ。その翡翠色の目と重なる。一瞬、怯えが見えた。だが恐怖を捻じ曲げ、果敢に立ち向かおうとする者の目だと理解した。恐れを乗り越えようとする者。成長したら、さぞいい戦士になれたかもしれない。だがその機会はない。今、ここで――。

すでに至近距離。加速の勢いのまま、剣を突き出せば、王子の胸を貫いて。

光がサヴァルの眼前をよぎった。右腕に衝撃がきて、剣先がぶれた。さらに右足、左足と立て続けに殴られ、いや千切られたような衝撃を受けてバランスを崩す。

何があったか？　一瞬の浮遊感と、直後にやってくるだろう地面との激突。だがその前にサヴァルは目を見開く。

アーリィー王子は魔法武器らしいクロスボウをサヴァルに向け、引き金を引いた。

一撃――だがサヴァルの意識が消えなかったのは、胸に忍ばせた魔法具、命の護符のおかげだった。効果は、一度だけ胴体への致命傷的ダメージを防ぐというもの。つまり、護符がなければ即死だった。

だが、次の瞬間、サヴァルは右の横腹に強烈な体当たり同然の突撃に襲われる。身体をえぐられる。肉が切り裂かれ、骨が砕かれるのを感じながら、サヴァルは意識が消えていく。

ああ、またしても奴か――サヴァルが心の中で呟いた時、六本目のショートソードが彼の身体を貫いた。

初心者ローブマントの若い魔術師。それが操る浮遊する剣を刺され、サヴァルは死んだ。


襲撃者が、アーリィーに迫ったその時、俺は遠隔魔法で操る、ロッド六本に側面からの電撃弾を叩き込ませて、襲撃者の手足を奪った。

あとは、奴の右側から遠隔操作したショートソードを思い切り加速させて、衝撃と刺突のダブルコンボ×六をぶつけて、アーリィーへの衝突コースから弾き出した。

英雄魔術師時代に使った、遠隔武器による全方位攻撃、というやつだ。最近使ってなかったが、覚えているものだな。

戦闘は終了した。

オリビアたち近衛隊も魔獣の集団を退けたようだ。

俺は、アーリィーの前に立つ。金髪の少女王子は、どこか呆然とした顔だった。命を狙われたショックだろうか。心ここにあらずといった感じだ。

「大丈夫か?」

怪我はないはずだが、俺が聞いてみれば、彼女はその翡翠色の目を向けてきた。

「ボク、初めて人を撃った」

「……さっきの殺し屋か」

「うん」

アーリィーは頷いた。

「……少しは、王子らしく振る舞えたかな?」

初陣は、反乱軍騒動。お飾りとはいえ総大将として、戦場に赴いたというアーリィー。実際に人と剣を交えることはなく、ただ兵たちが戦って死んでいくのを見た。戦いは王子軍の敗北に終わり、撤退の最中囚われた彼女。実際に武器を手に、『人間』に立ち向かったのは初めてだったのだろう。

俺から言わせてもらえば、正直逃げてもよかったと思う。それは俺が、アーリィーが女の子であることを知っているからなのかもしれない。

だがアーリィーは王子として振る舞う上で、敵に背を向けることが恥ずべきことだと思い、恐怖を押し殺し踏みとどまったのだ。……かすかに震える彼女。一生懸命に耐えるその可憐《かれん》な顔。

「アーリィー……」

俺は、そっと彼女を抱きしめた。小さく震えているその背中を優しく叩いてやる。

「頑張ったな」

「……うん」

思わず泣きそうになるアーリィー。だがその前に、ゴホンと、わざとらしい咳払いが足元からした。

黒猫姿のベルさんが、横目で俺たちを見上げてくる。

「オイラしかいない場ならいいけどさ、他にも見ている連中がいることを自覚したほうがいいぜ、お二人さん」

あ……。俺は思わずアーリィーから身体を離した。

怪我をしたネルケさんやバトルメイドを手当てする別のメイドさんたち、そしてオリビアと数名の近衛騎士たちが、ポカンとした表情で俺たちを見ていた。ビトレー執事長は困った顔をしている。

アーリィーは慌てて目元にたまっていた涙を拭い、俺に背を向ける。

「も、もう、ジン。ボクを子供扱いしないでくれ！　こ、これでも王子なんだぞ、ボクは！」

「あ、ああ。すまない。つい、な」

「つい、で抱きつくな！　まったく……」

拗ねている子供のようにそっぽを向くアーリィー。うむ、ちょっと迂闊だったと俺も苦笑。まあ、無事でよかった、本当に。

その時、「魔獣！」と警戒の近衛騎士が叫んだ。

見ればラプトルが一頭、人を乗せて駆けていた。こちらから逃げるように。ひょっとしてその背中に乗っているのは、襲撃者が口走った『魔獣使い』か！

足の速さに定評のあるラプトル。みるみる小さくなっていく。

「オリビア隊長、後を頼みます！」

逃がしてたまるかっての！　俺は魔法車に飛び乗る。黒猫姿のベルさんもひょい、と専用席についた。

アクセル全開、キャンプ周りの天幕やフォレストリザードの死骸を避け、魔法車は逃げるラプトルを追尾する。

下手な乗用車並みに足が速いラプトルだが、魔法車の最高速度を振り切れるかな？　かなり離されていた距離が少しずつ縮まっていく。

「さあ、ジンよ。あいつはどこへ逃げると思う？」

ベルさんの言葉に俺は笑みを深める。

「敵の親玉のところまで……だったらいいんだけどね」

望み薄かな？　しかし、今の所、アーリィーの暗殺を企む者にたどり着く手がかりではある。ここで吹っ飛ばすのは、もったいないかな。

「頼めるかい？」

「あいよ」

相棒が頷いた。俺は天井、ルーフの開閉ボタンを押す。

「じゃ、頼んだよ、ベルさん」

身も軽く飛び上がった黒猫の姿があっという間にルーフの向こうに消える。俺はハンドルを切り、方向転換。逃走するラプトルの追跡を止めて、帰途についた。


キャンプに戻る。魔獣と一戦をやらかした後だが、無事だった近衛騎士たちが周囲を警戒していた。

俺が魔法車で戻ると、中央の王族専用馬車の元への道を開けてくれた。救護用の天幕が作られていて、戦闘による負傷者が近衛の治療士による手当てを受けていた。

車を馬車の近くに停めて降りると、アーリィーと、執事長のビトレー氏、メイドのネルケさんがやってきた。

「ジン！　さっきの逃げた奴は？」

「ベルさんが追っているよ。大丈夫、始末をつけてくれるよ」

それにしても――俺は口を引き結ぶ。アーリィーの後ろにいるビトレー氏とネルケさんが少々怖い目を向けてきているのだが……？

「ネルケさん、お怪我のほうは……？」

先ほどの襲撃者に立ち向かったメイドさんたちが攻撃を受けたのは見ていた。ネルケさんは、投擲されたダガーを防いだのだが――。

「ご心配には及びません、ジン様。すでに治療は済んでおります」

冷静そのものの返事だった。いついかなる時も冷静、というのがこの人の長所であり、魅力でもある。まさにできる女！　である。格好いい。

「ジン様、お話をよろしいでしょうか？」

普段から落ち着いているビトレー執事長だが、本当に目がこれ以上なく鋭い。嫌な予感。アーリィーも何故か「ごめん」と小さくなっている。

断る理由も思いつかず、了承すれば、ビトレー氏は、王族専用馬車へと俺を導いた。

要人の移動中の会談にも用いられる王族の馬車は、遮音魔法がかけられていて、中の会話が外に漏れない作りになっている。つまり……誰にも聞かれたくない内容の話ということだ。

ということで、四人で馬車に乗り込み、秘密会談。ビトレー氏が切り出した問いは、単純なものだった。

「ジン様は、アーリィー様の性別の件をご存じなのですね？」

ですか、ではなく、ですね、だった。

先ほどの黒い襲撃者は、アーリィーが着替えている場に乗り込んできた。アーリィーが王子だが、実は女の子という秘密を知られてしまったわけだが、襲撃者は俺の手によって始末されたため、情報が漏れることはなくなった。

だが、問題は、彼女を助けるために俺もまた天幕に飛び込み、アーリィーの中々立派なお胸を見たことだった。……いや待て、そんな一瞬でじっくり見ている暇などなかったぞ？

ともあれ、着替え中に、部外者が王子の秘密を知ったのは一大事。ネルケさんから話を聞いたビトレー氏も色めき立ったが、そこでアーリィーが俺を弁護してくれたらしい。

……が、その弁護によって、俺が以前からアーリィーの本当の性別を知っていたことを二人に知られてしまうことになった。

「最初に会った時から、女の子であることは知ってました。……反乱軍に乱暴される寸前でしたから。逆に、王子であると知ったのが後でした」

俺は正直に答えた。反乱軍からアーリィーを救い出し、王都まで送ったことをかいつまんで説明する。

「俺がアーリィーの性別について、誰かに言うことはありません。何せ、彼女は俺の秘密を知っている……バラされれば身の破滅なのは、俺もアーリィーも同じです」

まあ、秘密といっても、光の掃射魔法バニシング・レイで二千もの反乱軍を一撃消滅させたのが俺だということなんだけど。……この大魔法で、俺がかつての連合国の英雄魔術師、ジン・アミウールだとバレたら、色々と面倒なことになるのだ。

「そのジン様の秘密とは？」

「言えませんよ。言ったら貴方を殺さなくてはいけなくなる」

俺は自身の首を掻き切る仕草をビトレー氏にしてみせる。

「では、アーリィー様は、ジン様の秘密を知っている。……アーリィー様には大変ご不快な発言をいたしますが、殿下を消してしまおうとは思わなかったのですか？」

「消す？　アーリィーを？」

そんな馬鹿な。俺が罪もないお嬢さんを殺すなんてするはずがない！　と、言ったところで信じてもらえるか微妙なので言葉を変える。

「そんなことをしたら、俺はこの国のお尋ね者になってしまいます。これでも、のんびりした生活をしたくて、ここに来たんです。自ら墓穴を掘りたくはないですから」

互いの秘密を知ったことで、それを利用して最悪を回避した――とでも理解してもらえないかな？

「最善は、お互いが秘密について見なかったことにして、だんまりを決め込むこと」

「ジンは、信頼できるよ」

アーリィーが俺の肩を持った。

「もし彼がボクを利用したりする人間なら、とっくにボクは暗殺者に殺されていた。彼の働きを褒め、報償を出すことはあっても、罰するなんてもっての他。ジンはね、ボクの命の恩人なんだよ」

ビトレー氏とネルケさんは押し黙る。わずかなアイコンタクトが交わされた後、二人は揃って頭を下げた。

「御意にございます、アーリィー様。ジン様、ご無礼をお許しください」

「いえ、あなた方の立場なら疑って当然です」

ひとまずは、安心かな？……まあ、今後監視されるようなこともあるだろうけどね。

俺たちは、その日のうちにボスケ大森林地帯を離れた。

本当は当地で一晩キャンプの予定だったのだが、暗殺者の襲撃があったことから、第二、第三の手の者が現れるのを警戒し、場所が割れている森林から離れ、王都への帰路についたのだ。

アーリィーを助手席に乗せ、俺は魔法車を運転。本当なら楽しいドライブになるはずだったのだが、またも命を狙われたことで彼女は落ち込んでいるようだった。

君のせいじゃない。

そう何度も言葉が出かかったが、結局、俺は何も言えなかった。何を言っても、アーリィーが命を狙われる理由は『王子だから』というところに行き着く。そしてその王子であることは、彼女自身が望んだことではない。

逃れたくても逃れられないもどかしさ。言っても仕方のないこと。それらを抱えて、行き場のない苦しみをアーリィーは噛み締めている。

何で！　どうして⁉　そう叫んでもいいんだよ。

本当は今すぐ抱きしめてあげたいところだが、周囲の目もあるからそれは自重。泣きたい時、苦しい時、黙って受け止めてくれる人がいることが、どれだけありがたいことか。

女の子の前で、別の女性のことを考えるのはよくないとは思いつつも、この世界にきて間もないころ、とある女性から慰めてもらったことが脳裏をよぎった。

言葉はいらない。ただ抱きしめるだけ。それがどれだけ温かく、心に抱えていたものを吐き出させ、流してくれたことか。

それにしても許せないのは、アーリィーを殺そうと暗殺者を差し向けてきた奴だ。こいつは、ぜひお礼参りしたいところだ。

夜がきて、王都と森の中間地点でキャンプを形成、一晩を過ごすことになった。

そんな中、俺の元に魔獣使いを追っていたベルさんから魔力念話が届いた。

『魔獣使いは、アジトまで逃げ込んだかい?』

『奴は死んだよ』

ベルさんが淡々と答えた。死んだ……ああ、そう。

『ベルさんが始末したのかい?』

『まさか。雇い主の部下に始末されたよ。元から用が済んだら殺すつもりだったんだろうなぁ……』

ろくでもない雇い主だな。……いや、それだけヤバい仕事だったってことだろう。王子の暗殺。

口封じということか。

『それで、その雇い主ってのは誰かわかったのかい?』

『あぁ。……アーリィー嬢ちゃんの暗殺を企んだのは――』

ベルさんが低い声ではっきりと言った。

『――この国の王、エマン・ヴェリラルド王、その人だ』

国王、だと……?

聞き間違いかと思った。俺は雷に打たれたような衝撃を受ける。

何故なら、その国王とは、アーリィーの実の父親だったからだ。

書き下ろし番外編

使い魔と家庭訪問

黒猫姿の相棒が、教室の外を眺めていた。

アクティス魔法騎士学校、最上級学年の教室。俺、ジン・トキトモは、アーリィーの隣の席で授業を受けつつ、机の上にちょこんと座る黒猫――ベルさんに魔力念話を送った。

『どうしたんだい、何か見えるか？』

『中央棟の屋根』

ベルさんは視線を動かさず、返事をした。

『鳥がいる』

『鳥……？』

思わず、俺もベルさんの向いている方へ視線を投げかける。

『カラス、か？』

『魔力で見てみ？　なに弱い程度でいい。あいつの目、光ってるぜ』

ベルさんに言われた通り、大気中に漂う魔力を見ることができる魔力眼を使う。あまり強くすると、漂っている魔力で視界がおぞましいことになるので、うっすら見える程度に補正。……へぇ、確かにカラスの目が淡くオーラをまとっているように光っている。

『あれ、魔物の類いじゃなかったら使い魔だな』

魔術師や魔女が使役する小動物や精霊、悪魔の類い。ファンタジーでは割とお馴染みなやつだが、この世界では実在する。

『……こっち見ているな』

『ああ、使い魔だとしたら、たぶん、あれの主が今、こっちを見ているってことだ』

『――刺客か？』

俺は眉をひそめる。俺の隣にいる金髪の王子――アーリィー・ヴェリラルドはこの国の王位継承権を持っているが、実は女の子。そして彼女は、今、何者かに命を狙われているのである。

学校の魔法騎士生徒や、アーリィーの身の回りの世話をするメイドの中に暗殺者やその仲間がいた。ひとまず制圧したから、当面、学校での安全は確保したと思ったのだが……。

『まあ、監視役くらいは他にいてもおかしくないよな』

そう念話で呟いた矢先、カラスらしき鳥は翼を羽ばたかせて飛び去った。

『行っちまった……』

ポツリと漏らすベルさん。

『追いかけるか？』

『いや、いい』

どうせ、どこかで誰かが見ているものだ。向こうさんもこちらが気づいたと思ったから使い魔を引いたのだろう。わざわざ、こちらを見張っているという行為を露呈してくれてありがとう。

「ジン」

隣の席で真面目に授業を受けていたアーリィーが、俺の肘を自らの肘で突いた。

金髪翡翠色の瞳の王子様……は仮の姿。正直俺の目には、もう美少女にしか見えないアーリィーは、そっと教室の一点を指し示した。

「……彼女、またこっち見てるよ」

「おやおや……」

さすが美形のお姫様、もとい王子様。皆の注目の的ですな……っと、こっちを見ていたのはクラスでも一、二を争う美少女生徒のサキリス・キャスリング。キャスリング伯爵家のご令嬢だが、剣の実力はボリューム感ある金髪に、気の強そうな顔立ち。キャスリング伯爵家のご令嬢だが、剣の実力は学校でもトップにあるという優等生だ。ついたあだ名が、クィーン・サキリス。相変わらず、大きな胸。成績もさることながら、外見もパーフェクト。抱きたい、と直球で邪な感情を抱かせるくらい魅力的だ。最初は貴族特有の傲慢娘かと思ったが、意外とそうでもないとわかってきたから特にね。

俺の視線に気づいたサキリスが慌てて、視線を正面——講義をする教官へと向いた。傍目にはそっぽを向いたように見えるが、あれは恥ずかしくなってとっさに視線をそらしてしまったと見たね。

俺はあんな美少女から、デートを取り付けることができたのだ。可愛いよねぇ、ほんと……。

「ジン……」

アーリィーが何故か頬を少々膨らませている。何か気に障ったかな？　俺がクラスの美少女をじっと見ていたから嫉妬しているのかな？

やだなぁ、王子様。俺と君の関係だよ。クラスの女子を見ていたって何も問題ないじゃないか——とは言わず、じっとアーリィーの顔を見つめた。するとその視線に耐えられなくなったらしく、顔を赤らめてノートに目を落とす男装王女様。

……可愛いよね、ほんと。

「監視、ですか？」

アクティス魔法騎士学校敷地内にある青獅子寮、その脇にある庭でオリビア近衛隊長は首を傾げた。

艶やかに伸びる長い赤い髪、凛とした顔立ちの生真面目な近衛騎士。オリビアは初めて会った頃は警戒心剥き出しだったのだが、今ではすっかり慣れて柔和な表情も見せる。俺は助っ人護衛なのだが、彼女は俺のことを目上のように対応する。実力で上下関係ができてしまった感じだ。もちろん俺はオリビアを下と思ってはいないけど。

「カラスに見えたが使い魔だと思う。授業中、外から見張られていました」

「近衛ではありませんね」

オリビアは背筋を伸ばして、きっぱりと答えた。

「アーリィー様を狙う刺客がいるということでしょうか？」

オリビアら王子付き近衛の仕事は、アーリィーの警護である。

「そう考えるのが普通ではある。だから用心は必要だと思います」

「当然です。空への監視にも念を入れさせます！」

「お願いします」

何かあってからでは困るからね。言うまで無警戒だったというのも洒落にならないので、気になったことがあれば即連絡や相談はする。これぞまさしくホウレンソウ――報告、連絡、相談である。

「それで、オリビア隊長。最近何か不審者とか、そういうのはありましたか？」

「不審者ですか……？　そういえば、女子生徒が一人、寮の敷地周りをうろついていたと報告がありました」

「女子生徒？」

「ええ、どうも寮の様子を窺おうとしていたようで……。部下が声をかけたら、立ち去ったとのことですが」

「……そういうことって、ここでは珍しいのか？」

ベルさんが聞いた。オリビアは首を横に振った。

「いえ、さすがに最近ではそういうのはなかったのですが……」

王子専用寮の周りを用もなくうろつくというのは考えにくい。だが王子様であるアーリィーと何とか接点を持ちたい女子が近くにきて、でもやっぱり訪ねられなくて、というパターンもあるかな、と思ったが……。

「なるほど。ちなみに誰かわかります？」

「はい、確か、キャスリング伯爵家のご令嬢だったかと」

キャスリング……サキリスか！　彼女がうろついていた？　ベルさんがニヤリと口もとを歪めた。

「何とも怪しいじゃないか」

「……」

「お前さんのことをチラチラ見てるしなぁ」

「あれは、俺に気があるからだろ？」

何せデートの約束を交わした仲だぞ。……あれ、そうすると彼女が徘徊していたのは、俺目当てってこと？

「そうなのですか……？」

オリビアは何とも言えない表情になった。いや、そんな迷惑そうな目を向けないでくれよ、ドキドキするから。

「むしろ、アーリィー絡みじゃないなら、近衛にとっては万々歳だと思いますが」

「それは……そうなのですが」

「何です、もしかして嫉妬ですか？　隊長も俺に気があったりとか？」

「な⁉　か、からかわないでくださいよ」

オリビアが気恥ずかしそうに顔を背けた。

「赤くなってる」

「やめてください。そういうの、慣れてないんですよ――というかですね、ジン殿。あまり年上の女性をからかうものではありません！」

説教を垂れても、赤面顔のオリビアだ。せっかくのお言葉も右から左へ抜けていく。そもそも、見た目はこれだけど、実際は俺のほうが年上なんだよなぁ。

「おいおい、ジン。あんまりオリビアをいじめるなよ」

ベルさんが嗜めるが、口調はどちらかといえば面白がっている風に聞こえる。

「それよりジン、気をつけろよ。サキリスの行動――お前さんをダシに、本当は王子様に近づくのが目当てかもしれない。警備の人間に近づくってのは暗殺する奴の常道《じょうどう》でもあるぜ」

そういえば、ボスケ大森林地帯への遠征の時も、何とも言えないタイミングで話しかけてきたもんなぁ。あわよくば、一緒に行きたいとさえ言っていた。

アーリィーを暗殺しようとする連中の仲間かも、と一瞬疑い、しかしそれはないかと思ったのだが、そういえば確たる証拠はないわけで。

こりゃデートにかこつけて、彼女を探るべきかもしれないな。

「……おい、ジン」

ベルさんが、青獅子寮の周りを囲む林、その一点を凝視する。

「噂をすれば……」

「サキリスか?」

「いや、違う。例の使い魔だよ」

え、どこよ――俺も目を凝らす。その瞬間、バサバサと学校でも見たカラスもどきが慌てて飛び去るのが見えた。

「あ、逃げた」

「……ジン殿、今のが覗いていたという使い魔ですか?」

点ほどの小ささになっていく鳥の姿を眺め、オリビアが眉間にしわを寄せた。

「だとすれば、学生の線が強まりましたね。あれは学校の所有する使い魔ですよ」

「学校の？」

「はい。魔法授業の備品という扱いで、記憶が確かなら教官の許可があれば貸し出しもしているはずです」

「よく知ってるな」

ベルさんが関心したようにオリビアを見上げれば、彼女ははにかんだ。素敵な表情！

「近衛ですから。アーリィー様が在学前から学校側の確認はしています」

なるほどね。学校の備品か……。俺は口もとに手を当てて考えるふりをしながら笑みをかみ殺す。真面目なオリビアのはにかみに、思わずニヤニヤが止まらなかった。

だが敢えて、こちらも真面目さをアピール。彼女はナンパなタイプが嫌いなようだから。

「じゃあ、教官に当たれば、誰があれを使っているかわかるかもしれないってことか」

「ジン殿、よければ近衛で調査させましょうか？」

オリビアが申し出た。俺は首を横に振る。

「近衛が行けば目立つでしょうから、俺が行きますよ」

行こうかベルさん――ということで、俺は黒猫を肩に乗せて、魔法騎士学校へと向かった。


使い魔を管理しているなら、高等魔法授業を担当する魔法科の教官だろうとあたりをつけ、俺とベルさんはそちらを訪ねた。

ユナ・ヴェンダート。表情に乏しいが整った顔立ちの教官だ。三角帽子の下には綺麗な銀の髪。二十代前半。俺から見ると小柄な彼女だが、その豊かに実ったお胸様は立派のひとこと。ここ最近出会った美女たちの中でもダントツの巨乳である。

「使い魔？」

不思議そうに小首をかしげるユナ教官。俺は頷いた。

「ええ、ここで取り扱っていると聞いて」

何せ、魔法騎士を養成する学校である。騎士としての戦技や魔法のほか、魔術師らの扱う様々な魔法や魔法具についても学ぶことができる。

「これでも魔術師の端くれなので」

さも興味があります、という感をにじませる。まあ、本音を言うと、使い魔云々なんかほっぽり出して、その大きなお胸様のほうが興味あるんだけどね。

その吸い込まれそうなお胸から目線を外せば、ユナ教官はやはり怪訝さを露わに言った。

「もう君には使い魔がいるようだけれど」

その視線が黒猫――ベルさんへと向く。その黒猫さんは黙ってニヤリと笑顔を返した。……何とも白々しい顔だ。うぜぇ笑みである。

「だからこそ、この学校ではどういう使い魔を扱っているのか知りたくて」

「……わかったわ」

ユナ教官は、相変わらずの無表情さで応じた。淡々としていながら、その身体は低身長ながら出るところが出ているので、誘っているわけでもないのに性的なんだよね……。

貸し出ししている使い魔を見せてもらう。ネズミに黒い猫――おやまあ、これは。思わず魔力念話に切り替える。

『ベルさん、兄弟がいるぜ？』

『ひでぇな。こいつとオイラじゃ毛並みが違うだろ？』

『そうかい、どれも同じに見えるな』

『お前さん、猫を飼ったことはないのかい？』

『猫の姿をした友人はいるが、ペットを持ったことはないね』

『ありがとよ』

皮肉げに言いながら、ベルさんはトコトコと室内を勝手に歩き回る。俺は教官を見る。

「飛ぶタイプはありますか？」

「扱いが難しいけどあるわ」

そう言うと、一度奥の部屋に引っ込むユナ教官。少しして、彼女は腕と肩に鳥型の使い魔を乗せて戻ってきた。……フクロウに、ハトか。

「これで全部ですか？」

「……何か目当ての子がいるのかしら？」

逆に質問された。ふむ……。

「そうですね、カラスとか？」

「黒いものが好み？」

「ええ、まあ」

適当にボカす。ユナ教官は使い魔たちを移動させると、机の上に積み上がった本や紙束を漁りだした。普段から机の上をちらかしてしまうタイプだなこの人。

「鷹とかカラスはいたけれど……」

机の上を漁って、前屈みになっているせいか、ユナ教官の豊かな胸とその谷間が、ちらつく。

……いいぞ、そのまま――思わず俺も前屈みになりそうなところで、教官は目的のものを見つけた。

「カラスの使い魔は貸し出されているわね――今、何かしようとした？」

「いえ……何も」

無意識のうちに顔が、ユナ教官のお胸に吸い寄せられていたようだ。危ない危ない。恐るべき引力が働いているに違いない。

「コホン……誰が借りているかわかります？」

「……どうしてもカラスが見たいの？」

いやどうしてもって、そういうわけじゃないんだけど……。否定するとかえって理由が苦しくなるので、俺は営業スマイル。

「ええ、カラス大好き」

ぷぷっと、ベルさんが吹いた。わかってる、俺も心にもないことを言ったよ。鳥の使い魔より、美人さんのほうがもっと好きです。

「今借りているのは――サキリス・キャスリング魔法騎士生ね」

「サキリスが？」

わぉ、世間は狭い。というか、なんでここであの娘の名前が出てくるんだ。

「彼女が使い魔を？」

「使い魔を使う練習。それ以外に何があるというの？」

無表情なのだが、心なしか睨まれているような。まあ、そうだろうね、学校の備品を借りるとなると、普通はそうだよな。まさか覗きに使うなんて理由で借りられるはずもない。

「どうも、ありがとうございます。……彼女に聞いてみます。それで教官、もしよろしければこの後――」

ゲフンゲフン。一際わざとらしい咳払いをしてベルさんが退出しようとする。はいはい、俺は教官にお礼を言ってその場を後にした。……夕食前だけど、お茶くらいいいじゃないかよ、ベルさん。

「どうする、ジン。あのお嬢様、マジで怪しいぞ」

「カラス型の使い魔をレンタルしている」

「そのカラスは昼間、オイラたちを見ていた」

「放課後、青獅子寮に戻ったところもな」

「そしてそれを借りているサキリスは、以前に青獅子寮を覗こうとして近衛に見つかってる。……何もないわけがないぜ、こりゃ」

ふむ、状況証拠は彼女がクロだと言っている。しかし問題は――。

「サキリスが何を見ていたか、だ」

使い魔を使って監視していたのは確かだろう。だがわかっているのはそれだけ。そこで見ていたのが、アーリィーだったのか、はたまた俺だったのか……。

「それは、ちと自惚れが過ぎね？」

「ひどくね？　俺とサキリスはデートする仲だ！」

「まだしてないだろ」

「これからするんだよ。……近いうちにな」

実際、いつか決まってないだけで、双方ＯＫなんだ。

「……とはいえ、最近の、アーリィーの命を狙う奴らの件もある。彼女がシロだという証拠もないし、いい機会だから探る必要がある」

「異議なし。それでどうするつもりだ？」

ベルさんが聞いてきたので、俺は校舎の窓から見える、学生寮が立ち並ぶ一角を眺めた。

「家庭訪問ってのはどうだ？」


「えぇ……」

そう、心底嫌そうな声を上げたのはオリビア隊長だった。堅物に見えて意外に表情が出るのが、可愛く思える。

「これから、魔法騎士学校の女子寮へ行くんですか？」

「そうです」

事情説明はした。クラスメイトであるサキリスは、学校の女子寮で生活している。国中から生徒が来ているので、全員が寮生活なのだ。

「あの、ジン殿、ご存じだとは思いますが、学校の女子寮は男子禁制です」

「ええ、知っています。聞きました」

男子禁制の女子寮……。うん、何かこう妄想が捗るね。

実際、若い男女がいれば、不純異性交流のひとつも起きてもおかしくない。だが貴族の子らがいる以上、何らかの間違いがあった場合、貴族間闘争や流血沙汰に発展する可能性が高い。男子は女子寮に、女子は男子寮に入ってはいけない規則となっている。……貴族生徒が平民出の生徒に卑しい行為をさせたりとか、マジでありうるため、この規則は絶対である。

ちなみに、もし貴族の子がやらかしてしまった場合は、全貴族に名前が公開されるルールとなっているため、家の恥とならぬよう軽率な行為は慎むようにときつく言われるらしい。なお、平民が貴族の子相手にやらかしたら、冗談でもなく首が飛ぶ。

「ちょっとお部屋を覗いてくるだけですよ」

「いや、しかし……」

「これが終わったら、あなたの部屋も行ってあげますから……」

「はいぃ？　どうしてそうなるんですか⁉」

オリビアが頓狂《とんきょう》な声を出した。

「いや、てっきり俺に部屋に来てほしいからそんな顔をしているのかと……」

「か、からかわないでください」

少々顔を染めてらっしゃるオリビア。割と本気なんだけどな。

「それはともかく、別に性的な目的があって女子寮に行くわけではありません」

「当たり前です！　あったら退学どころではすみませんよ！」

オリビアが声を張り上げた。妬かない妬かない——と言ったら怒られるので、俺は真面目ぶる。

「アーリィー殿下の御身の安全のためです。怪しい行為を放置していて、後で事件になっては遅い……違いますか？」

王子付き近衛である。護衛任務は何に置いても優先される。

「しかし、あまりいい手とは言えません。キャスリング伯爵家のご令嬢ですよ？」

「だから、俺とベルさんで、こっそり忍びこもうってんでしょ？」

そうなのだ。男子禁制の女子寮に行くというだけで問題なのに、サキリスの部屋にお邪魔して、彼女の魂胆を突き止めるなんて、バレたら大問題だ。

「状況証拠だけで近衛が動いて、何もなかったら、キャスリング伯爵家から抗議もの。……そういう状況に備えて密かに調べるんです」

「……」

オリビアは難しい顔をして腕を組んでいる。生真面目な性分の彼女だ。不法侵入をして、証拠を掴むという行為を好ましく思っていないのだろう。

「アーリィー殿下のためです」

ぼそっ、と悪魔の囁き。オリビアは首をがくりと垂れさせた。

「……わかりました」

「結構。では、女子寮に行って、サキリスを連れ出してもらっていいですか？」

「私が、ですか⁉」

だからあなたに声をかけたんですよ！　ということで打ち合わせである。


オリビアが女子寮に赴き、リキリスを誘い出す。口にすると実に簡単だが実際にそれをやるとなると、なかなか手間かもしれない。

かもしれない、というのは、オリビアはそれをあっさりと成し遂げたからだ。俺とベルさんは透明化の魔法をかけ、オリビアが女子寮の生徒らの注意を引いている隙に中へと侵入を果たした。

女子たちの楽園。何か華やかな匂いでも……と思ったら、香水の匂いが凄い。……これはちと、強すぎやしませんかねぇ。

「やべぇな、これ」

ベルさんも嫌そうな声を出した。

「ここの奴ら、こんなきっついニオイの中、よくも平然としていられるな」

「嗅覚ってのは案外弱いんだよ」

「だから？」

「この匂いになれちまった人間には、案外その匂いに気づかなくなってる」

だから余計に香水をかけて、周囲に強烈な刺激臭をバラまいているのに気づいていない人間もいる。満員電車でそれをやられるとたまったものじゃない。……と昔のことはおいておこう。

女子生徒と何人かすれ違う。ここで男子がいるとバレれば相当な大騒ぎだが、透明化はきちんと効果を発揮しているようだった。

魔法で姿を消しているとはいえ、身体はそこにあるわけだから、女子生徒との接触は全力で回避。何せ向こうはこちらが見えていない。俺としては接触も構わないんだけどね。でも騒ぎはごめんだ。

とても綺麗な白塗りの寮内。シックな木目の床、どこかホテルのようにも見える飾りや家具がある。人が見えなくなってから、思わずポツリ。

「この寮は貴族生徒専用らしいから、お風呂があるって話だ。……誰か、真っ裸で歩いていたりしないものかな」

「ねぇな」

ベルさん、無情。いくら女子しかいないとはいえ、貴族の娘がそんなはしたないことをするはずがない。いや、女子だらけだと案外だらしないっていうのないかね？

『……気をつけろ』

ベルさんが念話に切り替えた。

『次の角、来るぞ』

オーケー、そっと壁にはりつくようにやり過ごす。女子生徒が通過――。

『……！』

『シッ』

静かに、とベルさんの声。女子生徒二人組が通過。

「――もう、あんたの魔法の練習には付き合わないからね」

「えー、そんなー」

「まったく、どうしてくれんのよ、制服――」

『……』

つう、か……っと。スタイルのいい肌色の肢体が、お尻をふってる。真っ裸！　いや、ほんと、何があった？　一応、タオルを持っているけど隠しきれていない。ちょっと油断し過ぎじゃありませんかねぇ。

「わぁお……」

「よかったじゃないか。ラッキースケベ」

ベルさんが皮肉った。俺をまだ去っていく二人組から目が離せなかった。

「ああ、すげぇなここ。壁になりたい」

「よかった。床になりたい、じゃなくて」

「ローアングラー？」

「踏まれて喜ぶイタい奴」

「二重の意味で痛いな、それ」

階段を上がり、寮の三階へ上がる。貴族生専用寮だけあって、この寮の生徒たちは全員個室が与えられている。しかも隣に小さいながら従者が一人住める部屋もついている。何とも贅沢仕様だ。

ま、忍び込む側としては個室ってのはありがたい。ルームメイトがいないわけだから、部屋の主が留守ならそこは空っぽのはずだ。……従者がいたら、その時は仕方ない。騒がれる前に即お眠りいただこう。

「さて、部屋に鍵は――」

ドアノブを握るが、しっかり鍵がかかっていた。同時に、無人であるのを確信。

魔法で解錠を試みる。……ん？

「早くしろよ、ジン」

急かすベルさん。

「開かない。……対魔法加工かな？」

「けっ、さすが貴族様のお部屋の鍵ってか。どうする？　ぶち壊すか？」

「跡が残ることはしたくないね」

俺は革のカバン――ストレージから、魔法具『マスターキー』を取り出す。

なおミリタリー界隈では、マスターキーと言えばドアノブごと破壊するショットガンのことであるが、今回取り出したのは鉛筆ほどの大きさの棒。スライムよろしく形を変化させることができる代物で、鍵穴に挿入すればその形に変化、合鍵が出来上がるという寸法だ。

「……開いた」

マスターキーは見事に役割を果たし、ドアを開ける前に通路に人がいないのを確認。そして部屋に侵入した。女の子のお部屋へ、いざお邪魔しまーす。

わ、天蓋付きのベッド！　お姫様かよ。奥にはカーテン付きの大きな窓があって、夕焼け空が見えた。

家具にはファンシーな飾り付け。しかも中々広い。壁に大きなクローゼットが並んでいる。きっと貴族だから学校の制服以外にもいっぱい服を持っているんだろうな。

「見たところ、使い魔はいないな」

例のカラスもどきはいない。いれば一発で犯人確定だったんだけどな。さっそく捜索を開始。ベルさんも部屋の中を歩いて回る。

「さて、どこから見たものか」

「ベッドの下とかはどうだい？　ベルさんの視界なら見やすいだろ？」

「そんなところに何を隠すっていうんだ？」

「知らないのか？　俺のいた世界じゃ、エロい本とかベッドの下に隠すっていうぜ」

「よし探そう」

意外と現金なベルさん。この人も案外いい歳だから猥談《わい》もＯＫ。……ま、実際の年齢がいくつか知らないけどな。

「……ベッドの下に箱があるな。鍵付きみたいだ」

マジかよ。冗談のつもりだったんだけど。

「マスターキーはいるかい？」

「いや、魔法で解錠できる……どれどれ――」

ベルさんが物色する一方、俺もクローゼットを開けていく。想像通り、制服が十着ほど……って、何着持ってるんだよ制服！　寝間着や運動用の動きやすい服に……これは貴族様の狩猟用の服か？

「ドレスもあるが、学校で着る機会あるのか？」

「学校行事で着ることもあるんじゃね？　それにパーティーに招待されるくらいはあるだろうよ。貴族だし」

なるほど。感心しつつ、最後のクローゼットを開ける。

「おっと……」

「何か見つけたか？」

「いや、何も」

そっ閉じ。見なかったことにしよう。いかがわしいアイテムは何も見ていない。ああ、そうとも。

クィーンなんてあだ名は、ひょっとしてこっちの面からだったりは……しないか、さすがに。

「それより、ベッドの下の箱の中身は何だったんだ？」

「変身セット」

「何だそりゃ。いったい何に変身するってんだ？」

俺が振り返ると、ベルさんが箱を引っ張り出して、中のものを見せてくれた。

猫耳とか、兎耳……ああ、この前の罰ゲームで彼女がつけた獣コスグッズか。……ったく、そういうのをそっちに隠すなら、クローゼットのやつもそっちにしまっておけよ。目の前にいかがわしいパーツのついた獣尻尾を並べているなんて、ちょっとしたホラーだったぞ。

俺はクローゼットから離れ、化粧台――は後にして、とりあえず勉強用とおぼしき机まわりを見る。ノートと教本があって、引き出しには……おっと日記かな。

「すまん、サキリスよ。本来ならプライベートなものは見ないのが礼儀だが、アーリィーを狙う者かどうかの調査なんだ……」

開く前に祈るように言い訳を口にする。大義名分を確認して検分。プライベートな日記なら、何かしらの命令を受けていたりしていれば、その痕跡や心理状況を伺わせる手がかりがあるかもしれない。

「……」

えぇ、いやこれは……マジかぁ。

サキリスの書いた日記をめくりながら、俺は何とも言えない気分になっていく。――あー、なるほど、クローゼットの中身の使い方ってのは、こういう……。……妄想たくましいなぁ彼女。俺を勝手に想像で使わないでほしい。言ってくれればやってあげたのに――。

「何が書いてあるんだ?……おやおや、まあまあ」

ベルさんが俺の身体に素早く登り、肩から日記を見やる。

「ドM、ここに極まれりってやつか。……ジン、遊んでやれよ」

「そのうちな――」

俺は適当に返事をしつつ、ベルさんに見えるようにあるページを見せる。

「ここに使い魔を借りた理由が書いてある」

「……なるほど。アーリィー嬢ちゃん絡みじゃなかったか」

「彼女はシロだな。少なくとも、アーリィーをどうこうしようって気はない」

「その代わり、お前さんとどうこうしたいって書いてあるけどな」

ベルさんは皮肉げに笑った。

「お前、変な女に好かれるところがあるよな」

「そいつは褒め言葉かい？」

こちらも皮肉げに口元を歪めれば、唐突に、部屋入り口のドアノブが音を立てた。俺とベルさんは瞬時に身構えた。

「帰ってきた……!?」

やべぇぞ、こん畜生。部屋の出入り口はひとつ。ロックがかかってはいるが、サキリスなら鍵で開けられる。いや、従者用の出入り口がある。が、そっちに従者がいたら、面倒なことになる。

それでなくても男子禁制の女子寮、侵入がバレたら大騒動は必至。正体バレ云々はともかく、騒ぎはまずい！　ベルさんが言った。

「透明化するか？」

「いや、もう離脱する」

留まる理由もない。さっさと逃げるに限る。ということで、窓へ駆け寄る。この大きさなら通る分には問題ないな。ただここが三階であることを除けば。

背後で、鍵が開けられる音がする中、窓を開け、俺は肩にベルさんを乗せたまま部屋を飛び出した。


まあ、エアブーツがあるから、三階から落下することはなかったけどな。浮遊魔法効果で三階から一旦、女子寮の屋上へと退避。幸い、生徒はいなかった。

「はてさて、例の使い魔をサキリスは持っていなかった」

「……」

「日記によれば、使おうとは思ったが、覗きはいけないことと考え、使用をやめたとあった」

「……使い魔は覗いていたぜ」

ベルさんが鼻をならす。

「まあ、アーリィー嬢ちゃんじゃなくて、お前さんを、な」

そうなのだ。サキリスが青獅子寮の様子を窺おうとウロウロしていたのも、使い魔を借りようとしたのも、俺を見たかったから、らしい。……ストーカー？

「もっとグイグイ来るタイプだと思っていたんだけどね……」

いざ自分が本気に好意を抱いたら、一歩引いてもじもじしちゃうとか……最高かよ。

「さっそく、デートの予定を組もう」

「アーリィー嬢ちゃんはいいのか？」

「それはそれ、これはこれ、だよ」

そもそもサキリスとは約束しているからね。ふん、とベルさんは視線を転じた。

「しかし、そうなると、あのカラスの使い魔は何だったんだろうな」

「サキリスがシロである以上、怪しいのは必然的にあの人になるな」

使い魔の貸し出しをやっている魔法科のユナ教官。

「何か企んでいると思うか？」

「たとえば、アーリィーの暗殺とか？　さあね。でも向こうがこちらを監視しているっていうなら、こっちも監視してやるさ」

目には目を歯には歯を、というやつだ。あの私生活ずぼらそうな巨乳教官のプライベートを覗くのは、実に楽しみだ、うん。

「何だい、ベルさん」

「オイラは何も言ってないぞ」

そっと顔を逸らすベルさん。まあ、彼も理解はしているのだろう。仮にも女性のプライベートを覗くというのは最低の行為かもしれないが、やってきたのは向こうだ。先にやっているのだから、お返しされても文句をいう資格などあろうはずがない。

かくて、俺とベルさんはこっそり寮から撤退。青獅子寮に帰宅した。

なお、囮役を引き受けていたオリビアが夜に戻ってきて、俺にお怒りの言葉を発した。

「待っていたのに、声もかけてくれずに先に帰ってしまうとはひどいではありませんか！」

「申し訳ない！」

忘れてました。その埋め合わせに、彼女と近衛たちの訓練と指導に毎朝付き合うことになった。

なお、お食事デートに誘ってみたら、丁重にお断りされた。何故だ？


後日談。俺はサキリスをデートに誘った。彼女は喜んでそれに応じた。……彼女は日記を読まれたことを知らないのだが、それに書いてあったことに近いことをやったら、恥じらいながらも受け入れた。……チョロい！　だが可愛い！

そしてもう一件、ユナ教官の監視だが、こちらは特に思っていた陰謀などの収穫はなかった。俺たちが使い魔の件で訪ねたせいか、それ以後、使わなかったし。

誰かと通じていたとか、アーリィーに関することは一切なく、とりあえず要監視対象からは外した。

ただ、私生活に関してかなりだらしないユナ教官は、部屋にいる時はほぼ無防備であったことだけは記しておく。

あとがき

ご無沙汰しております。未確認ラノベ作家こと、柊遊馬です。

『英雄魔術師はのんびり暮らしたい　活躍しすぎて命を狙われたのでやり直します』第二巻をお手にとっていただきありがとうございます。またもレア度が上がってしまった当本を見つけたあなたは何と幸運か。そのままお会計してご購入くださいませ。一巻に引き続き、二巻をお買い上げいただけましたら幸いです。

さて、当作品は、小説家になろうにて連載中ではありますが、この二巻が出る頃には第二部が終了で完結しているかもしれないし、まだ続いているかもしれません。第一部だけでも数巻分にはなるのですが、最後まで書籍として出せたら、というのが目下の夢でございます。

……いや、そんな話じゃなくてですね、実はＷｅｂ版をお読みいただいている方はお察しでしょうが、第一部がいかにも王道（？）ファンタジーなのに、第二部は、かなりＳＦになっていると度々ご指摘を受けている当作品。私としては機械が出ようが古代文明の遺産が出ようがファンタジーを書いているつもりで、当作品をＳＦなどと言ったら、ガチなＳＦファンに怒られるのではないかと思っておりました。

ところが、一巻が発売になることになり、色々な通販サイトで予約が始まった時、私は気づいてしまったのです。英雄魔術師はのんびり暮らしたい――ジャンル『ＳＦ』。

ＳＦ！

第一部は異世界ファンタジーだよ！

正直にいうと、別に英雄魔術師だけではなく、ＴＯブックス様から出ているラノベ文芸系はＳＦジャンルになっている、というだけなんですけどね（笑）。これで私が当作を『ファンタジーだ！』と強弁する根拠がなくなってしまった――というつまらないお話です。誰が何と言おうと当作品はファンタジーです。ピッチャーがフォークといったらその変化球はフォークなのです（野球で例えるのが好きな作者）。

前置きが長くなりましたが、今回の二巻は、Ｗｅｂ版からかなり改稿させていただきました。Ｗｅｂ版に登場しない新キャラクター、新たなシーンはもちろん、再登場となった魔法車もバージョンアップし、新アイテムなども加えました。……カレーのシーンはここでしか読めません（笑）。書籍版から英雄魔術師を読み始めた方も、小説家になろうにて読んだ方も楽しめるようになっております。

最後に、一巻に引き続き、二巻の刊行に際して、関わったすべての方に感謝いたします。担当編集様、イラストレーターのあり子先生、出版社ほか多くの方々のおかげで、この本を出すことができました。ありがとうございます！

そして、当作品を読んでくださっている皆々様、本当にありがとうございました！　わがままを言いますれば、以後の刊行ができますよう、応援、力添え、どうぞよろしくお願いいたします。

巻末付録

キャラクター相性診断

Compatibility with Characters

キャラクター相性診断

～あなたの理想の恋人は!?～

Start

予想外の出来事も楽しめる　YES → 恐いもの知らずだ／NO ↓

アウトドアな趣味が多い　YES → 古風といわれがちだ／NO ↓

ひたすら遊んで暮らしたい　YES → 堅実家である／NO ↓

SかMならSである　YES → プライドは高いほうだ／NO → TYPE H

恐いもの知らずだ　YES →／NO ↓

古風といわれがちだ　YES →／NO ↓

堅実家である　YES →／NO ↓

プライドは高いほうだ　YES →／NO → TYPE G

TYPE G

TYPE H

うーん、悩ましい……。
Humm...... It's annoying...
本当は悩んでないだろ。
Actually, you are not bothered.

クールよりキュートが好きだ
→ YES: 困っている人を放っておけない
→ NO: 方向オンチではない

困っている人を放っておけない
→ YES: TYPE A
→ NO: 深く考えるのは苦手だ

方向オンチではない
→ YES: 深く考えるのは苦手だ
→ NO: 仕事は報酬で選ぶ

深く考えるのは苦手だ
→ YES: TYPE B
→ NO: 理系か文系なら理系である

仕事は報酬で選ぶ
→ YES: 理系か文系なら理系である
→ NO: 剣より魔法に興味がある

理系か文系なら理系である
→ YES: TYPE C
→ NO: 実はセクシー系が好みだ

剣より魔法に興味がある
→ YES: 実はセクシー系が好みだ
→ NO: TYPE F

実はセクシー系が好みだ
→ YES: TYPE D
→ NO: TYPE E

診断結果は次ページ!

キャラクター相性診断 診断結果

TYPE B

クールタイプ

ヴィスタ

真面目で堅物なキミは、冷静なヴィスタがおすすめ。無口だけど、献身的な気遣いで心を癒してくれる。けれど、怒らせたら一生口をきいてもらえないので注意。

TYPE A

純情タイプ

アーリィー

勇気があって優しいキミには、素直なアーリィーがぴったり。
つい無理をしすぎた時に、しっかり叱ってくれる良妻賢母！　でも誰にでもいい顔しすぎると嫉妬されちゃうかも。

TYPE D

セクシータイプ

エリサ

プライドの高いキミは、色気あるエリサがイチオシ。包容力があり甘やかしてくれるので、いくらでも我が儘し放題！
調子に乗り過ぎると、生気を吸い取られちゃうかも。

TYPE C

ドライタイプ

トゥルペ

頭の回転が速いキミは、気まぐれなトゥルペと相性ばっちり。
お互いに自立しているので、依存せず適度な距離感で長続き。ただし、飽きやすいので気を付けて。

Compatibility with Characters

TYPE E
不思議タイプ
クーベル

内向的で少し気弱なキミは、ミステリアスなクーベルがおすすめ。
突飛な行動で普段味わえないスリルを堪能！　死と隣り合わせではありますが。

TYPE F
エレガントタイプ
サキリス

Sっ気のあるキミは高飛車なサキリス一択。何度でも向かってくる心意気にはいじめ甲斐しか感じない！
新しい扉が開ける頃は……もう引き返せない？

TYPE G
真面目タイプ
オリビア

ストイックなキミには熱血なオリビアがおすすめ。時によいライバルとしてお互いに高め合えるので、仕事も生活も充実間違いなし！　頭が固いので喧嘩した時は長引きます。

TYPE H
天然タイプ
ユナ

好奇心旺盛なキミにはマイペースなユナがぴったり。好きな物を否定しないので心置きなく趣味に勤しめる！
けれど、没頭しすぎて自然消滅の可能性あり!?

英雄魔術師はのんびり暮らしたい
活躍しすぎて命を狙われたので、やり直します２

2020年５月１日　第1刷発行

著　者　柊遊馬

発行者　本田武市

発行所　TOブックス
〒150-0045
東京都渋谷区神泉町18-8　松濤ハイツ2F
TEL 03-6452-5766(編集)
0120-933-772(営業フリーダイヤル)
FAX 050-3156-0508
ホームページ　http://www.tobooks.jp
メール　info@tobooks.jp

印刷・製本　中央精版印刷株式会社

ISBN978-4-86472-952-9